W0226094

Né en 1927 à Grasse, Charles Pasqua débute sa carrière politique en 1968 en tant que député des Hauts-de-Seine. Organisateur en chef de la campagne présidentielle de 1981 pour Jacques Chirac, il devient ministre de l'Intérieur en 1995 sous le gouvernement Balladur. Il est aujourd'hui sénateur des Hauts-de-Seine.

DU MÊME AUTEUR

L'Ardeur nouvelle
Albin Michel, 1996

Que demande le peuple…
Albin Michel, 1992

Demain la France
La priorité sociale Vol. 1
(en collaboration avec Philippe Seguin)
Albin Michel, 1992

Tous pour la France
Albin Michel, 1999

Non à la décadence
Albin Michel, 2001

Ce que je sais 1
Les Atrides 1974-1988
Seuil, 2007
et « Points », n° P1905

Charles Pasqua

CE QUE JE SAIS...

II
UN MAGNIFIQUE DÉSASTRE
1988-1995

MÉMOIRES

Éditions du Seuil

TEXTE INTÉGRAL

ISBN 978-2-7578-1407-9
(ISBN 978-2-02-096752-5, 1re publication)

© Éditions du Seuil, novembre 2008

Le Code de la propriété intellectuelle interdit les copies ou reproductions destinées à une utilisation collective. Toute représentation ou reproduction intégrale ou partielle faite par quelque procédé que ce soit, sans le consentement de l'auteur ou de ses ayants cause, est illicite et constitue une contrefaçon sanctionnée par les articles L.335-2 et suivants du Code de la propriété intellectuelle.

« Quoi de plus insensé que de flatter le peuple pour une candidature, d'acheter ses suffrages, de pourchasser l'applaudissement de tant de fous, de se complaire à être acclamé, de se faire porter en triomphe comme une idole ou de se voir en statue d'airain sur le forum ?… »

Érasme,
Éloge de la folie.

« Puisque tout recommence toujours, ce que j'ai fait sera, tôt ou tard, une source d'ardeur nouvelle après que j'aurai disparu. »

CHARLES DE GAULLE,
Mémoires d'espoir.

À tous ceux qui, dans la guerre comme dans la paix, ont suivi les enseignements du général de Gaulle,

À tous mes compagnons qui m'ont toujours manifesté leur soutien et leur amitié,

À tous ceux qui croient en la France éternelle et qui, à leur tour, combattront pour elle,

Avec ma foi dans l'avenir.

PRÉAMBULE

La Nef des fous [1]

14 août 1994.

Midi. Commémoration du cinquantième anniversaire du débarquement des troupes alliées en Provence, l'opération « Dragon ».

Un spectacle grandiose s'offre à mes yeux. Une quarantaine de navires de tous types, porte-avions, croiseurs, destroyers, sous-marins appartenant aux marines française, britannique et américaine, s'avancent en ligne de file vers le porte-avions *Foch*, positionné à peu de distance des reliefs de l'Estérel.

Le soleil est voilé comme souvent en été ; de petites embarcations de la marine nationale, véritables chiens de berger, ont bien du mal à cantonner dans un périmètre précis les nuées de bateaux de plaisance.

Les cris sept fois répétés de « Vive la République ! » dc nos « cols bleus » rangés sur le bord faisant face au *Foch*, les hourras des marins britanniques ont pour moi une signification particulière. Je suis à nouveau ministre de l'Intérieur, mais voici cinquante ans j'apportais ma modeste contribution à l'opération « Dragon », comme d'autres membres des réseaux de la France Libre.

1. D'après le tableau de Jérôme Bosch (v. 1450-v. 1516), *La Nef des fous*, musée du Louvre.

Émotion également pour les treize chefs d'État africains[1] qui entourent François Mitterrand, amaigri, le teint pâle, sur la tribune qui a été dressée à leur intention sur le pont du porte-avions[2].

C'est ainsi que la France a voulu rendre hommage aux troupes dont le courage, l'héroïsme et l'enthousiasme ont permis de libérer la moitié du territoire national en un temps record.

Satisfaction pour le chef de l'État, qui reçoit, lui dont on disait qu'il n'avait pas la fibre africaine, les marques de respect et d'affection de ses pairs, pour cette reconnaissance officielle[3].

Satisfaction encore pour le Premier ministre, Édouard Balladur, qui un peu plus chaque jour apparaît comme le vice-président de la République[4].

Car, en ce mois d'août, Paris bruisse de mille rumeurs sur l'aggravation de l'état de santé du président de la République. Beaucoup pensent qu'il ne pourra pas continuer à assumer ses fonctions et qu'il faut s'attendre à une élection présidentielle anticipée.

Les observateurs imaginent que, dans ce cas, Édouard Balladur, dont la rondeur et les manières policées font plaisir à voir, « serait considéré par les Français comme

1. Togo, Gabon, Djibouti, Sénégal, Cameroun, Guinée, Burkina-Faso, Tchad, Bénin, Mauritanie, Mali, Madagascar, Centrafrique. Lire également « Mitterrand reçoit l'Afrique en mer », *Libération*, 15 août 1994.

2. Plus de la moitié des effectifs engagés pour cette opération étaient originaires de notre ancien empire colonial (180 000 hommes).

3. La France est également engagée avec certains de ces pays dans une opération humanitaire sous l'égide de l'ONU au Rwanda (opération « Turquoise », juillet-août 1994 ; France, Congo, Égypte, Guinée-Bissau, Mauritanie, Niger, Sénégal, Tchad).

4. Édouard Balladur sera Premier ministre du 29 mars 1993 au 16 mai 1995. Je serai ministre de l'Intérieur pendant la même période.

le candidat naturel », son élection permettant en quelque sorte de mettre en accord le droit avec le fait. Cette perspective n'est pas pour déplaire au Premier ministre.

La maladie de François Mitterrand, son éloignement momentané de la scène internationale lui permettent d'étaler ses compétences dans ce domaine, à la grande fureur de… Jacques Chirac. L'entourage d'Édouard Balladur affirme à l'envi qu'il n'existe plus. Il n'est même pas besoin d'insister pour que l'on disserte avec complaisance dans les mêmes cercles sur l'excellence des rapports existant entre le président de la République et son Premier ministre.

Mais ce qui paraît inéluctable n'est jamais certain.

La suite du programme de ce jour magnifique va se trouver bouleversée.

C'est tout d'abord l'aggravation de la crise au Kosovo qui nécessite des décisions rapides du gouvernement, ceci impliquant l'aval du chef de l'État.

Le Conseil de sécurité intérieure, dont tous les membres se trouvent sur le porte-avions *Foch*, est donc réuni sous l'autorité de François Mitterrand, sur la suggestion d'Édouard Balladur qui le préside habituellement.

Ensuite, au cours de cette réunion, l'état de santé du président se dégrade rapidement. Je comprends, et je vois, qu'il souffre. C'est donc sans surprise que je l'entends décider, une fois les mesures appropriées arrêtées, de rentrer à Paris sans tarder, le Premier ministre devant le remplacer dans ses obligations.

Personne ne pouvait imaginer les conséquences de cette décision.

L'après-midi, lors du point de presse prévu à Saint-Tropez, Édouard Balladur, après avoir tiré les leçons de cette magnifique journée – c'est ainsi qu'il la percevait –, accepta de répondre à quelques questions. La première d'entre elles, bien entendu, concernait le Kosovo.

J'entends d'une oreille distraite le Premier ministre

répondre que ce sujet a été examiné par le Conseil de sécurité intérieure qu'il a réuni le jour même sur le *Foch*, puis détailler les mesures arrêtées.

Tout à l'euphorie du quasi-intérim qu'il vient d'assurer quelques heures durant, il omet cependant de faire référence à la présence du chef de l'État et à l'accord de celui-ci sur ces mesures : un « détail ».

À l'instant même je réalise la gravité de la faute qui vient d'être commise…

Comment peut-il s'exprimer comme si le président de la République ne comptait plus, n'existait plus ? Comment lui, toujours si prudent, peut-il se dévoiler à cet instant ?

Je connais suffisamment François Mitterrand pour savoir qu'il ne lui pardonnera jamais ce qui peut être considéré comme une atteinte au domaine réservé ou *a minima* comme une muflerie.

Effectivement, à compter de ce jour, il fera part, chaque fois que possible, de ses doutes sur la capacité d'Édouard Balladur à assumer les responsabilités de la présidence de la République. Mieux encore, il mettra tout en œuvre pour convaincre… Jacques Chirac de son destin présidentiel.

Ce 14 août 1994, Édouard Balladur, sans s'en douter, vient de réduire à néant les efforts qu'il a entrepris, depuis plus de dix ans, j'en ai aujourd'hui acquis la certitude, pour accéder à la magistrature suprême.

Trop tôt, trop vite.

Orgueil et gourmandise.

Bienvenue sur la Nef des fous.

Chapitre I

Le vide

Le déjeuner partagé avec Jacques Chirac au lendemain de la cruelle défaite de 1988 m'avait convaincu que la perception qu'il avait de la situation politique n'avait plus qu'un lointain rapport avec la réalité [1].

S'étant préparé à succéder à François Mitterrand, il était à cet instant incapable d'analyser les raisons profondes de son échec et de se projeter dans l'avenir.

Ajoutées aux erreurs de stratégie, la recherche obstinée de l'union avec l'UDF ainsi que la dérive du RPR vers le centre avaient fait le jeu de Jean-Marie Le Pen. Le moins avisé des observateurs pouvait comprendre qu'une partie importante de notre électorat, la plus populaire, avait apporté ses suffrages au candidat du Front national…

Que pouvait-on dire des centristes de l'UDF ?

Raymond Barre, bien qu'ayant appelé à voter pour Jacques Chirac, avait-il joué loyalement le jeu ? L'analyse du scrutin montrait que 15 % de son électorat avait voté pour François Mitterrand : le doute était permis.

Mais ce que l'on apprenait à la lecture du *Monde*, les jours suivants, était littéralement stupéfiant.

1. Au lendemain du deuxième tour de l'élection présidentielle (24 avril-8 mai 1988). François Mitterrand fut réélu avec 54,02 % des suffrages, Jacques Chirac en recueillant 45,98 %. Voir aussi Charles Pasqua, *Ce que je sais*, t. I : *Les Atrides, 1974-1988*, Seuil, 2007.

Plusieurs mois avant l'élection présidentielle, des contacts avaient eu lieu entre les représentants des centristes et ceux du Parti socialiste. Il s'agissait pour eux d'explorer la voie d'une majorité idéale regroupant à terme les représentants de ces deux formations.

Ces conversations s'étaient poursuivies au lendemain de l'élection de François Mitterrand.

Nous en étions donc revenus aux combinaisons de partis.

Jacques Chirac était profondément abattu. Rien ne semblait plus l'intéresser. Plutôt que de se positionner en opposant déterminé à François Mitterrand et en leader incontestable de la majorité, il distillait à ses différents visiteurs des formules telles que : « C'est fichu, Le Pen fera 30 % la prochaine fois », ou encore : « La gauche est au pouvoir pour trente ans »[1].

Ceux d'entre nous qui espéraient que cette période d'abattement ne durerait pas devront déchanter. Il lui faudra de longs mois pour la surmonter.

L'amertume qui nous a envahis mettra longtemps à se dissiper. Les mêmes questions reviennent, obsédantes.

La première concerne la théorie soutenue par Édouard Balladur sur la cohabitation.

À qui avait-elle en réalité profité ? À la droite, à François Mitterrand, à Édouard Balladur ?

C'est bien entendu le président de la République, dont le magistère n'a pas été contesté, qui a été le principal bénéficiaire de cette hérésie constitutionnelle. Deux ans après que le Parti socialiste et ses alliés ont perdu les élections législatives, que la politique conduite par le chef de l'État et ses Premiers ministres a été massivement désavouée, cette brillante manœuvre lui a permis de reprendre l'avantage !

À Édouard Balladur ensuite. Conseiller proche de

1. Conversations de l'auteur avec Jacques Chirac.

Jacques Chirac, devenu ministre par sa volonté – et ministre d'État par la sienne propre afin de se distinguer… des autres membres du gouvernement –, il a acquis une dimension nouvelle, atout non négligeable pour l'avenir !

Lui non plus n'a pas perdu son temps.

La seconde question concerne l'attitude de Jacques Chirac dans le débat qui l'a opposé à François Mitterrand.

Pourquoi, contrairement à ce que je lui ai suggéré, n'a-t-il pas utilisé le rapport relatif au sabotage du navire de l'organisation Greenpeace en Nouvelle-Zélande ?

La seule lecture de la conclusion de ce rapport rédigé par le chef des services secrets aurait dessillé les yeux des Français. Il prouvait sans équivoque que cette action avait été exécutée par des agents de la DGSE[1] agissant sur ordre de l'Élysée. Le président de la République l'avait nié, il était coupable de mensonge et de forfaiture.

Jacques Chirac avait hésité.

Que pouvait peser l'argument avancé par Édouard Balladur – « Jacques, ce ne serait pas convenable » – en face des actions de manipulation et de déstabilisation engagées depuis le début du septennat ? Chacun savait que différents services de l'État avaient agi sur les instructions directes de François Mitterrand ici ou là.

Cher Édouard, était-il convenable de nous avoir fait placer sous la surveillance de services dépendant de l'Élysée ? Était-il convenable de faire relâcher les membres d'Action directe ? Était-il convenable de vouloir faire prendre des vessies pour des lanternes aux Français comme ce fut le cas dans l'affaire dite des « Irlandais de Vincennes » ?

1. Direction des services de renseignement et d'action français opérant à l'extérieur du territoire national, dépendant du ministère des Armées.

Non, cher Édouard, ce qui ne fut pas convenable fut que la vérité restât cachée à nos concitoyens.

Jacques Chirac n'a pas utilisé cette arme, et comme je le lui avais prédit, c'est François Mitterrand qui l'a emporté. Mieux encore, dans ce débat c'est lui qui a traité le Premier ministre de menteur sans qu'il réagisse ! Était-ce bien convenable ?

Ne pas l'emporter dans un débat décisif peut arriver. Mais être battu parce que l'on n'a pas utilisé les armes dont on disposait est inconcevable, surtout lorsque l'on porte sur les épaules les espoirs de millions de ses concitoyens.

Dès lors, une double question est posée. A-t-on volontairement laissé gagner François Mitterrand et, dans ce cas, qui l'a décidé ?

Cette question ne recevra naturellement aucune réponse, jamais ! Mais elle m'obsède…

À chacun d'imaginer le bénéficiaire…

La proposition ahurissante formulée par Jacques Chirac de « faire élire » Édouard Balladur comme président du RPR renforce ce sentiment de défaite[1].

Pendant les quelques jours qui précèdent la désignation d'un nouveau Premier ministre, j'ai tout loisir, une fois les affaires courantes expédiées, de procéder à un examen clinique de ma situation personnelle.

Depuis 1981, j'ai sans cesse été en première ligne. Au Sénat, tout d'abord, où j'ai réussi à souder la majorité sénatoriale et à lui faire livrer un certain nombre de batailles contre François Mitterrand.

La défense de l'école libre, le maintien de la Nouvelle-Calédonie dans la République, la garantie de la liberté de la presse, de grands succès certes, mais qui ont été obtenus au prix d'efforts hors du commun.

1. Il aurait été assisté de deux vice-présidents, Pierre Messmer et moi…

Mon action à la tête du ministère de l'Intérieur m'a, dans un premier temps, exposé à la vindicte du « bon peuple de gauche », du Parti socialiste et de ses dirigeants, grâce notamment à leurs relais dans les médias. Mais le démantèlement du terrorisme d'extrême gauche, les succès remportés contre les islamistes et les intégristes, la libération des otages au Liban, le rétablissement de la sécurité acquis au moyen de beaucoup de ténacité et de travail m'ont permis de bénéficier *in fine* d'un puissant soutien populaire.

L'élaboration et l'adoption de la nouvelle loi électorale ont fait découvrir à d'autres que je pouvais être un homme de dialogue et de consensus.

Eh bien, oui, j'étais hier encore un responsable politique puissant, un ministre apprécié et respecté.

Mais demain ? Le Premier ministre sera nommé selon toute vraisemblance au plus tard vendredi, les passations de pouvoirs auront lieu samedi.

Que faire ensuite ? Après sept ans de combats ininterrompus, d'abord me reposer, prendre du champ ; revenir au Sénat, peut-être…

Passer sans transition de journées qui ne semblent durer que quelques heures au vide, à une certaine forme de néant.

Tout cela pour ça…

Mais rien ne sert de ressasser. François Mitterrand va conduire les affaires du pays un second septennat durant.

Dissolution de l'Assemblée nationale ou constitution d'une nouvelle majorité autour du Parti socialiste après des tractations d'une autre époque, que choisira-t-il ?

Avec quelle majorité, avec quels alliés gouvernera-t-il ?

La classe politique s'interroge, frémit à la moindre rumeur.

Les états-majors des différents partis alternent

conciliabules et réunions secrètes qui, à peine terminés, sont connus de tous.

Mais l'incertitude est totale ; plus elle l'est, plus les dirigeants des différentes formations politiques s'épuisent à afficher sur les plateaux de télévision des mines radieuses censées prouver – mais à qui ? – que leurs formations sont incontournables.

Chacun glose à l'envi sur les thèmes autour desquels s'est organisée la campagne électorale de François Mitterrand[1].

Décrivant ce que devrait être l'action du futur gouvernement, n'avait-il pas déclaré : « [...] son ouverture devra être grande à l'égard des hommes comme à l'égard des idées compatibles avec la direction générale de mes options présidentielles... » ?

Réécrivant l'histoire de la Ve République à sa manière, afin de jeter un peu plus le trouble s'il en était besoin, il avait ensuite précisé, avec aplomb : « [...] dans toute l'histoire de la République, sauf en 1981, il y a toujours eu des gouvernements de coalition. Je ne donne pas là ma préférence. Je dis que cela se passe comme cela et que mon rôle est d'en tenir compte »[2].

Ainsi, à en croire l'ancien premier secrétaire du Parti socialiste, seuls ses camarades s'étaient trouvés dans le droit-fil de la Ve République.

Avant et après 1981 ? Des coalitions, vous dis-je !

Quel aplomb au service d'un plaidoyer *pro domo*...

Dans les rangs de ses amis socialistes, l'incertitude est grande et la révolte gronde, d'autant que la dési-

1. *Lettre à tous les Français*, avril 1988. Le thème de « la France unie » avait été un des axes majeurs de la campagne présidentielle de François Mitterrand (et à un degré moindre « génération Mitterrand »).

2. « Interview de M. François Mitterrand, président de la République et candidat à l'élection présidentielle de 1988, à RTL le 21 avril 1988... », www.vie-publique.fr.

gnation d'un nouveau premier secrétaire est à l'ordre du jour[1].

Certes, le Parti socialiste a quelque peu été tenu à l'écart tout au long de cette campagne par François Mitterrand, mais chacun garde en mémoire le congrès de Lille et l'unanimité de façade qui l'a conclu[2].

Ce serait cependant une erreur d'oublier que la stratégie développée par François Mitterrand, jointe aux erreurs d'analyse des dirigeants de l'opposition, a conduit tout à la fois au reflux du Parti communiste et au repositionnement désastreux du RPR plus à droite.

Pour moi les choses sont donc on ne peut plus claires. Il poursuivra dans cette voie qui, à terme, devrait consacrer l'effacement définitif de ses adversaires de toujours, fût-ce au prix du renforcement du Front national et du mécontentement de certains de ses amis, dont après tout il n'a plus besoin.

Mais le président de la République sort d'une période de cohabitation de deux ans pendant laquelle il a tout à la fois été obligé de se battre et de composer. Il est évident dans mon esprit qu'il n'envisage pas de revivre une telle épreuve.

Conformément à l'esprit des institutions, il dissoudra l'Assemblée nationale, afin de disposer de la majorité parlementaire qui lui a fait défaut de 1986 à 1988.

Aujourd'hui réélu, il lui faut certes diviser un peu plus l'opposition, si cela est possible, mais il lui faut aussi rassurer l'électorat et les élus du Parti socialiste.

Ce sera bientôt chose faite.

François Mitterrand va rester fidèle à sa stratégie de

1. Lionel Jospin avait indiqué lors du congrès de Lille (3-5 avril 1987) qu'il démissionnerait au lendemain de l'élection présidentielle.

2. Une motion unique aux termes généraux et flous fut adoptée ; son idée-force était... le retour au pouvoir autour de François Mitterrand, les tenants de l'Union de la gauche ayant renoncé.

toujours, qui consiste à faire en sorte de mettre hors d'état de lui nuire ceux qui en seraient capables dans son propre camp. Il choisit donc de nommer Michel Rocard Premier ministre[1].

Cette nomination, comble de l'ironie, va être interprétée comme un signal réel d'ouverture ; elle va permettre d'entretenir quelques jours durant toutes les équivoques et toutes les illusions.

Au sein du Parti socialiste, l'affrontement entre les partisans d'une coalition ancrée au centre et leurs adversaires se déroule dans une ambiance de moins en moins feutrée. L'ampleur du succès de François Mitterrand rend la dissolution inévitable et l'élection d'une majorité de gauche possible aux yeux de ces derniers.

L'explosion du courant majoritaire et l'élection d'un premier secrétaire hostile à la politique d'ouverture voulue par le chef de l'État en seront la démonstration éclatante[2].

Du côté de l'opposition, l'UDF et les centristes s'efforcent tout à la fois de faire monter les enchères face au RPR, dans la perspective d'une dissolution toujours envisageable, et de maintenir un semblant d'unité afin de peser sur l'avenir.

1. « Et s'il se représente en 1988, c'est pour empêcher Jacques Chirac d'être président et parce qu'il pense que Michel Rocard n'a aucune chance de le battre. Après 1988, il choisit Laurent Fabius pour être le patron du Parti socialiste et pour être son successeur. Mais ses propres amis le refusent. Il n'a plus aucun projet de politique intérieure et il regarde avec rage et délice à la fois échouer tous ses Premiers ministres, qui ne lui obéissent plus » (« Attali-Rocard : Mitterrand devant l'Histoire », *Le Nouvel Observateur*, 5 janvier 2006).

2. Le 14 mai 1988, Pierre Mauroy soutenu par MM. Jospin, Emmanuelli, Estier, Mermaz, est élu premier secrétaire du Parti socialiste par 63 voix, contre 54 à Laurent Fabius, candidat de François Mitterrand soutenu par MM. Bérégovoy, Joxe, Lang, Poperen, Quilès.

Le RPR a-t-il encore des alliés ?

Tiraillée entre Valéry Giscard d'Estaing et Raymond Barre, l'UDF paraît avoir jugulé les ralliements individuels, François Léotard semblant même vouloir maintenir ses accords avec le RPR.

Simultanément, dans le but de s'affranchir du mouvement gaulliste et d'une alliance qu'il juge gênante, Valéry Giscard d'Estaing, soutenu par Jean François-Poncet, fait savoir qu'il souhaite le rétablissement d'un mode de scrutin proportionnel.

Soucieux de ne pas être en reste, Pierre Méhaignerie demande, quant à lui, que quatre-vingts circonscriptions soient réservées à ses amis centristes, dont certains se voient accepter sans états d'âme une responsabilité gouvernementale.

La naïveté des uns, la duplicité des autres me sidèrent. Comment peuvent-ils imaginer être maîtres du jeu ?

Est-il concevable que nous nous prêtions à cette farce trouble, alors que nous savons que, sous couvert de la recherche éperdue de l'union, c'est en fait la renaissance du régime des partis qui nous est proposée ?

Le 10 mai, jour de la nomination de Michel Rocard, je reçois un appel téléphonique de Roger Romani, président du groupe RPR du Sénat ; il souhaite que nous déjeunions avec Émile Tricon, sénateur des Hauts-de-Seine [1].

D'entrée de jeu, Roger Romani indique qu'il a décidé d'adresser sa démission au président du Sénat afin que je reprenne mon siège sans attendre ! Son influence et son amitié pour moi trouvent rapidement leur confirmation : la semaine suivante, il annonce sa démission de la présidence du groupe RPR où il m'a succédé, et me fait élire à mains levées [2].

1. Je l'avais placé en position charnière lors du précédent renouvellement du Sénat.

2. Roger Romani a été pour moi plus qu'un ami, il s'est comporté

Ainsi donc, les questions que je me posais sur mon avenir personnel sont balayées. Me voici réinstallé à un poste politique de premier plan d'où je pourrai peser sur le cours des événements.

Cependant, au Sénat, le climat n'est plus à l'opposition déterminée et frontale mais plutôt à l'attentisme.

Les manœuvres de séduction entreprises par François Mitterrand commencent à porter leurs fruits.

---

comme un véritable frère en gaullisme. Émile Tricon a fait montre à mon égard d'un grand attachement. Qu'ils en soient remerciés tous les deux, chacun à son niveau. Ces attitudes resteront rares !

CHAPITRE 2

Dans l'opposition

Ma volonté de tout mettre en œuvre pour que nos idées triomphent lors de la prochaine élection présidentielle reste la même. Il faudra sans doute du temps pour que les uns et les autres retrouvent un peu d'allant.

Au-delà des ambitions personnelles et des querelles subalternes, c'est encore et toujours de l'avenir de la France et de son redressement qu'il s'agit.

Mais l'annonce de la composition du gouvernement [1], bientôt suivie de celle de la dissolution de l'Assemblée nationale, va faire l'effet d'un coup de tonnerre chez ceux qui imaginaient qu'une nouvelle cohabitation pourrait être envisagée, plus feutrée, plus consensuelle.

Hélas pour eux, leurs petits calculs s'avèrent être des chimères !

L'ouverture voulue par François Mitterrand n'avait été qu'un attrape-nigaud électoral, un piège à centristes.

Il avait utilisé Michel Rocard comme appeau [2], mais

1. Le 14 mai 1988.

2. La nomination de Michel Rocard au poste de Premier ministre intervint le 10 mai 1988. « Au cours de cette période, un groupe d'économistes conduit par Jacques Attali est venu alerter François Mitterrand sur le risque d'une crise économique imminente. C'est sans doute à cette occasion qu'est venue l'idée de faire appel à Michel Rocard. La suite a démenti ces experts... » (Jean-Claude Colliard, « Qu'est-ce que le mitterrandisme ? », Institut François-Mitterrand, 7 mars 2007 ; Jean-Claude Colliard fut directeur adjoint,

l'élection de Pierre Mauroy à la direction du Parti socialiste montrait clairement quelles seraient les limites de cette subtile manœuvre.

Les représentants de tous les courants du Parti socialiste sont là, encadrant quelques transfuges de l'UDF, du Parti radical de gauche, ainsi que quelques égarés de la vie civile [1].

Qui pourrait douter que MM. Joxe, Quilès, Poperen, Jospin, Chevènement, Mermaz, Lang, Dumas et d'autres se soient faits agneaux ?

Qui pourrait douter un seul instant de leur soutien à un gouvernement d'ouverture dirigé par l'apôtre de la décentralisation, par celui qui était contre les nationalisations, par celui enfin qui s'accommode d'un modèle libéral [2] ?

Le voile se déchire.

La lecture du *Monde* permet de découvrir que, dans le domaine de la duplicité, les centristes ont encore bien des efforts à faire pour arriver au niveau du président !

Les complots et les manœuvres qui y sont relatés sont la préfiguration de la république des partis, souhaitée par François Mitterrand !

---

puis directeur de cabinet de François Mitterrand [1981-1988], et enfin directeur de cabinet de Laurent Fabius, président de l'Assemblée nationale [1988-1992]).

1. Maurice Faure, François Doubin pour le Parti radical de gauche ; Michel Durafour, Jacques Pelletier pour l'UDF ; Pierre Arpaillange, Roger Fauroux, Hubert Curien, Jacques Chérèque, représentants de la « vie civile »…

2. À propos de l'opinion que pouvait avoir Michel Rocard sur le premier septennat de François Mitterrand : « Son absence de vision économique nous a coûté cher. Je ne peux pardonner la dérive de nos finances en 1982-1983 […]. Outre trois dévaluations et le coût insensé des nationalisations à 100 %, nous avons été obligés de bloquer les prix et les salaires, pour la première fois depuis 1945, sous signature socialiste » (« Attali-Rocard : Mitterrand devant l'Histoire », art. cit.).

Mais comment ne pas sourire devant la naïveté des uns et l'absence de sens politique des autres ?

Comment Michel Rocard a-t-il pu croire que François Mitterrand le laisserait constituer une majorité de centre gauche dont il serait le leader incontestable et incontesté, alors même qu'il souhaitait en finir avec son ambition présidentielle supposée ?

Comment ceux qui négociaient pour l'UDF et les centristes ont-ils pu imaginer un seul instant que François Mitterrand, qui venait de remporter l'élection présidentielle, allait se remettre en leurs mains, et celles de son prédécesseur[1] ?

Après que Simone Veil elle-même se fut déclarée favorable à un regroupement de l'opposition, l'Union de la République et du Centre *(sic)* désigne donc un candidat unique dans la quasi-totalité des circonscriptions pour les élections législatives qui doivent avoir lieu au mois de juin.

Une semaine a donc suffi[2] pour que la réalité, la dure réalité politique, l'emporte sur les chimères et que l'instinct de survie des parlementaires prenne le pas sur les élucubrations des états-majors.

Quant à moi, me voilà renforcé dans mes convictions.

Je n'ai cessé de le dire : une alliance avec l'UDF sur le plan tactique, au cas par cas, peut éventuellement être envisagée, mais la dérive centriste du RPR est suicidaire pour le mouvement et les idées que nous défendons.

Non, cher Jacques, cher Édouard, non, cher Alain et

1. Pierre Méhaignerie, Jacques Barrot et Bernard Stasi ont négocié jusqu'au dernier moment avec Michel Rocard. Tout cela est d'autant plus surréaliste que François Mitterrand avait en détestation le côté « scout » de Michel Rocard, les catholiques de gauche… et de droite. Sur ce sujet, Éric Mandonnet, Denis Jeambar, Christophe Barbier, « Comment nos élites règlent leurs comptes », *L'Express*, 2 avril 2003.

2. Du 10 au 17 mai 1988.

cher Nicolas, c'est à droite que la bataille se gagnera, et non au centre comme vous le soutenez[1].

Mais tout semble se passer comme si les Français avaient pris goût à la cohabitation, quelle qu'en soit la forme.

Ne découvre-t-on pas au gré des sondages que si une large majorité de nos concitoyens se déclare satisfaite de l'action de François Mitterrand et de son Premier ministre, elle souhaite aussi que le chef de l'État gouverne avec une majorité socialo-centriste ?

Ainsi que l'on pouvait s'y attendre, les élections législatives constituent une nouvelle défaite pour ce qui, hier encore, était la majorité[2].

Mais ce n'est qu'un succès relatif pour François Mitterrand, qui ne dispose pas d'une majorité homogène. Les mêmes causes produisant les mêmes effets, la dérive centriste du Parti socialiste a entraîné, comme pour le mouvement gaulliste, une désaffection de son électorat.

Certes, Michel Rocard va disposer de ce qui nous a manqué – du temps –, sans lequel aucune politique ne peut réussir ; par symétrie la traversée du désert de l'opposition durera elle aussi cinq ans, cinq années de perdues pour la France, selon moi.

Ne disposant pas d'une majorité solide à l'Assemblée nationale, Michel Rocard va donc devoir composer et s'efforcer de rallier à sa politique des élus de l'opposition ou du Parti communiste au gré des textes à faire adopter[3].

1. La démonstration en sera apportée plus tard par Nicolas Sarkozy, trop tardivement à mon goût.

2. Élections législatives des 5 et 12 juin 1988 (en sièges) : PC, 25 ; PS, 275 ; RPR, 130 ; UDF, 90 ; UDC, 40 ; non-inscrits, 12. Voir www.assemblée-nationale. fr.

3. « L'entourage du Premier ministre est en contact avec le groupe centriste et avec la droite. Il sera soutenu dans plusieurs circonstances

Il devra aussi composer avec ses propres amis qui lui mèneront la vie dure.

Car, malgré le chant des sirènes mitterrandiennes, seul un nombre limité d'élus de l'UDF rejoindra les transfuges de la première heure au sein d'un gouvernement pléthorique ne comptant pas moins de quarante-trois ministres et dix-sept secrétaires d'État[1].

L'accueil qui leur fut réservé au sein de ce gouvernement fut ds moins chaleureux, ainsi que le relata plus tard l'un d'entre eux : « Pendant l'exercice de mes fonctions en tant que ministre de l'Emploi, Lionel Jospin ne m'a jamais serré la main. À l'époque, toute une partie du PS a refusé l'ouverture[2]. »

Pourtant, du côté de l'opposition, la situation ne s'améliore pas.

Jacques Chirac est confronté tout à la fois à l'érosion continue de notre électorat et à la contestation des plus jeunes. Alain Carignon, Michel Noir et Philippe Séguin, les plus virulents des porte-parole, déclarent à qui veut les entendre ne pas vouloir tout sacrifier aux ambitions présidentielles d'un seul.

Les choses ne peuvent plus rester en l'état : il doit réagir.

Sa réponse ne se fait pas attendre : Alain Juppé, son collaborateur depuis de longues années, est désigné

---

par des majorités différentes, les communistes s'abstenant à diverses reprises pour ne pas mêler leurs voix à celles de la droite, évitant ainsi à Michel Rocard d'être mis en minorité, même si ce dernier s'appuie beaucoup plus souvent sur le centre et sur la droite que sur les communistes… » (Louis Mermaz, « Coups de sonde dans la politique sociale du second septennat de François Mitterrand », Institut François-Mitterrand, 4 décembre 2007).

1. Gouvernement formé le 29 juin 1988. Jean-Marie Rausch, Jean-Pierre Soisson (UDF) ; Bruno Durieux, Hélène Dorlhac (UDF-CDS) ; Olivier Stirn (MDR) ; Jean-Michel Baylet (MRG).

2. Propos de Jean-Pierre Soisson recueillis par Vincent Fertey, « L'ouverture, une période difficile », lefigaro. fr.

comme secrétaire général du RPR en remplacement de Jacques Toubon [1].

Pour renouer avec la base et retrouver le soutien populaire inhérent au gaullisme, est-ce l'idéal ?

Alain Juppé, dont l'ambition est palpable, a certes des qualités mais le charisme lui fait défaut. Véhiculant malheureusement l'image d'un technocrate, il est donc bien en peine d'apporter au RPR ce qui lui manque cruellement à cet instant : l'ouverture vers le peuple et le retour aux principes du gaullisme.

Politiquement, il se situe, n'en doutons pas, dans la ligne de ceux qui, Jacques Chirac et Édouard Balladur en tête, privilégient l'union avec l'UDF, sans doute pour être en phase avec l'opinion, croient-ils.

Car ce n'est plus de l'affirmation de nos idées et de nos convictions qu'il est question, mais d'une course éperdue vers l'union pour plaire à l'opinion publique.

L'avenir immédiat me réserve une autre surprise. Nicolas Sarkozy, directement concerné par la loi sur le cumul des mandats, m'informe de sa décision de privilégier la mairie de Neuilly et son mandat de député. En conséquence, il a décidé d'abandonner son mandat de conseiller général [2].

Il me demande si j'accepterais de me présenter à ce poste, « ce qui apaiserait le climat de la municipalité où les adjoints commencent à s'écharper ». Ma candidature serait acceptée par tous, pense-t-il, et réglerait le problème.

Tout cela est à la fois surprenant et amusant…

1. Le 22 juin 1988. Jacques Toubon était l'archétype du militant gaulliste, dévoué, chaleureux, toujours disponible, et son engagement politique apprécié de tous.

2. Le renouvellement par moitié du Conseil général des Hauts-de-Seine aura lieu au mois de septembre et son remplacement dans le canton de Neuilly-Nord interviendra à cette occasion.

L'idée d'un retour dans cette assemblée ne m'avait pas effleuré l'esprit[1].

Après quarante-huit heures de réflexion, j'accepte. Je serai donc candidat dans ce canton.

Bien que l'on m'assure que cette élection est une simple formalité, je conduis une campagne électorale adaptée à cette ville[2].

Étant élu des Hauts-de-Seine ainsi que le responsable du RPR dans ce département depuis plus de vingt ans, j'en connais parfaitement les caractéristiques, ses atouts comme ses faiblesses. J'en connais également les élus. Les plus anciens, notamment les parlementaires, sont bien souvent des camarades de la Résistance ; une grande amitié et une forte solidarité existent entre nous.

Les plus jeunes, les maires notamment, sont des militants dont j'ai distingué les qualités des années auparavant et dont j'ai suivi et souvent aidé le parcours.

Je sais précisément ce qu'il manque à ce département : plus de cohésion entre les communes et le Conseil général, plus de solidarité pour réduire les inégalités.

Bref, seule une vraie collaboration entre les communes, les élus, les services et le Conseil général permettront l'émergence d'une véritable identité alto-séquanaise dans laquelle chacun pourra se reconnaître.

Je parle de tout cela pendant cette campagne électorale, comme d'aillcurs de nos responsabilités envers les pays de notre ancien empire.

Mon élection étant acquise dès le premier tour, de nombreux élus souhaitent que je sois candidat à la présidence

1. Conseiller général de Levallois-Perret, j'avais siégé dans cette assemblée de 1970 à 1976.

2. Louis-Charles Bary (premier adjoint, puis maire de Neuilly, conseiller général sortant dans le canton de Neuilly-Sud) et moi faisons d'ailleurs souvent campagne ensemble, la séparation en deux de la ville par l'avenue Charles-de-Gaulle étant assez artificielle.

du Conseil général afin de donner un souffle nouveau à ce département. Ce sera chose faite après une élection primaire, au sein du groupe de la majorité, que je remporterai avec une voix d'avance[1]…

Décidément, le destin tient les commandes.

Au lendemain de la présidentielle je n'avais plus aucune responsabilité, aucun mandat qui me permette de peser sur les événements. Quatre mois plus tard, j'occupe une place prépondérante sur l'échiquier politique. Que ce soit au Sénat ou dans les Hauts-de-Seine, mes élections m'ont en quelque sorte relégitimé.

Mais, surtout, mon arrivée à la tête de l'exécutif de ce département va me donner la possibilité de changer la vie de mes concitoyens[2].

J'ai, en effet, la conviction qu'il faut montrer que nous sommes capables de faire bouger les choses localement. J'ai aussi la certitude qu'il doit être possible d'expérimenter et de valider des mesures que l'on pourra dupliquer ailleurs plus tard.

Mes initiatives, la politique générale que je conduirai et ses résultats seront considérés par beaucoup comme un test pour une autre politique.

Mais la tentation de consacrer l'essentiel de mon temps à cette politique de proximité va être très vite battue en brèche.

Comme il l'avait annoncé devant l'Assemblée nationale, Michel Rocard déclare le 29 juin qu'il entend soumettre par référendum à l'approbation du pays les accords dits « de Matignon », relatifs à la Nouvelle-Calédonie[3].

1. Le président sortant, Paul Graziani (premier adjoint au maire de Boulogne), que j'avais moi-même aidé à accéder à ce poste en obtenant le retrait à son profit de Jacques Baumel, avait décidé de se représenter.

2. Le département des Hauts-de-Seine compte 1,4 millions d'habitants.

3. Discours de Michel Rocard devant l'Assemblée nationale,

De quoi s'agissait-il exactement ?

Michel Rocard avait-il trouvé en quelques jours une solution miracle lui permettant de mettre d'accord sur un projet les indépendantistes et les loyalistes de ce territoire ?

La réalité est plus prosaïque.

Tout le monde sur place semble être las, les événements d'Ouvéa du 5 mai 1988 ayant été un électrochoc [1].

Les uns et les autres souhaitent enrayer autant que faire se peut les troubles, les exactions et les désordres de toute nature qui mettent en péril la paix civile ainsi que l'activité économique du territoire. L'essentiel des accords porteront donc sur le gel de la situation actuelle pour une période de dix ans, retardant ainsi toute décision !

La question sera alors de savoir si le territoire veut accéder à l'indépendance [2] !

Jacques Chirac, que ces mêmes événements ont profondément marqué, se trouve encore une fois au pied du mur.

Soucieux de ne pas s'engager au fond – dans la perspective de futures échéances électorales –, il en vient, au prix d'une nouvelle contorsion, à prôner l'abstention, attitude éminemment gaulliste…

Que retenir de ce triste épisode ?

Le niveau record d'abstention ? La large victoire du « oui » ? Le fait que le même texte ait été rejeté à Nouméa

---

détaillant ce que serait son action gouvernementale. Les « accords de Matignon » avaient été signés le 26 juin 1988 par Jean-Marie Tjibaou pour les indépendantistes et Jacques Lafleur pour les loyalistes.

1. La prise d'otages de la grotte d'Ouvéa s'était achevée le 5 mai 1988 par le décès de 19 preneurs d'otages et de 2 militaires. 4 gendarmes avaient été tués lors des événements qui l'avaient précédée. Voir Charles Pasqua, *Ce que je sais*, t. I : *Les Atrides*, *op. cit.*

2. Ces accords ne sont pas dénués d'arrière-pensées, chacun sachant le rôle que pourront jouer tout à la fois la démographie et l'adoption d'une nouvelle loi électorale.

où j'étais allé en son temps soutenir les loyalistes de toutes mes forces[1] ?

Plus probablement, que ces nouveaux accords durent être renégociés dix ans plus tard, les Néo-Calédoniens étant opposés à l'indépendance, le transfert de souveraineté étant différé[2].

Si le résultat de ce référendum, quel que soit le nombre de votants, constitue un succès pour le chef de l'État, la situation sociale ne laisse rien augurer de bon pour le gouvernement de Michel Rocard.

Les mesures de traitement du chômage, comme le revenu minimum d'insertion, apparaissent aux électeurs de gauche largement insuffisantes, et leur financement désastreux à tous[3].

Écartelé entre les attentes des électeurs de gauche et l'impossibilité de mener une autre politique économique, Michel Rocard s'efforce de ménager les uns et les autres.

Le principe énoncé par François Mitterrand, « Ni privatisation, ni nationalisation », montre bien les limites de l'exercice auquel le Premier ministre est contraint de se livrer.

Dès le mois d'octobre 1988, seule une minorité de Français approuve peu ou prou son action, une large majorité d'entre eux estimant qu'elle n'est pas efficace pour améliorer la situation de l'emploi et la compétitivité des entreprises. Pis, pour la quasi-totalité des chefs d'entreprise[4] le plan emploi de son gouvernement ne changera rien à leurs projets d'embauche.

1. Votants, 37 % ; blancs et nuls, 12 % ; « oui », 80 %. À Nouméa le « non » recueille 60 % des suffrages.

2. À 2018.

3. Rétablissement de l'impôt sur la fortune sous le nouveau vocable d'« impôt de solidarité sur la fortune ».

4. 90 %. Voir la Banque des sondages, www.ipsos.fr, sondage du 13 octobre 1988.

Les mouvements sociaux vont se succéder, les conflits ouverts ou larvés dans la fonction publique ne cesseront plus.

L'attitude ambiguë de la direction du Parti socialiste, qui est profondément divisé, d'une part, celle des organisations syndicales, d'autre part, constituent une tenaille dans laquelle est pris Michel Rocard.

Ses camarades socialistes n'ont pas de mots assez durs pour critiquer la politique qu'il conduit pourtant avec honnêteté et conviction. C'est un combat permanent qu'il doit mener contre ses propres amis, que ce soit devant le groupe parlementaire socialiste ou à l'Assemblée nationale, lors des débats budgétaires.

Le chef de l'État lui-même va être obligé de soutenir son Premier ministre et de s'engager de plus en plus souvent en sa faveur, tout en incitant ses fidèles à le critiquer [1].

Nul ne s'y trompe, c'est la succession de François Mitterrand qui occupe les esprits.

Le Parti socialiste est à son tour pris dans une tenaille, à la fois attaqué sur sa gauche et mis en cause *de facto* par le gouvernement et François Mitterrand.

Dans l'état de désorganisation qui est le sien, l'opposition ne saurait en tirer profit. Faute d'une initiative forte, elle risque de rester éloignée du pouvoir pour longtemps.

1. « Il est allé jusqu'à dire une fois : "Il n'y a pas de Parti socialiste, il n'y a que des amis de François Mitterrand." Un problème se présente ? Il faisait deux ou trois groupes de travail pour qu'ils se disputent. J'ai trouvé un Parti socialiste atomisé, sans référence collective. Il y a même l'idée d'interdire la numérotation des congrès : Monsieur se donnait le luxe de récuser l'Histoire qui l'avait précédé ! » (« Attali-Rocard : Mitterrand devant l'Histoire », art. cit.).

CHAPITRE 3

Réagir ou disparaître

Si, depuis 1974, la désorganisation de notre camp a été une des raisons essentielles de nos échecs, ce sont les rivalités et les ambitions de ses leaders avérés ou autoproclamés qui en sont la cause !

Ce n'est donc pas des états-majors des partis qu'ils dirigent ou dont ils sont les représentants que viendra le salut.

Voulons-nous que les électeurs de l'opposition se rassemblent dès le premier tour de l'élection présidentielle ? Si tel est le cas, il nous faut imaginer un mécanisme qui leur permette de désigner un candidat unique avant le premier tour de cette élection.

C'est de ce constat simple que naquit le concept des « primaires à la française » que je présentai le 21 novembre 1988 [1].

Un seul candidat à la prochaine présidentielle !

Tous les leaders de la droite font leur cet objectif !

Tous ont en effet compris que celui qui ne se ralliera pas à ce projet apparaîtra comme le diviseur de son camp, perdant *ipso facto* une grande partie de ses chances d'être le candidat de l'opposition.

1. Ce projet, que je présentai au *Club de la presse* d'Europe 1, avait été élaboré par un comité *ad hoc* réuni autour de moi, dans lequel figuraient William Abitbol, Gérard Longuet, Alain Madelin, des élus, ainsi que d'éminents spécialistes.

C'est inespéré et presque trop beau : si ce projet de primaires est adopté par le RPR, l'UDF quant à elle renâclera pendant près d'un an[1] !

Mais, sur un plan strictement politique, l'encéphalogramme est désespérément plat. Alors qu'il serait grand temps pour le RPR et l'ensemble de l'opposition de réagir, Jacques Chirac est toujours sans ressort. Quant au secrétaire général du RPR, Alain Juppé, c'est l'union qui lui tient lieu de programme. N'a-t-il pas écrit dans *Le Monde* : « Si l'union prévalait, nous pourrions créer une structure nouvelle qui nous permettrait de faire évoluer le RPR et l'ensemble de l'UDF sous une forme de direction collégiale[2] » ?

À l'en croire, le sursaut de l'opposition ne passerait donc pas par l'affirmation de nos idées, par la définition d'un projet clair, mais par la désignation, en quelque sorte, d'un nouveau conseil d'administration.

Cette vision des choses, qui est celle d'un gestionnaire, est très mal perçue dans notre électorat qui souhaite qu'on lui parle d'idées et de politique au sens noble.

Au mois de mars[3], les élections municipales allaient servir de révélateur.

Au soir du second tour, le climat est à l'euphorie à l'hôtel de ville de Paris car l'opposition, rassemblée derrière Jacques Chirac, l'emporte dans tous les arrondissements de la capitale[4].

Mais cela ne peut dissimuler le fait que plusieurs villes clés, telles que Strasbourg, Dunkerque, Quimper, Blois, Aix-en-Provence[5], passent à gauche !

Il n'est pas nécessaire d'être grand clerc pour comprendre

1. L'importance de l'audience électorale du mouvement gaulliste n'y est sans doute pas étrangère.
2. *Le Monde*, 17 février 1989.
3. 12 et 19 mars 1989.
4. C'est ce que l'on appellera désormais le « grand chelem ».
5. Parmi beaucoup d'autres.

que le seul succès significatif a été obtenu à Paris, essentiellement grâce à la présence en tête de liste d'un leader reconnu.

Ces élections sont donc une nouvelle désillusion. Mais comment aurait-il pu en être autrement ?

Ceux que l'on veut considérer comme des trublions vont dès lors continuer à s'activer au sein du RPR comme de l'UDF.

Jacques Chirac semblant toujours se désintéresser de la chose politique, la contestation des « jeunes » – ou dits tels –, loin de se calmer, s'amplifie.

La démarche de Philippe Séguin, Michel Noir et Alain Carignon est maintenant relayée par des électrons libres de l'UDF[1].

Ensemble, ils entendent incarner la rénovation : « rénovateurs » ils seront donc[2].

Le débat qu'ils ouvrent, plus que sur les idées, porte sur la nécessité de voir une nouvelle génération accéder aux responsabilités.

De vision d'avenir, point. De projet pour la France, encore moins. Que pourrait-il d'ailleurs y avoir en commun entre les libéraux et les gaullistes ?

Balayer d'un revers de manche cette démarche serait facile, mais nier l'existence d'un malaise en la caricaturant serait une erreur.

Que Philippe Séguin, qui est gaulliste, qui a des convictions et du talent, soit à la marge du mouvement gaulliste n'est que le résultat de la faiblesse et des atermoiements de Jacques Chirac.

Principale cible de la contestation en cours, il aurait

1. Charles Millon, Bernard Bosson, Dominique Baudis.

2. *Manifeste de la rénovation*, 6 avril 1989, cosigné par Michel Barnier, Alain Carignon, François Fillon, Étienne Pinte, Philippe Séguin (RPR), et François d'Aubert, Dominique Baudis, François Bayrou, Charles Millon, Philippe de Villiers (UDF).

tort de prendre ces turbulences à la légère, car elles traduisent une vraie défiance à son égard. Certains d'ailleurs l'expriment ouvertement.

Convaincu de la nécessité de prendre en compte ce phénomène, je lui propose donc de permettre aux « jeunes » du RPR, et notamment aux plus agités d'entre eux, de conduire la liste du mouvement gaulliste à l'occasion des élections européennes.

Ce défi montrera que leur dynamisme est à la fois nécessaire et profitable au mouvement gaulliste. Sa régénération est à ce prix.

Mais, surtout, ce pourrait être pour nous l'occasion d'affirmer clairement nos idées et nos choix. Car c'est uniquement en renouant avec les idées de toujours du gaullisme que nous retrouverons la place que nous estimons devoir être la nôtre, la première, afin de mettre en œuvre le redressement du pays.

Au cours de mon entretien avec Jacques Chirac, je comprends qu'une fois de plus nous sommes sur deux planètes différentes.

Bien que plus grand-chose ne puisse me surprendre venant de lui, ses réflexions me laissent pantois.

Ce qu'il souhaite est une liste commune RPR-UDF conduite par Valéry Giscard d'Estaing !

Regrette-t-il les affrontements passés ?

N'a-t-il pas assez d'adversaires pour ressusciter celui-ci ?

L'ancien président de la République ne représentant plus rien, c'est en vain que je cherche une logique politique ou l'ébauche d'une stratégie dans ses réponses.

Je pense plutôt que certains de ses conseillers lui ont soufflé l'idée de cette mascarade.

Hélas pour lui, premier avatar, Simone Veil refuse l'union ! Les centristes feront donc liste à part…

Les Atrides ne sont toujours pas prêts à se rassembler !

Le score obtenu lors de ces élections, le 15 juin, est de loin inférieur à ceux des scrutins précédents.

La progression du nombre des abstentionnistes, la désaffection de nos électeurs sont la démonstration de ce que j'affirme depuis des années[1].

La stratégie qui consiste à vouloir bâtir l'union de l'opposition sur un RPR sans assise idéologique, donc à la dérive, et une UDF vacillante est vouée à l'échec.

Chacun des mouvements perdant une partie de sa personnalité en se fondant dans un ensemble aux contours imprécis, elle contribue de surcroît à jeter le trouble dans notre électorat.

C'est en reconstruisant une fois encore un mouvement gaulliste puissant, auquel pourront s'accrocher les formations qui le souhaiteront, que nous retrouverons le chemin du succès.

Jacques Chirac peut-il être l'élément moteur de ce sursaut salutaire ? Cela me paraît illusoire.

La contestation des structures des appareils politiques et de leurs dirigeants n'est que la manifestation d'un malaise qui se répand insidieusement[2].

Le mouvement gaulliste n'est pas épargné. Habitués à ce que la voie leur soit clairement indiquée, militants et électeurs du RPR sont désarçonnés par l'attitude de celui qui a été leur candidat à l'élection présidentielle.

Face au nouveau défi que constitue la construction européenne, aux interrogations que suscite la situation en Allemagne, aux craquements qui se font entendre à l'Est et dans les Balkans, à la contestation en Chine, le silence du RPR est assourdissant.

1. Élections européennes, 15 juin 1989 : abstentions, 51,20 % (43,28 % en 1984) ; liste RPR-UDF, 28,88 %, UDF-Veil, 8,43 % (43,03 % en 1984). Voir www.france-politique.fr/elections-europeennes-1984.

2. Le Parti communiste, le Parti socialiste tout comme le RPR étaient saisis de mouvements convulsifs.

Tout se passe comme si la cohabitation avait donné à plus d'un le goût du compromis.

Tout se passe également comme si la méthodologie de Michel Rocard avait englué l'ensemble de la classe politique, Front national excepté, dans un consensus mou.

Le monde est à la veille de grands bouleversements, mais l'ordre règne au RPR. N'est-ce pas là l'essentiel ?

Mais non, l'essentiel est l'union, vous dis-je !

Les dirigeants qui se sont succédés à la tête du mouvement gaulliste, quelles que puissent être son apparence ou sa forme, se sont toujours comportés comme s'ils étaient les gardiens du « dogme » [1]. Ceux du RPR ne semblent pas faire exception à la règle. Mais ce n'est plus la vision gaulliste d'une société plus juste, plus fraternelle qui les anime !

À la philosophie gaulliste de progrès et d'indépendance nationale, ils ont substitué un volapük aux effets pervers [2]. Ils sont devenus les gardiens du dogme de l'union !

D'un moyen susceptible, à certaines conditions, d'aider à atteindre les objectifs fixés, ils ont fait un objectif.

Tout se passe, en fait, comme si Jacques Chirac et ses amis voulaient dispenser le RPR d'une clarification.

Les sujets de réflexion pourtant ne manquent pas ! La fin du modèle socialiste, l'inéluctabilité de la libéralisation des échanges et des comportements économiques ne rendent-elles pas la redéfinition du rôle de l'État indispensable ?

1. Depuis la création du RPF, en 1947.

2. Lors d'une conférence de presse (Paris, 15 mai 1962), le général de Gaulle avait réaffirmé sa conception d'une Europe des États et rejeté les idées supranationales, qui pouvaient, selon lui, être assimilées à de l'espéranto et à du volapük. Le volapük est une langue inventée au XIXe siècle ; elle fut supplantée par l'espéranto.

Allons-nous nous en remettre à la loi du marché et subir, au lieu de la conduire ?

Quel type de société le mouvement gaulliste entend-il promouvoir ?

La participation, c'est-à-dire l'association de tous aux fruits de l'expansion, ne constitue-t-elle pas une chance de construire une société plus juste et plus solidaire [1] ?

La ratification de l'Acte unique européen en 1986 et la coopération avec les autres États dans la perspective du développement de la construction européenne ne risquent-elles pas de remettre en cause la souveraineté nationale [2] ?

Si tel est le cas, la création, à terme, d'une confédération à laquelle nous pourrions déléguer certaines compétences ne serait-elle pas préférable à celle d'une Europe fédérale à laquelle seraient abandonnés les principaux éléments de la souveraineté nationale et, partant, de notre indépendance ?

Des réponses apportées à ces questions découlera la définition d'une politique claire pour l'avenir, préalable à la reconquête du pouvoir. Mais, à l'évidence, avoir une démarche gaullienne est devenu difficile pour certains.

Nous sommes en pleine dérive, en pleine confusion, et cette incapacité à montrer la voie a de graves conséquences pour l'avenir de notre mouvement.

1. La participation, c'est-à-dire l'association du capital et du travail, est une idée chère aux gaullistes de gauche, Louis Vallon, René Capitant, Marcel Loichot, Yvon Morandat. Il s'agissait en fait de sortir d'une analyse marxiste des rapports sociaux et de substituer à la confrontation une collaboration. Il faudra attendre l'élection de Nicolas Sarkozy à la présidence de la République pour que soit décidée la modernisation des ordonnances de 1959 sur l'intéressement, et de 1967 sur la participation.

2. L'Acte unique européen a été signé à Luxembourg le 17 février 1986. Il a été ratifié par la quasi-totalité des parlementaires français le 20 novembre 1986.

À ces problèmes de fond viennent s'ajouter d'autres éléments.

Depuis 1981, le RPR n'a que timidement réagi à l'offensive de François Mitterrand, tendant dans un premier temps à le repousser à droite, puis, ensuite, à le présenter comme un mouvement réactionnaire par opposition à la gauche qui incarnerait le progrès.

Par ailleurs, au fil des ans, par une évolution naturelle, un nombre important des cadres du mouvement gaulliste sont passés du stade de militants à celui d'élus, que ce soit localement ou sur le plan national.

D'un mouvement de militants engagés au service d'une idée, exigeants dans le combat idéologique, nous sommes devenus un parti de cadres et de gestionnaires.

La gestion portant naturellement au compromis, le mouvement gaulliste a donc changé.

La dérive du RPR vers le centre, l'acceptation *de facto* de son positionnement à droite, est à la fois contraire à nos idées et suicidaire pour l'avenir.

Pour couronner le tout, les dirigeants de l'opposition se sont laissé enfermer dans une dialectique stupide qui les conduit à se définir en fonction d'une éventuelle alliance avec le Front national. À les en croire, il n'est pas d'autre alternative : s'allier avec ceux vers qui est allé notre électorat ou réaliser l'union avec nos adversaires de toujours ! Pas un d'entre eux n'a l'idée de dire : « Soyons nous-mêmes, soyons gaullistes. »

Il n'est plus temps de tergiverser : il faut réagir sans tarder, et le faire vivement.

Que nous le voulions ou non, la contestation de la ligne politique définie par la direction du mouvement – ou la dénonciation de l'absence totale de ligne politique – mettra en cause Jacques Chirac, il ne faut pas s'y tromper. Il n'incarne plus, à cet instant, l'avenir du mouvement, en raison de son absence du débat politique.

Cette situation est inédite.

Certes, le général de Gaulle lui-même avait été contesté, mais l'unité du mouvement, un instant menacée, avait été préservée grâce à son rayonnement et l'inconditionnalité de la grande majorité des militants[1].

Georges Pompidou, à son tour, avait eu du mal face aux « barons » du gaullisme, toutefois son autorité s'était finalement imposée.

Mais, dans ces périodes, aucun accommodement n'avait été accepté sur l'essentiel, à savoir la souveraineté et l'indépendance nationales.

La dérive n'avait commencé qu'avec l'arrivée aux affaires de Valéry Giscard d'Estaing, dont les sentiments europhiles étaient bien connus.

Le mouvement gaulliste, divisé lors de la succession de Georges Pompidou, avait failli disparaître.

C'est dans ce contexte que j'avais, avec Pierre Juillet et Marie-France Garaud, convaincu Jacques Chirac, qui était sceptique, de la possibilité de ressusciter le mouvement gaulliste.

Je m'y étais consacré et, celui-ci reconstitué, je l'avais apporté à Jacques Chirac, car il fallait à ce mouvement un leader nouveau ; son dynamisme exceptionnel et son volontarisme avaient fait merveille.

Sa capacité à restituer à tous ce qu'ils avaient envie d'entendre avait fait le reste. Les uns et les autres nous nous étions leurrés.

Malgré les combats livrés et gagnés pour lui au nom des idées gaullistes, l'affaiblissement est palpable. Le mouvement gauliste, auquel j'appartiens depuis toujours, n'a plus de ligne politique claire, d'engagement sur les grands objectifs. Rien. Le constat est cruel.

1. Les événements d'Algérie, le choix de l'indépendance ont créé des fractures profondes au sein du mouvement gaulliste de 1958 à 1962.

C'est donc à d'autres qu'il appartient d'indiquer la voie.

Mais par qui le renouveau du mouvement gaulliste peut-il passer ? Avec qui jeter les bases d'un nouveau projet pour la France ?

Ma conviction est qu'il ne peut être question d'abandonner au bord du chemin les jeunes, les rénovateurs, les contestataires, peu importe l'étiquette.

Mais avec qui parler ?

Michel Noir et Philippe Séguin, qui ont été ministres dans le gouvernement de cohabitation dirigé par Jacques Chirac [1], sont aussi différents que possible.

S'ils ont l'un et l'autre du caractère, leurs motivations sont différentes.

C'est désormais une ambition personnelle qui habite Michel Noir. Ayant assez bien réussi à Lyon, il a fait sienne cette maxime : « Pourquoi pas moi ? » Sa conviction est qu'il pourrait jouer sa propre carte à la prochaine élection présidentielle. Cette démarche personnelle le porte à privilégier, lui aussi, chaque jour davantage l'union, l'objectif étant à terme un parti unique [2]. Cela est incompatible avec la stratégie que je crois nécessaire pour l'avenir du RPR.

Difficile donc de faire fond sur lui pour l'avenir.

Chez Philippe Séguin, les choses sont autres. Si certains disent qu'il a mauvais caractère, c'est qu'il a du caractère. Il est aussi connu pour ses colères.

Tout cela, je le sais. Mais je sais aussi qu'il est profondément imprégné des valeurs du gaullisme. Les idées qu'il exprime sont tout entières sous-tendues par la volonté de redresser le mouvement gaulliste et de préparer l'avenir.

1. De 1986 à 1988.

2. J'ai tout fait en 1987 pour lui éviter une rupture avec Jacques Chirac.

C'est un homme de devoir, toujours prêt à s'engager pour de bonnes causes, qui ne doit pas être à l'aise avec ses actuels compagnons de route [1].

C'est donc lui que je dois rencontrer et c'est avec lui que je vais évoquer l'avenir de notre pays [2] !

1. Je n'oublie pas non plus le courage et la solidarité dont il a fait preuve à mon égard. Lors du drame qu'a été le décès de Malik Oussekine, il n'a pas hésité une seconde à me soutenir. Plutôt que de polémiquer en vain, il se consacre à la ville d'Épinal, dont il est maire, et à sa circonscription des Vosges.

2. Dans le courant du mois de juin 1989.

CHAPITRE 4

Se lèvent les vents

D'entrée de jeu Philippe Séguin et moi partageons la même analyse. Ce n'est pas dans la rénovation que nous trouverons la solution pour l'avenir, pas plus que dans l'union de l'opposition, ni un consensus *a minima*. C'est en renouant avec les valeurs fondamentales du gaullisme, en retrouvant nos racines, que nous redonnerons confiance à nos concitoyens.

Je suis réconforté par le fait qu'il soit comme moi convaincu de la nécessité de stopper la dérive centriste qui ne peut qu'engendrer de nouveaux déboires.

Reste à persuader Jacques Chirac, excusez du peu !

Dans les semaines qui suivent, nous renouons avec Pierre Juillet et Marie-France Garaud, que l'avenir de la France préoccupe tout autant que nous.

Nous sommes d'accord sur le fait que l'idéal serait de convaincre Jacques Chirac de la justesse de notre analyse, tout en réduisant l'influence des mauvais génies du moment [1] dont la démarche est d'ailleurs de plus en plus gênante pour la survie de nos idées.

Pourtant, soudain touché par la grâce, ne voilà-t-il pas qu'Alain Juppé souhaite qu'un débat d'idées ait lieu au sein de notre mouvement ?

Ah, l'excellente chose !

Mais il souhaite aussi la constitution de courants qui

1. Édouard Balladur et Alain Juppé.

élaboreront des motions, dont il fera la synthèse pour préparer les futures assises du mouvement [1].

Les bras m'en tombent, car nous voici, nous gaullistes, invités à singer le Parti socialiste.

La belle farce que voilà, qui consiste d'abord à étaler ses différences pour ensuite les gommer, à diviser d'abord pour rassembler ensuite !

Le psychodrame vécu par les socialistes lors des élections européennes aurait pourtant dû provoquer un choc salutaire.

À cette occasion, le courant mitterrandien, conduit par Laurent Fabius, s'était tout d'abord opposé violemment à une ligne plus favorable à un ancrage à gauche dont Pierre Mauroy et Lionel Jospin étaient les chefs de file [2]. L'échec consommé, l'affrontement s'était poursuivi sur la part de responsabilité des uns et des autres dans le revers électoral [3].

Décidément, il nous faut aller vite afin de sauver ce qui peut encore l'être.

Cependant, tout ne pourra se faire au rythme souhaité.

En octobre, un examen médical de routine, suivi des analyses nécessaires, révèle l'obligation d'une intervention chirurgicale rapide [4]. Elle aura lieu au mois de novembre ; je serai indisponible pendant une période

1. La création de courants sera entérinée par le conseil national du RPR, le 22 juin 1989.

2. La cause en était les positions de leurs partisans sur la liste et la place à faire à leurs nouveaux amis, issus de l'ouverture.

3. Élections européennes de 1989 : abstentions, 51,20 % ; UDF-RPR (V. Giscard d'Estaing), 28,88 % ; PS-MRG (L. Fabius), 23,61 % ; FN (J.-M. Le Pen), 11,73 % ; Verts (A. Waechter), 10,59 % ; Centre (S. Veil), 8,43 % ; PCF (P. Herzog), 7,72 % ; Chasse, pêche, tradition (A. Goustat), 4,13 %.

4. Je serai opéré du côlon, les examens médicaux ayant révélé la nature maligne d'un polype.

de trois semaines à un mois. Tout le monde croira à la fable répandue d'un voyage familial au Canada, seule ma famille la plus proche et mon chauffeur étant au courant. La perte de quelques kilos contribuera à accréditer l'idée d'un régime pour faciliter ma remise en forme en vue des échéances à venir !

Finalement, chacun croit ce qu'il désire !

De retour à mon bureau, je m'adonne avec intérêt à la lecture du livre de Philippe Séguin, *La Force de convaincre*.

C'est un plaidoyer en bonne et due forme en faveur du gaullisme, qui seul, selon lui, peut contribuer à résoudre les problèmes des Français.

Au passage, il parle de notre complicité intellectuelle, de la fibre populaire que j'incarne, et condamne la dérive droitière, celle qui nous éloigne chaque jour davantage de nos idéaux.

Entre-temps, à l'automne, après le renouvellement par tiers du Sénat a lieu l'élection de son président.

Alain Poher ayant fait savoir qu'il ne se représenterait pas lors du renouvellement de 1992, j'avais décidé de soutenir sa candidature ; le groupe parlementaire m'avait suivi. Nous n'avions cessé de progresser et, désormais, nous étions par notre effectif, 73, les plus nombreux. L'objectif que je m'étais fixé, atteindre le chiffre magique de 100 sénateurs, paraissait réaliste : dès lors, rien ne pourrait se faire sans nous dans la majorité présidentielle.

Grâce à notre soutien sans faille, Alain Poher, dont j'avais apprécié l'attitude de 1986 à 1988, fut réélu [1].

1. Si dans notre groupe chacun connaissait les ambitions de Christian Poncelet, président de la commission des finances, d'autres ambitions se faisaient jour dans les autres groupes de la majorité sénatoriale. À l'issue du premier tour, Christian Poncelet vint me voir et m'indiqua qu'il pensait que le président Poher serait susceptible de se retirer en sa faveur, ce qui permettrait d'avoir un candidat unique de la majorité sénatoriale. Il sous-entendait que seul mon

Nul ne douta plus désormais de notre influence dans la Haute Assemblée, hormis quelques rêveurs de l'UDF.

Mais, parallèlement, au cours d'entretiens réguliers pour réveiller le mouvement gaulliste naît une idée simple. Comme au judo, il nous faut utiliser la force de l'adversaire pour le déséquilibrer [1].

Jacques Chirac, Édouard Balladur et Alain Juppé veulent qu'il y ait des courants, nous en créerons donc un.

Cette idée nous amuse beaucoup ! Je retrouve forme et allant.

Mais, dans le même temps, il me semble consternant d'en être réduit à cela pour leur faire entendre raison.

Les propos tenus à l'Assemblée nationale ou au Sénat, les échos rapportés par les chroniqueurs nous montrent chaque jour davantage que la majorité présidentielle est profondément divisée.

Pas de jour sans polémiques ou chamailleries entre membres du gouvernement ou camarades. Que ce soit au comité directeur du Parti socialiste, au début du mois de juillet, lors des universités d'été, ou par médias interposés, chacun y va de ses critiques ou de ses piques contre Michel Rocard et son gouvernement. Au-delà des questions idéologiques, c'est bien la bataille engagée dès 1985 entre Laurent Fabius et Lionel Jospin pour la succession de François Mitterrand qui se poursuit, Michel Rocard pouvant en être l'arbitre [2].

---

entêtement à soutenir Alain Poher empêcherait cette solution ; dans ces conditions, je proposai que lui-même, Roger Romani et moi rendions visite au président Poher pour le consulter sur cette éventualité. Manifestement, cette idée n'avait jamais effleuré Alain Poher, qui nous confirma le maintien de sa candidature au troisième tour. Les autres candidats s'étaient rassemblés derrière Pierre-Christian Taittinger, qui fut battu par 111 voix contre 127 au président sortant.

1. Ces entretiens s'élargissent à Pierre Juillet et Marie-France Garaud.

2. Voir Patrick Jarreau. « Les relations entre le gouvernement et le parti. Les dirigeants du PS laissent la voie libre à M. Rocard », *Le*

Une belle unanimité se dégage toutefois pour pourfendre l'« ouverture », qui n'a rien apporté en termes parlementaires, et jette, là aussi, le trouble dans l'électorat. Une pierre dans le jardin de François Mitterrand…

Michel Rocard lui-même sera contraint de rappeler à l'ordre d'une manière formelle ses ministres au cours d'un Conseil des ministres [1].

Le chef de l'État semble se délecter de cette situation, soufflant le chaud et le froid, encourageant les critiques ou bien ordonnant le cessez-le-feu [2].

Comme un chroniqueur le fait remarquer : « Heureusement pour lui [Michel Rocard], il n'est pas pour le moment confronté à une crise grave dans le pays. Vu la manière dont il est traité en période relativement calme,

---

Monde, 4 juillet 1989. Voir *Le Monde* du même jour, sur les principales interventions des dirigeants socialistes. Louis Mermaz : « Le gouvernement ne s'identifie pas au parti, pourquoi le parti s'identifierait-il au gouvernement ? » Lionel Jospin « refuse de faire l'impasse sur l'existence et le poids du Parti communiste, qui, s'il n'est pas au gouvernement, est au Parlement ».

1. Michel Rocard a affirmé : « Les débats de la démocratie ont leurs vertus et leurs exigences, mais ce qui fait désaccord entre ministres doit être évoqué dans les réunions interministérielles ou autour de la table du Conseil des ministres. Toute décision gouvernementale ne saurait être publiquement remise en cause », Jean-Louis Andréani, « Approuvé par M. Mitterrand, M. Rocard rappelle à l'ordre les membres de son gouvernement », *Le Monde*, 7 septembre 1989.

2. « L'attitude du président de la République avait pu, ces jours derniers, paraître ambiguë puisque certains de ses proches étaient au premier rang des pourfendeurs de M. Rocard. Le jeu ayant quelque peu dégénéré, le président a sonné la fin de la récréation… », *Le Monde*, 7 septembre 1989, art. cit. « Même Dieu sur ses hauteurs a perçu les échos de ce qui devenait plus que des chamailleries et s'en est ému. M. Mitterrand aurait lui-même appelé M. Jospin après sa sortie […] pour lui suggérer de trouver autre chose pour exister face à MM. Rocard et Fabius… » (« Approuvé par le président de la République, M. Rocard a bon espoir que le débat interne au PS sera maîtrisé », *Le Monde*, 7 septembre 1989).

vu l'impitoyable résolution qui pousse certains dirigeants socialistes à se démarquer de lui en permanence, on n'ose imaginer la pluie de fer et de mitraille qui s'abattra sans doute sur son bastion au cas, par exemple, où l'explosion sociale, redoutée par certains, attendue par d'autres, viendrait à se produire [1]. »

Dans la perspective du prochain congrès, chacun au sein du Parti socialiste fourbit ses armes, mobilise ses troupes et se prépare à l'affrontement par courant interposé [2].

Mais le luxe que constituent ces querelles n'est rendu possible que par l'état de délabrement dans lequel se trouve l'opposition, toujours groggy, anesthésiée.

À nous donc de la réveiller afin de réduire la marge de manœuvre du chef de l'État car, si François Mitterrand n'a plus de projet politique, il n'a rien perdu de son intelligence manœuvrière.

Je développe avec Philippe Séguin notre action nationale, le temps nous étant compté. Parlementaires et cadres du mouvement avec lesquels nous multiplions les contacts accueillent notre démarche avec sympathie et espoir. Tous souhaitent le retour aux principes fondamentaux du gaullisme.

L'occasion de provoquer les changements nécessaires va se présenter avec les assises nationales du RPR, qui doivent avoir lieu au Bourget au mois de février [3].

Toujours inspiré par ce qui se passe au Parti socialiste, Alain Juppé souhaite que les différentes sensibilités présentent chacune leur motion. Il entend ensuite présider une commission qui en fera la synthèse.

1. « Approuvé par le président de la République… », art. cit.

2. Neuf contributions seront remises au comité directeur du Parti socialiste (7-8 octobre 1989). Cinq d'entre elles émanent de membres de ce qui hier encore était le courant mitterrandiste (MM. Dray, Fabius, Jospin, Mermaz, Poperen) : son éclatement est officialisé.

3. Le 11 février 1990.

Inutile d'être grand clerc pour comprendre qu'il s'agit de récupérer quelques-unes des idées de chaque sensibilité, et d'en faire une rédaction commune. Alain Juppé et Jacques Chirac apparaîtront ainsi comme de grands rassembleurs.

Qui pourrait ne pas concevoir que l'essentiel pour eux est de garder le contrôle d'un mouvement gaulliste assoupi ?

Tout est prévu et organisé à cet effet.

Lors de ces assises nationales, les militants auront d'abord à élire le président du RPR.

Personne n'imagine que ce puisse être quelqu'un d'autre que Jacques Chirac, nous les premiers, au risque de mettre à mal son statut de chef de l'opposition.

Pour ce qui concerne la définition de la ligne politique du mouvement, Philippe Séguin et moi considérons comme contraire aux intérêts du pays la priorité donnée à l'union avec l'UDF, l'abandon de nos idées en étant le prix à payer.

C'est donc un désaccord de fond qui m'oppose chaque jour davantage à Édouard Balladur et Alain Juppé, qui campent sur cette ligne.

Aussi, la démarche que nous arrêtons est simple.

La désignation de Jacques Chirac au poste de président du RPR s'impose. Il est souhaitable qu'il rassemble sur son nom la totalité des mandats afin que sa prééminence au sein de l'opposition soit confortée. Nous le dirons sans hésitation et sans équivoque.

Par contre, le débat ouvert dans le mouvement gaulliste au travers du jeu des motions a révélé un désaccord total sur la ligne politique à mettre en œuvre. La priorité que nous donnons à la reconstruction du mouvement par la réaffirmation des principes du gaullisme comme moteurs de l'action politique ne peut s'accommoder d'un compromis.

Entre cette démarche et celle des unionistes il ne saurait

y avoir de synthèse possible, comme l'adoption d'une motion mi-chèvre, mi-chou !

Franck Borotra [1], qui est devenu notre porte-parole, signifie donc notre refus de la « motion de synthèse obligatoire ».

Afin que les choses soient claires, nous suggérons que Jacques Chirac reste au-dessus de la mêlée et laisse le mouvement déterminer librement la ligne politique qu'il souhaite voir suivre [2].

Innocents que nous sommes !

Pour que Jacques Chirac ne puisse prétendre l'ignorer, je lui fais remettre une lettre dans les premiers jours du mois de janvier 1990 afin de l'informer du sens de notre démarche. Une conférence de presse est prévue le 10 du même mois.

Si nous sommes décidés à conduire ce débat au sein du mouvement gaulliste, nous entendons aussi prendre la France à témoin, car c'est de l'avenir de notre pays dont il s'agit.

Ce débat est l'acte fondateur de ceux qui ne veulent pas renoncer, et qui veulent espérer. Il ne cessera d'aller en s'amplifiant.

La passivité du président du RPR l'a rendu inévitable. Nous pensions qu'il fallait arracher Jacques Chirac à sa léthargie ? Cela va être réalisé au-delà de toute espérance.

1. Franck Borotra, conseiller général, député des Yvelines, deviendra notre porte-parole après avoir retiré sa propre motion.

2. Le système de vote est indirect, les militants étant représentés par des porteurs de mandats.

Chapitre 5

Se lève la tempête

C'est par un communiqué remis à l'Agence France-Presse que Philippe Séguin et moi-même annonçons que nous avons décidé de former un courant au sein du RPR et que, « unissant nos efforts afin de provoquer le renouveau du mouvement gaulliste, nous présenterons une motion au vote des militants lors des assises nationales du RPR[1] ».

Jacques Chirac, qui feint de ne rien comprendre, est furieux.

Rien ne l'inquiète venant de Philippe Séguin, rien ne l'étonne non plus.

Mais moi…

Voilà pourtant plus d'un an que je tire la sonnette d'alarme. Depuis des mois j'insiste sans relâche sur le déphasage existant entre la classe politique et l'opinion publique. L'inquiétude de notre électorat, de nos cadres et de nos élus est réelle. Ils ne comprennent pas que le RPR, la formation la plus puissante de l'opposition, ne soit pas le fer de lance du combat contre une majorité hétéroclite et l'immobilisme ambiant[2].

La conversation téléphonique qui suit notre initiative montre à quel point le fossé s'est creusé entre nous :

1. Dépêche AFP, 9 janvier 1990.
2. Voir, entre autres, l'interview que RMC et FR3 m'ont consacrée le 2 juillet 1989.

« Qu'est-ce qu'il te prend… ?

– Tu souhaitais des courants au sein du RPR, eh bien, en voilà un…

– Tu aurais pu me prévenir.

– Je l'ai fait, ma lettre doit se trouver sur ton bureau.

– Pourquoi n'es-tu pas venu me voir ? Nous aurions pu en parler.

– Cela n'aurait servi à rien, tu n'écoutes plus !

– Alors tu me déclares la guerre, et en plus avec Séguin !

– Tu vois, tu ne comprends pas. Nous voulons t'aider à ouvrir les yeux, à reprendre en main le mouvement, à incarner une ligne correspondant à ce que veut la majorité des Français. »

Ce sera peine perdue.

Oublié, ce déjeuner[1] en tête à tête au cours duquel je lui avais expliqué tout à la fois l'incohérence de la démarche suivie par la direction du RPR, la rupture qu'elle entraînait au sein du mouvement gaulliste, et combien elle était préjudiciable pour l'avenir ?

Déjà oubliés, les termes de la lettre remise le matin même, pourtant si clairs : « Allons-nous renoncer, allons-nous nous contenter de la passivité ambiante et du conformisme ? La réponse est non ! C'est pourquoi, afin de provoquer le débat indispensable d'où sortira un mouvement régénéré, j'ai décidé, avec d'autres compagnons, de soumettre à l'examen des assises et au vote une motion indiquant, d'après nous, la marche à suivre… » ?

La conférence de presse tenue le lendemain avec Philippe Séguin sera en quelque sorte le coup d'envoi d'un débat que certains imaginent durer tout au plus un mois[2], avant de le passer par pertes et profits.

1. À l'hôtel de ville de Paris au début du mois de décembre 1989.

2. C'est-à-dire jusqu'au 11 février, date des assises nationales du RPR.

Grave erreur !

Une fois de plus, nous expliquons à toutes et à tous qu'il n'est pas question de remettre en cause le leadership de Jacques Chirac. Ce que nous contestons, ce que nous refusons, c'est l'embourgeoisement du RPR, la recherche permanente de l'entente avec l'UDF sur le fond.

Car si une telle entente peut se concevoir sur le plan tactique à l'occasion d'élections, il est inacceptable qu'elle ait pour conséquence l'abandon par le RPR des idées incarnées par le général de Gaulle. Si tel était le cas, le mouvement gaulliste deviendrait une pâle copie de la formation regroupant ses adversaires de toujours !

Le constat que l'on peut faire dix-huit mois après l'élection présidentielle est simple : « Le RPR n'a toujours pas retrouvé la confiance en lui-même et par conséquent n'a jamais semblé aussi éloigné de regagner celle des Français [1]. »

Mais nous allons plus loin, car l'idée de la France dont nous étions porteurs, nous sommes en train d'en être dépossédés !

La ligne approuvée par Jacques Chirac, inspirée par ses conseillers dans l'atmosphère feutrée de l'hôtel de ville de Paris, place le mouvement gaulliste dans une situation intenable [2].

En effet, le sens politique de François Mitterrand, joint à sa finesse manœuvrière, a rejeté le RPR à droite de l'échiquier politique. Mais, dans le même temps, la référence à la nation et à la souveraineté nationale dans le discours du Front national, la constance avec laquelle ses dirigeants attaquent le patronat et le capitalisme ont renvoyé le mouvement gaulliste au centre droit.

1. Conférence de presse de Philippe Séguin et moi-même, hôtel Intercontinental, Paris, 10 janvier 1990.

2. J'emploierai même l'expression « bunker de l'Hôtel de Ville » dans une interview.

L'espace entre l'UDF et le Front national s'amenuisant de jour en jour, c'est donc à un combat pour la prééminence au sein du centre droit que conduisent les réflexions de nos brillants stratèges.

Point n'est besoin de longs discours pour comprendre combien, pour nous gaullistes, tout cela est contraire aux intérêts du pays et néfaste pour le mouvement. Au-delà des apparences, au-delà de ce qui sera présenté d'une manière caricaturale, nous voulons qu'un débat ait lieu et que les militants puissent décider en toute connaissance de cause de la ligne politique du mouvement auquel ils appartiennent[1].

Au sortir de cette conférence de presse, je ne peux faire part à quiconque de mes doutes sur la capacité de Jacques Chirac à écouter une autre analyse que celle qui l'entraîne vers un consensus mou. Ce débat, j'ai vainement tenté de l'ouvrir avec lui, il s'y est toujours refusé. Peut-on imaginer qu'il l'accepte aujourd'hui, qu'il écoute les arguments des uns et des autres, avant de trancher en parfaite connaissance de cause ?

Seules quelques personnes savent que, depuis la résurrection du mouvement gaulliste et la mise en orbite de Jacques Chirac, le combat contre la facilité comme le renoncement à nos idées et principes a été permanent.

Voilà déjà longtemps que Marie-France Garaud et Pierre Juillet ont baissé les bras, tout à la fois découragés devant l'inanité de leurs efforts et convaincus que, responsables du casting, nous nous étions trompés. Mais je ne suis pas prêt à renoncer à mes idées, ni à voir jeter à bas ce que j'ai construit.

Que la réaction première de Jacques Chirac soit plus d'irritation que de surprise ne m'étonne pas.

1. *Pour un nouveau rassemblement*, tel était le titre du document rendu public, le 11 février 1990, lors de notre conférence de presse.

Je l'ai tellement aidé, soutenu, porté, envers et contre tout, envers et contre tous, qu'il a fini par considérer que j'étais chiraquien, voilà tout !

Et puis, il est tellement plus simple de composer, de renoncer, que de combattre.

Alain Juppé et la direction du RPR, bientôt rejoints par Nicolas Sarkozy, savent que nos arguments et notre plaidoyer sont entendus dans le mouvement, et qu'une large partie des militants nous approuve.

Vont-ils accepter de débattre ? Vont-ils accepter la critique ?

Nenni !

Se sachant contestés et minoritaires, ils vont s'engager dans une partie de bonneteau politique, afin d'obtenir le maintien dans les lieux.

Tout d'abord, convaincre sans trop de mal Jacques Chirac que toute critique de leur ligne politique ou de leurs propositions est une contestation de son autorité, une remise en cause de son leadership. Ce fut bientôt acquis.

Lui faire comprendre, ensuite, que s'il ne s'engage pas personnellement, la motion Pasqua-Séguin risque de l'emporter au détriment de son autorité et de son prestige. Ce fut bientôt fait.

Séduit par cette argumentation de bazar, Jacques Chirac décide donc qu'en face de la motion Pasqua-Séguin, il y aurait une motion Chirac-Juppé.

Le prétexte en sera notre refus d'une motion de synthèse « nègre blanc ».

Et après ?

Il estimait que son autorité était bafouée ? Il n'avait qu'à s'en prendre à lui-même.

Nous n'avions jamais pu débattre du choix d'une ligne politique. Il se rendait brusquement compte que nous n'étions pas des inconditionnels de la chiraquie, ses clients ou ses obligés, mais des militants et des élus au service des principes qui avaient motivé nos engagements.

La violence de la réaction du président du RPR, son refus du débat, les attaques personnelles dont nous fûmes l'objet, Philippe Séguin et moi, nous conduisirent à « secouer le cocotier » encore plus fort, comme devait le dire un commentateur.

Le texte définitif de notre contribution fut rendu public quelques jours plus tard sous un titre beaucoup plus en rapport avec la situation du mouvement gaulliste : *Un nouveau Rassemblement pour la France*.

La référence à la création du RPR en 1976 était sans équivoque, l'appel à la refondation non plus : « C'est ce rassemblement pour la France que les adhérents du RPR, réunis en assises, décident de créer[1]... »

L'incompréhension entre nous était totale. Fallait-il le démontrer ?

Lors d'une intervention télévisée, à une question me concernant Jacques Chirac répondit : « C'était mon ami[2] [...] »

Pouvait-il imaginer un seul instant que je pourrais renier mes idées pour lui être agréable ou pour favoriser d'autres ambitions ?

Lui-même devait me dire plus tard : « À la minute même où j'ai dit cela, j'ai compris que j'avais fait une connerie. »

Quelques mots pour une blessure.

Quelques mots, une cicatrice qui ne s'effacera pas avec le temps.

Quelques mots pour une rupture.

Comme devait l'écrire un journaliste, d'une manière

1. Charles Pasqua et Philippe Séguin, *Un nouveau Rassemblement pour la France* ; André Passeron, « La préparation des assises du RPR. M. Pasqua propose de créer le Rassemblement pour la France », *Le Monde*, 18 janvier 1990.

2. Interview de Jacques Chirac, journal de 20 heures sur TF1, 20 janvier 1990.

quelque peu mélodramatique : « *Consumatum est.* “Jacques” et “Charles”, c’est fini. Ça fait mal, mais tout ce qui incubait, comme un abcès, vient de crever d’un coup[1]. »

Inquiet du développement de la polémique, Michel Debré me demanda de déjeuner chez lui avec Jacques Chirac.

Fidèle à ses habitudes, ce dernier m’assena un argument définitif : « Tu sais, je te confierais bien le mouvement, mais, dans ce cas, Noir, Carignon, Barzach s’en iraient. »

Jacques Chirac se garda bien de me charger de la direction du RPR, quelques mois plus tard Michèle Barzach, Alain Carignon et Michel Noir quittèrent le RPR.

J’aurais pu être étonné, mais cette conversation me rappelait celle concernant son fonds de commerce au lendemain de la défaite de 1988[2].

Je lui parle de la France, il me répond épicerie.

La direction du RPR, son secrétaire général en tête, n’a pas de mots assez durs pour fustiger notre initiative, qui, pour elle, est tout à la fois une remise en cause de Chirac, le prélude à une alliance avec le Front national, une action fomentée par des factieux et des ambitieux.

Feindre de croire que tout cela n’est qu’une question de personnes ou de postes tranquillise sans aucun doute Jacques Chirac dans l’immédiat.

Qui peut croire qu’insinuations et dénigrement aient seuls pu venir à bout de la confiance absolue qui nous unissait auparavant ?

Qui peut croire que, les moments d’emportement passés, nos relations puissent redevenir ce qu’elles étaient ?

1. Jean Cau, « Jacques et Charles, les frères déchirés », *Paris-Match*, 22 janvier 1990.

2. Voir Charles Pasqua, *Ce que je sais*, t. I : *Les Atrides*, *op. cit.*, « Épilogue », p. 277.

Le mal est plus grave et prend ses racines dans les convictions profondes de l'un et de l'autre.

Prenant conscience du trouble qui saisit le RPR, son président, dans un souci de clarification, n'hésite pas à déclarer : « Si vous cherchez la place de Chirac dans le Rassemblement, vous ne la trouverez ni à gauche, ni à droite, ni au centre, mais au-dessus et avec tous les moyens de l'occuper[1]. »

Certes, Jacques, mais le RPR, où se situe-t-il ?

Tout était dit !

Jacques Chirac s'était mis en jeu, mais, désirant reprendre l'initiative, il fit sienne la formule « Moi ou le chaos ». Il déclara à qui voulait l'entendre que s'il n'obtenait pas le soutien des deux tiers des mandats, il ne resterait pas !

S'il comptait nous dissuader de continuer notre action, il en fut pour ses frais.

Avec conviction et dynamisme nous battîmes la campagne. En un mois, toutes les régions de France furent visitées, tout le monde comprenait qu'*in fine* le vrai problème était politique.

Sorti de son apathie, Jacques Chirac fit ce qu'il sait le mieux faire : du Chirac.

Jour après jour, notre débat était repris par l'ensemble des médias. Ce qui se passait chez les gaullistes était considéré comme un signe de grande vitalité et de démocratie interne réelle[2].

Le retour aux valeurs essentielles du gaullisme, la reconstruction du mouvement, la priorité à la nation et

1. Laurence Masurel et Charles Villeneuve, « Chirac face à Pasqua-Séguin. Le 11 février au soir le RPR sera à nouveau réuni », *Paris-Match*, 22 janvier 1990.

2. Il est vrai que les journalistes de notre pays n'avaient pas été à pareille fête depuis longtemps ! Au Parti socialiste comme au sein de l'opposition, le happening était permanent.

au social, avec pour objectif la réorganisation de l'opposition autour d'un RPR puissant, recueillaient l'approbation de la plupart des militants.

Nos adversaires – membres comme nous du RPR ! – sentaient confusément que, sauf engagement personnel très fort de Jacques Chirac, la ligne politique que nous proposions avait de grandes chances d'être choisie.

Afin de l'éviter, à bout d'arguments, ils adoptèrent comme credo l'axiome suivant : « Si la motion Chirac-Juppé recueille 66 % des mandats, Pasqua reste ; moins de 66 %, Chirac s'en va. »

Dans un laps de temps très court, trois semaines exactement, le discours de Jacques Chirac va évoluer. Les thèmes de la nation, de l'immigration, du refus d'un parti unique vont être de plus en plus systématiquement développés [1].

Charles était trop à droite, vous dis-je !

Pendant ces quelques semaines, Édouard Balladur, qui comprenait que le malaise allait croissant au sein du mouvement gaulliste, avait fait preuve d'une certaine réserve.

À la veille des assises nationales, il décida de prendre date, en portant le fer sur un sujet qui nous tenait particulièrement à cœur.

Aux projets de Jacques Delors, notamment celui de la monnaie unique, il opposa le concept de monnaie

1. « Il est tout à fait exclu que nous allions vers un parti unique. Mais une stratégie d'union de l'opposition s'impose pour gagner comme nous l'avons fait en 1986, ce qui ne veut pas dire fusion [...]. Nous devons affirmer nos convictions sans nous référer sans cesse aux autres. Les gaullistes n'ont pas de leçon à recevoir en matière d'humanisme. Oui, nous devons renforcer l'identité de la Nation, ce qui implique notamment une politique claire de l'immigration... » (André Passeron, « Jacques Chirac à Toulouse », *Le Monde*, 27 janvier 1990). Le même procédé sera utilisé en 1995, le thème étant alors la « fracture sociale ».

commune, la nécessité de ne pas s'opposer à la réunification de l'Allemagne, l'ouverture en direction des pays de l'Est, précisant même: « [...] peut-être serait-il temps de jeter les bases d'une meilleure organisation de tout le continent. Serait-ce la confédération suggérée par M. Mitterrand ? Peut-être, à condition d'en préciser le contenu[1]... ».

Ah, la belle formule que voilà !

Était-il si difficile, cher Édouard, de dire que cette idée était avant tout gaulliste ?

Sans que la classe politique et les observateurs y prêtent attention, Édouard Balladur venait de se rapprocher des idées que nous défendions.

Cependant, Jacques Chirac s'étant mis personnellement en jeu, nous ne pouvions pas aller jusqu'au bout de notre démarche.

Relever le défi et contester son autorité aurait entraîné la dislocation du RPR ; tel n'était pas notre but.

Dès lors, les dés étaient jetés[2].

Restait à défendre notre motion lors des assises nationales, afin de créer un rapport de force qui nous permette de peser le plus possible dans le futur.

L'heure n'était plus à essayer de convaincre Jacques Chirac.

La conclusion, toute provisoire, de ce débat eut lieu au Bourget, le 11 février, devant 20000 militants[3] ; elle fut digne, à quelques réserves près.

1. Édouard Balladur, « Un point de vue de l'ancien ministre de l'Économie de M. Chirac. Pour l'Union européenne. Un triple contenu : monétaire, politique et militaire », André Passeron, *Le Monde*, 9 février 1990.

2. Plus tard, Alain Juppé tentera de faire croire que mon ambition menaçait Jacques Chirac. Les événements se sont chargés de montrer d'où pouvait venir la menace.

3. Assises nationales du RPR. Seuls les mandataires (environ 4500) prirent part au vote qui suivit.

Un déchirement pour la plupart d'entre eux, qui sentaient viscéralement que nous appartenions à une même famille, que notre combat était juste, que la voie que nous indiquions était la bonne.

Si l'attachement au chef que nous leur avions choisi était tout aussi viscéral, nous n'avions qu'à nous en prendre à nous-mêmes.

Les représentants de la presse, souvent prompts à forcer le trait, étaient venus, comme devait l'écrire l'un d'entre eux, « assister à l'ultime phase du duel opposant, depuis plus d'un mois, celui qui, si longtemps, fut le chef incontesté du mouvement gaulliste à celui qui, depuis 1976, l'a aidé à détenir cette place avantageuse [1]… ».

Je n'ai pas à faire longtemps appel à mes souvenirs pour revivre cette journée d'hiver.

Je revois comme si c'était hier cet immense hall, sans âme malgré les références aux grandes messes gaullistes du passé.

D'enthousiasme, point. Brouhaha et tumulte des uns, applaudissements et ovations des autres, tout à la fois, au gré des interventions.

Hurlements de commande, ovations si spontanées, d'un noyau organisé autour de… Ah, Nicolas !

Enthousiasme, rage de nombreux jeunes, et d'autres qui le sont moins, mais tous fidèles à notre idéal.

Arrivée du président du RPR comme s'il était à la recherche d'un nouvel adoubement. Ovations bien sûr, mais le cœur n'y est pas.

Philippe Séguin et moi traversons à notre tour cette salle.

Réactions diverses. Gêne de ceux qui, depuis des mois, n'ont pas eu de mots assez durs contre la dérive de notre mouvement et ses responsables, mais qui, *in fine*, ont fait

1. Thierry Bréhier, « Le face-à-face entre M. Chirac et M. Pasqua », *Le Monde*, 11 février 1990.

passer leurs idées après investitures, avantages, chantage aux sentiments, quoi d'autre encore ?

Regard fuyant d'autres, qui ont déserté le champ de bataille une fois de plus [1].

Mépris, colère, détermination !

Franck Borotra fut excellent. Parlant sans notes, avec patience, sincérité, passion, il fut d'une efficacité chirurgicale.

Je ne fus pas bon car je ne fus pas moi-même.

Soucieux de ne pas laisser trop de souvenirs et d'émotions envahir mon propos, j'avais choisi de rédiger mon intervention. Je souhaitais, en effet, ne laisser prise à aucune interprétation maligne et jeter les bases de ce que devraient être la politique et la stratégie des gaullistes pour demain.

Je lus donc mon texte, plutôt que d'interpeller et d'attraper à bras-le-corps cette foule, ces militants, ces mandataires qui me connaissaient et qui savaient la part prise aux combats. C'eût été tellement facile !

Fut-ce une erreur ?

Sans doute.

Philippe Séguin eut à faire face à une véritable bronca, l'indulgence de la foule ne lui étant pas acquise.

Mais je le revois encore, formidable au physique comme au moral, agripper des deux mains le pupitre derrière lequel il allait s'adresser aux militants.

Je l'entends encore entreprendre de démontrer avec justesse, émotion et talent que notre combat était le seul qui vaille.

Au terme de cette journée la motion Chirac-Juppé était

1. Pendant toute cette période, Bernard Pons (président du groupe parlementaire RPR à l'Assemblée nationale) avait été très mordant contre Jacques Chirac et la direction du RPR, nous exhortant à agir sans délai. Le jour venu, le courage lui fit défaut. Ce n'était pas la première fois.

approuvée par 68 % des mandataires, 32 % se prononçant en faveur de la motion Pasqua-Séguin.

Étrange journée, puisqu'il avait été écrit que notre proposition était vide de sens, puisqu'il avait été dit par Jacques Chirac : « [...] en face il y a une contribution sans aucun projet. Ce n'est pas sérieux [1] ! ».

Étrange journée, puisque la motion approuvée reprenait en grande partie notre argumentation et nos idées [2].

Étrange journée, surtout, car peu pressentaient ce qu'elle préfigurait.

Le résultat de cette tentative de redressement ? Nous constituions désormais une alternative pour l'avenir.

1. André Passeron, « M. Jacques Chirac se présente comme l'enjeu des assises du 11 février », *Le Monde*, 27 janvier 1990.

2. « "La motion de synthèse est mon propre texte." Il répète "c'est mon projet", en insistant sur le possessif » (propos de Jacques Chirac rapportés par André Passeron, *ibid.*).

CHAPITRE 6

Semer pour récolter

Au lendemain de ces assises, Jacques Chirac et son entourage tentent de se persuader que tout pourra recommencer comme si rien ne s'était passé. La marche vers l'union va pouvoir se poursuivre, la reconduction d'Alain Juppé en est le prélude.

Le souhait exprimé quelques jours plus tard par Édouard Balladur de voir l'opposition avancer dans le sens de l'union en est la confirmation [1].

Grand bien leur fasse !

Les abandonnant à leurs illusions, Philippe Séguin et moi décidons d'entamer sans tarder un tour de France afin de mobiliser militants et électeurs dans la perspective des échéances électorales futures [2].

J'insiste en ce qui me concerne sur la nécessité d'adopter rapidement le système des primaires pour l'élection

1. Le 17 février 1990, Conseil national du RPR. André Passeron, « Au Conseil national du RPR M. Balladur sort de son silence », *ibid.*, 18 février 1990.

2. Le « tour de France » est dans la chanson de geste gaulliste l'occasion pour les dirigeants du mouvement de maintenir un lien direct et physique avec les cadres et militants. Il permet de délivrer la bonne parole aux uns et aux autres, ou de les mobiliser avant une échéance importante. L'essence populaire du mouvement gaulliste est tout entière dans cet échange. Les assises nationales et le message aux « compagnons » sont aussi des éléments essentiels du rituel gaulliste.

présidentielle. Sortir des affrontements fratricides qui, depuis 1974, déchirent les formations de l'opposition doit être la priorité.

Je martèle, encore et toujours, que si les états-majors veulent y faire obstacle, nous nous adresserons directement aux électeurs de l'opposition pour bousculer leur jeu.

Philippe Séguin parle de l'Europe, de notre refus de la voir économiquement dominée par l'Allemagne ; il reprend l'idée exprimée par le général de Gaulle d'une grande Europe de l'Atlantique à l'Oural.

Les militants sont ravis de nous voir, l'accueil est chaleureux, car l'essentiel pour eux est l'unité du mouvement gaulliste. S'ils veulent garder Chirac, ils veulent aussi Pasqua et Séguin.

Soucieux de ne pas paraître en retrait, les « rénovateurs », enfin ce qu'il en reste, ont, de leur côté, repris l'initiative[1].

Alors que se profilent à l'horizon les journées parlementaires du RPR, le Parti socialiste doit se réunir en congrès comme il le fait tous les trois ans[2].

En 1990, ce sera à Rennes ; dix-huit ans après, il en porte encore les stigmates.

Trois jours durant, dirigeants et militants vont s'invectiver et s'écharper sous les yeux éberlués des observateurs.

Le feu qui couvait depuis des mois dans les sections et les fédérations embrase le parti ; cadres, élus, dirigeants, personne n'est épargné.

Même si le débat idéologique sert de toile de fond,

1. Création de l'éphémère Force unie le 5 mars 1990 par François Léotard, Gérard Longuet (UDF-Parti républicain), Pierre-André Wiltzer (UDF-Adhérents directs), Michèle Barzach, Jean-Louis Bourlanges, Patrick Devedjian, Michel Noir (RPR).

2. 15-18 mars 1990. Journées parlementaires du RPR en Arles, 21-23 mars 1990.

c'est bien de la conquête du pouvoir et de la succession de François Mitterrand dont il est question.

Tous le savent malade. Tous savent que l'opposition est en piteux état. Tous imaginent leur heure venue. Jetant leurs forces dans la bataille, Lionel et Laurent s'entre-déchirent, Michel et Pierre en appellent à la raison et à l'unité [1].

Peine perdue. Au terme d'une dernière nuit de combats, sept motions demeurent comme autant de divisions, personne n'acceptant de céder un pouce de terrain.

Le Parti socialiste est exsangue, les inimitiés sont devenues des haines, le système des courants a montré ses limites. Le désastre est consommé [2].

Au sein du RPR, tout cela fait l'effet d'une douche froide.

Jacques Chirac réalise soudain où l'entraîne cette brillante idée de courants. Son sens politique et son instinct de survie vont faire le reste.

Pour avoir lui aussi parcouru la France en long et en large, il a pu se faire une idée précise de l'état d'esprit des élus et des militants du mouvement. Pour tous, la coupe est pleine, il est plus que temps que l'opposition donne de la voix.

Qui plus est, il a pu constater que, si l'affection de tous lui était acquise, je bénéficiais également d'une audience qu'il ne soupçonnait pas.

Bref, la tonalité générale en province était sensiblement

1. Lionel Jospin et Laurent Fabius, Michel Rocard et Pierre Mauroy.

2. Aucune synthèse ne sera possible entre les motions Mauroy-Jospin (1 : 28,94 %), Poperen (2 : 7,20 %), Rocard (3 : 24,26 %), Dray-Mélenchon (4 : 1,35 %), Fabius (5 : 28,39 %) Lienemann (6 : 0,65 %) et Chevènement (7 : 8,52 %) malgré les rapprochements Fabius-Poperen et Jospin-Chevènement. François Mitterrand en sera ulcéré. Un document sans grand intérêt sera rédigé *a posteriori*, à son initiative, sous le titre « Rassembler à gauche ».

différente de celle des salons parisiens ; le rapport de force n'était pas en sa faveur.

Devant les parlementaires RPR, rescapés de l'hécatombe de 1988, il prononça un discours qui en laissa plus d'un pantois.

Prônant une stratégie d'union autour d'un RPR « fort et puissant », dont le pivot sera un système de primaires, il se déclare partisan de l'union de l'opposition, certes, mais dans un cadre confédéral.

Une journaliste qui relatait ces journées intitula son article « Charles, je rentre à la maison [1] » : « Jacques Chirac a compris la leçon des assises. Devant les parlementaires RPR, il a fait sienne la stratégie proposée par Charles Pasqua. De quoi bousculer l'UDF. Et Alain Juppé... »

Chacun l'aura compris, de courants il ne fut plus question. Même leur « inventeur » évita désormais d'en parler.

Mais je ne me berçais pas d'illusions : le mal était incurable.

Ce que nous venions de vivre n'était qu'un épisode de plus des tribulations politiques de Jacques Chirac. Les motivations des uns et des autres restaient les mêmes.

Contenir les velléités de François Léotard et du Parti républicain est la préoccupation première de Valéry Giscard d'Estaing, tout comme celle de Jacques Chirac est de s'arc-bouter sur ses positions afin d'éviter de se faire déborder par ce cher Valéry.

L'un et l'autre semblent découvrir le danger que représente le Front national et rivalisent dans les propos provocateurs.

Tout cela devient pitoyable !

Pour Édouard Balladur, les choses sont différentes.

1. Violaine Gelly, *Profession politique*, 26 mars 1990. L'organe du Parti communiste titrait de son côté « RPR : la synthèse Pasqua-Chirac » (Maurice Ulrich, *L'Humanité*, 24 mars 1990).

Comptant bien recueillir les dividendes qui ne manqueront pas de récompenser son action de toujours en faveur d'une union même sans assise politique, il va aller plus loin.

Courant juin, dans une tribune confiée au quotidien *Le Monde*, il précise ce que pourrait être « une nouvelle cohabitation », qu'il voit « apaisée » [1].

Elle le serait d'autant plus, explique-t-il benoîtement, si le Premier ministre s'engageait à ne pas être candidat contre le chef de l'État.

J'explique à Philippe Séguin qu'il est de plus en plus clair qu'Édouard Balladur roule pour lui-même et que son raisonnement est destiné à duper Jacques Chirac qui n'y verra que du bleu.

Ce raisonnement est d'autant plus spécieux que tout le monde sait que François Mitterrand ne sera pas une nouvelle fois candidat.

Mais, en présentant l'élection présidentielle sous cet angle, il se met en situation. Il n'aura pas grand effort à faire pour convaincre Jacques Chirac de ne pas aller à Matignon s'il est appelé par François Mitterrand [2].

De son côté, Alain Carignon, voulant sans doute apporter une touche personnelle, propose la création d'un front républicain contre Jean-Marie Le Pen ! Idée géniale, sans doute destinée à décourager un peu plus les électeurs qui nous restent fidèles !

Désavoué par Jacques Chirac après ma mise en garde, il choisira un peu plus tard de quitter le RPR…

Tout le monde voulant donc l'union, il ne restait plus qu'à la faire !

Les états généraux de l'opposition débouchent sur la

1. Édouard Balladur, « Pour une nouvelle cohabitation. Éviter en 1993 les erreurs de 1986 », *Le Monde*, 13 juin 1990.

2. Effectivement, le moment venu, il proposera à Jacques Chirac de se sacrifier pour lui en allant à l'hôtel Matignon.

formation par le RPR et l'UDF de l'Union pour la France, le 26 juin 1990.

Un programme, dites-vous. Quel programme ?

Une déclaration de principe développant les idées-forces de l'opposition ? Plus tard, on verrait bien.

La plate-forme est simple : présenter des candidats uniques pour les élections législatives, et s'en remettre au système des primaires, proposé en son temps, pour l'élection présidentielle.

Je reste cependant sceptique compte tenu des arrière-pensées de chacun.

Quant à Michel Noir, que certains sondages placent devant Jacques Chirac dans la perspective de la présidentielle, convaincu d'avoir un destin national, il organise une fronde au risque de faire éclater le mouvement.

Son initiative tourne court [1].

Ces turbulences incitent Jacques Chirac à se rapprocher un peu plus de nous… Lors d'une visite qu'il effectue à Épinal, il renoue avec Philippe Séguin et déclare que nous sommes appelés à nous retrouver !

Certes, Jacques.

Mais les choses ne sont pas aussi simples.

Les mêmes causes produisant les mêmes effets, je doute de sa volonté de rétablir le RPR dans son rôle moteur de l'opposition.

L'union, à mon sens, ne peut se faire que si le RPR est suffisamment puissant pour entraîner les autres. Encore faudrait-il ne pas laisser se développer la dérive centriste, que nous constatons une fois encore.

Tout cela est épuisant.

Philippe Séguin, s'il est d'accord avec mon analyse, fait cependant confiance à Jacques Chirac : il pense que nous l'avons convaincu.

1. Lui aussi choisira de quitter le RPR, bientôt suivi par Michèle Barzach et le Pr Dubernard.

Je suis dubitatif – c'est un euphémisme –, car je le connais trop. Quelques années seront encore nécessaires pour que Philippe Séguin comprenne.

Mais, compte tenu de l'aggravation de la situation internationale, notamment l'invasion du Koweït par l'armée irakienne, nos problèmes internes passent très rapidement au second plan, tout comme le débat partisan [1].

Beaucoup de nos amis insistent cependant pour que nous créions une structure de réflexion où nos idées seraient présentées, discutées et diffusées.

Nous décidons, avec Philippe Séguin, de lancer un club de réflexion : c'est ainsi que va naître Demain la France [2].

L'intitulé est à lui seul un programme ! Il s'agira de réfléchir à l'avenir du pays, de définir un projet, d'imaginer ce que pourrait être la construction européenne dans le respect de la souveraineté nationale [3].

Très vite, de nombreux élus [4] nous rejoignent, tout

1. L'agression de Saddam Hussein contre le Koweït provoque la constitution d'une grande coalition, et aura les conséquences que l'on sait.

2. Philippe Séguin et moi serons « membres d'honneur » du comité directeur de cette association, qui sera présidée par Mme Denise Flouzat, ancien recteur de l'académie d'Orléans, professeur d'économie à Paris-I et spécialiste des problèmes de l'Asie. Parmi les vingt et un membres du comité directeur figureront six parlementaires RPR, MM. Étienne Pinte, François Fillon et Franck Borotra, députés, ainsi que Mme Hélène Missoffe et MM. Jean Chamant et André-Georges Voisin, sénateurs.

3. Il s'agit d'en faire « un observatoire recueillant les propositions et les avis des milieux professionnels, économiques ou culturels, et aussi un laboratoire pour tester des idées et préparer des projets qui permettront de dynamiser l'opposition et de hâter l'alternance ».

4. Au premier rang desquels Franck Borotra, Étienne Pinte, Élisabeth Hubert, Patrick Balkany. D'autres, comme François Fillon

comme des chercheurs, des universitaires ou des personnes ne s'étant encore jamais engagées politiquement.

Tous souhaitent que la recherche du progrès social inspire la politique qui devra être mise en œuvre dans le pays en 1993, après les élections législatives.

Tous sont attirés par l'indépendance et la liberté de ton dont nous avons fait un principe.

Ne dépendant d'aucun parti politique, nous faisons souffler un peu d'air frais sur le système. Aucune proposition n'est rejetée *a priori* ; une certitude : nos réflexions et nos propositions ne sont pas frappées du sceau du conformisme.

Des publications régulières feront connaître les résultats de nos travaux. Elles porteront sur l'identité nationale, sur l'éducation et la réforme universitaire ainsi que sur un projet social.

Nos premières propositions concerneront la priorité sociale. L'avant-propos que nous signons dresse le tableau des blocages et définit la philosophie de notre action. Sa lecture révèle que, quinze ans plus tard, les problèmes demeurent [1].

Pendant plusieurs mois, nous allons préparer un véritable programme de gouvernement, dont Jacques Chirac pourra disposer le moment venu.

Face à notre dynamisme, certains se demandaient si tout cela n'allait pas déboucher sur une scission. Notre objectif était différent.

Désormais, nous étions pris au sérieux et, en ce qui me concernait, mon audience allait bien au-delà du mouvement gaulliste.

Cependant, le clivage entre Édouard Balladur et Jacques Chirac d'une part, Philippe Séguin et moi d'autre part

---

et Michel Barnier, ne dédaignaient pas, à l'occasion, de participer à nos travaux.

1. Voir annexe 1, « Demain la France : la priorité sociale ».

était réel, entre nous qui privilégions le rôle et l'avenir du RPR et eux pour lesquels la priorité restait l'union avec l'UDF.

Nos relations étaient apaisées en apparence après les vifs débats du début de l'année, mais c'est en vain que l'on aurait cherché la réflexion politique qui sous-tendait leur action. Leur unique objectif était la conquête du pouvoir, il serait temps plus tard de voir ce que l'on en ferait.

Pour ma part, je ne suis plus disposé à m'épuiser dans des querelles d'état-major, car les événements ont contribué à changer ma stature.

Tout au long du premier septennat de François Mitterrand, j'avais été au Sénat le leader de l'opposition, puis un pivot du gouvernement de Jacques Chirac.

Sans que je l'aie voulu ni souhaité, me voici devenu le challenger de Jacques Chirac au sein du RPR, et celui qui symbolise le retour aux principes du gaullisme.

Pour tous, j'incarne également le dynamisme et le volontarisme en face de l'immobilisme ambiant.

Depuis 1988, mes responsabilités à la tête du Conseil général des Hauts-de-Seine, les moyens d'action dont je dispose m'ont permis de mettre en œuvre une politique de progrès conforme à l'idée que je me suis toujours faite du gaullisme.

Dans mon esprit, la lutte contre l'inégalité sociale impose de mener bataille dans le domaine de l'emploi, du chômage et de l'éducation.

Cette bataille, je l'ai engagée avec le soutien de la majorité départementale, elle commence à porter ses fruits.

La volonté et la foi soulèvent les montagnes.

Rien n'est jamais écrit, j'entends bien, sur tous les terrains, en apporter la preuve.

CHAPITRE 7

Structurer

Alors qu'en 1987 j'assistais à l'inauguration du nouveau siège du Conseil général des Hauts-de-Seine, à Nanterre, je ne me doutais pas que je me trouverais, moins d'un an plus tard, à la tête de cette collectivité.

À vrai dire, personne ne l'aurait imaginé. Il faudrait pour cela un concours de circonstances inattendues, la première d'entre elles étant la loi sur le cumul des mandats [1].

L'inquiétude des élus locaux confrontés aux responsabilités nouvelles découlant des transferts de compétence en application des lois de décentralisation constituerait la deuxième.

L'expérience et l'aura acquises lors de mon passage au ministère de l'Intérieur feraient le reste.

Ce département, je le connaissais bien pour avoir présidé son assemblée par le passé [2], mais aussi en ma qualité de responsable départemental du mouvement gaulliste [3].

J'avais tout à la fois largement inspiré l'action politique de la majorité départementale et poussé un certain nombre de jeunes à la conquête de mairies de gauche. Ma légitimité et mon autorité étaient reconnues par tous.

1. Voir chapitre 2.
2. De 1973 à 1976.
3. J'étais également responsable du mouvement gaulliste depuis 1973.

Tout cela allait faciliter la mise en route, sans délai, du projet que j'avais mûri.

Faire du département des Hauts-de-Seine une collectivité exemplaire où chacun aurait sa chance, telle était mon ambition [1] !

À mes yeux, l'unique moyen d'atteindre cet objectif était de conduire une politique volontariste de développement économique, éducatif, culturel et de rééquilibrage social. Le département devrait en être tout à la fois le catalyseur et l'élément fédérateur. Les choix budgétaires auraient très vite à mettre l'accent sur ces priorités.

En 1988, la population des 36 communes du département des Hauts-de-Seine atteignait près de 1,4 millions d'habitants [2].

Sa densité lui imposait un fonctionnement quasiment urbain.

100 000 entreprises employaient près de 750 000 salariés. Le secteur tertiaire dominait tout grâce au dynamisme des petites et moyennes entreprises, loin devant les activités de la construction, de l'industrie et du commerce [3].

Si, à l'époque, le taux de chômage était inférieur à la moyenne nationale [4], il n'y avait cependant aucune

1. Le département des Hauts-de-Seine fut créé le 1er janvier 1968, en application de la loi du 10 juillet 1964, par le regroupement de 27 communes de l'ancien département de la Seine (partie ouest de ce département) et 9 communes du département de Seine-et-Oise.

2. Pour une superficie de 175 km², soit une densité de 8 117 habitants au km², et un taux d'urbanisation de près de 99 %. Ce département disposait également d'un atout formidable : la jeunesse de sa population (3 Alto-Séquanais sur 10 avaient moins de vingt-cinq ans et représentaient 500 000 habitants).

3. En 1988, le PIB des Hauts-de-Seine avoisinait celui de la Grèce.

4. En 1988, le taux de chômage en France était de 9,8 %, contre 8,7 % dans les Hauts-de-Seine.

perception claire de la réalité économique et sociale, et aucune action d'envergure n'avait été engagée.

Le Conseil général terminait son adaptation aux lois de décentralisation. Les structures étaient virtuellement créées mais la définition et la mise en œuvre d'une véritable politique départementale restaient à faire.

Décidé à prendre les problèmes à bras-le-corps, j'avais acquis la certitude que cela ne pourrait se faire qu'en accord avec les maires, et que notre principale préoccupation devrait être l'harmonisation du développement des différentes communes, la subvention d'actions isolées étant à éviter.

Globalement, si ce département était dynamique et prospère, il souffrait également d'un certain nombre de déséquilibres.

Dans mon esprit, il était inconcevable que cette prospérité ne puisse profiter à tout le monde. De ce postulat découlera l'idée qui sous-tendra toute mon action : la solidarité.

Cette solidarité nous conduira très tôt à repousser les limites des interventions de la collectivité afin de pouvoir répondre aux vrais besoins de la population. Comment imaginer que face à une situation de détresse individuelle ou collective des responsables politiques puissent dire : « Ah, ce n'est pas de notre compétence… » [1] ?

Comment imaginer que si l'État n'assume pas – ou

1. La solidarité doit se manifester aux deux bouts de la chaîne des générations, enfants et personnes âgées, et, d'autre part, auprès de tous ceux que la vie a blessés : chômeurs, malades, handicapés, personnes démunies, etc. Or, quand on commence à s'occuper des enfants, on s'aperçoit que l'on ne peut pas en rester à la seule santé publique que nous confie la loi, notamment à travers l'aide sociale à l'enfance. Car l'étude pragmatique de l'exclusion montre que les bataillons des futurs exclus se constituent, en fait, dès l'école. Aussi avons-nous pris en charge le nécessaire rattrapage scolaire des écoliers et des collégiens de six à quatorze ans.

n'assume plus – son rôle, nous ne nous substituions pas à lui plutôt que de perdre notre temps en discussions byzantines ?

Plus encore que pour les élections législatives, les élections locales traduisent une attente immédiate des électeurs.

De la capacité des élus locaux, quelle que soit leur appartenance politique, à répondre aux attentes de leurs concitoyens et à anticiper les problèmes futurs dépend le bon fonctionnement de la société.

S'agissant des collectivités locales, comme de l'État, la volonté politique des élus doit prendre le pas sur les pesanteurs administratives, sous peine d'entraîner la désaffection des électeurs.

Certes, j'allais pouvoir prendre immédiatement certaines mesures, mais l'accord des conseillers généraux et des maires sur un projet politique d'avenir nécessiterait une large concertation et la participation réelle des élus à la définition de cette politique.

L'association des maires du département allait donc être un partenaire privilégié dans cette démarche, tout comme les vice-présidents du Conseil général et les présidents des groupes de la majorité [1].

Le résultat de ces travaux serait ensuite présenté aux associations et soumis au débat. Puis le projet issu de ce long processus, qui devrait définir les voies et les moyens d'une politique départementale pour les vingt ans à venir, serait soumis à la population.

Utopie, affirmeraient certains, initiative folle, diraient d'autres.

1. L'association des maires du département était présidée par Marcel Prévôt, maire de Villeneuve-la-Garenne et premier vice-président du Conseil général, sans lequel rien de tout cela n'aurait pu se faire. Georges Duhamel et Henri Wolf étaient respectivement présidents des groupes RPR et UDF de la majorité départementale.

C'était négliger le fait que je ne m'étais pas impliqué dans la politique locale pour perdre mon temps, mais pour apporter la preuve que l'on peut changer les choses si on en a la volonté !

Pour conduire cette action avec quelques chances de succès, il me fallait d'abord réorganiser la maison et appeler à mes côtés des hommes et des femmes qui partageaient mon ambition.

Placer aux principaux postes de responsabilité des collaborateurs acquis à mes vues d'avenir et dont la compétence était indiscutable fut donc ma priorité.

J'appelai tout d'abord à la direction de mon cabinet M. Marcel Leclerc, préfet habité de la passion du service public qui avait toute ma confiance. Il aurait la charge d'animer et de contrôler l'activité de tous mes collaborateurs.

Au poste de chef de cabinet, je plaçai une de mes collaboratrices ayant le statut de sous-préfet, Mme Gruda-Hendzel [1]. Elle aurait la responsabilité des relations avec les élus et le personnel, et jouerait un rôle de vigie, disposant d'un accès direct auprès de moi et d'une grande liberté de propos.

La direction générale des services fut confiée à un jeune et brillant haut fonctionnaire des Finances, Pierre-Mathieu Duhamel [2].

1. Halina Gruda-Hendzel, jeune militante recrutée en 1973, fille de résistants polonais émigrés en France, avait été mon bras droit à la fédération RPR des Hauts-de-Seine ; elle m'avait suivi au ministère de l'Intérieur.

2. Pierre-Mathieu Duhamel avait fait partie du cabinet d'Édouard Balladur lors de la première cohabitation ; ultérieurement, il rejoindrait la mairie de Paris (1991-1995, directeur adjoint de cabinet, directeur des finances), serait directeur adjoint de cabinet du Premier ministre (Alain Juppé), etc. Il serait assisté par Michel Gaudin, sous-préfet d'origine, qui lui succéderait en 1991 (il supervisait l'action scolaire, l'action sociale, l'économie et la culture, poste crucial) ;

À ce staff réduit et hautement opérationnel il fallait ajouter la secrétaire générale de l'assemblée départementale, Mme Gross[1].

À mes côtés également, une pléiade de directeurs et chefs de service de qualité dont je n'aurai qu'à me louer, capables de conduire une grande entreprise de cinq mille personnes, car c'est bien comme une entreprise que j'entendais gérer ce département.

C'est donc tout cet encadrement, cabinet et administration, que je réunis en premier lieu pour délivrer mon message.

Comme je l'avais fait au ministère de l'Intérieur, je souhaitais obtenir l'adhésion et l'engagement de tout le personnel pour l'aboutissement de ce plan. Je devais le mobiliser. Or, issus en grande partie des services transférés de l'État, la plupart de ses membres se considéraient comme de passage.

Les salaires étaient figés, les avantages sociaux minimes, l'accès aux logements impossible.

Ayant exercé par le passé des responsabilités dans une entreprise d'avant-garde socialement parlant, j'étais catastrophé par l'absence de politique sociale et la gestion bureaucratique du personnel.

Cette situation, pour choquante qu'elle fût, n'avait rien d'anormal, c'était celle des personnels de préfecture.

Les structures d'alors prévoyaient bien un directeur du personnel, mais pas de direction des ressources humaines[2].

Un service social – *stricto sensu* – existait pour gérer

---

il rejoindra la Direction générale de la Police nationale en 1993, et deviendra préfet de police de Paris en 2007. Emmanuel Droz, lui, serait en charge notamment du budget, du personnel, de l'informatique, etc.

1. Simone Gross avait déjà été ma collaboratrice en 1973.

2. La directrice du personnel, Mme Jeannine Cornet, avait exercé les mêmes fonctions à la préfecture des Hauts-de-Seine avant la décentralisation.

des prestations sociales dans un cadre réglementaire très restrictif avec un budget très limité.

Quelles que soient les qualités humaines de la nouvelle directrice du personnel, elle n'avait aucune marge de manœuvre et ne pouvait faire plus.

La solution la plus pragmatique consista donc à créer une association dotée d'un budget conséquent, capable de mettre en œuvre une batterie de mesures nouvelles, ce que le statut du personnel ne prévoyait pas.

La création de l'Association des œuvres sociales du personnel se fit sans la participation des syndicats, qui la boycottèrent. Ils devaient le regretter et la rejoindre plus tard [1].

Dès lors qu'elle portait ma marque, je souhaitais que cette association soit innovante, car elle apporterait au personnel la preuve de l'intérêt que je prêtais à l'amélioration de ses conditions de vie professionnelles et familiales [2].

Puisqu'il n'existait aucune infrastructure à caractère social dans l'environnement immédiat, les décisions prises dès sa création allaient donner le ton de la nouvelle politique sociale.

La construction d'une crèche pouvant accueillir les enfants du personnel, ainsi que divers aménagements destinés à faciliter la vie et le travail de tous firent comprendre qu'un vent nouveau soufflait sur le Conseil général [3].

1. La création de l'AOS fut confirmée lors de l'élection du bureau par l'ensemble du personnel.

2. Cette association regroupait l'ensemble des prestations et subventions allouées aux agents des Hauts-de-Seine, à leurs enfants ainsi qu'aux retraités. Le personnel en activité représentait plus de 5 000 agents. Il n'existait pas une association aussi importante en France, d'où sa notoriété. Depuis elle a fait école.

3. Aménagement d'une cafétéria, d'un restaurant-brasserie-cafétéria en face de l'hôtel du département, d'un centre aéré pour les enfants du personnel dans les haras de Jardy, etc.

La priorité dans les réservations de logements pour le personnel, tant à l'office départemental d'HLM que dans tous ceux qui étaient subventionnés par le département, le confirma.

La création, enfin, d'un cabinet médical moderne et performant, doté des meilleurs équipements, vint compléter ce dispositif, parmi d'autres mesures [1].

Le but de l'association était de fidéliser, de valoriser et de motiver les agents du département, de leur faire acquérir un patriotisme d'entreprise. Son rayonnement et sa pérennité sont les preuves les plus concrètes de sa réussite. Le Conseil général des Hauts-de-Seine était devenu une grande famille ! Et chaque agent se sentait engagé personnellement pour le succès de nos initiatives. À cela il fallait ajouter l'intérêt que je portais à chacun et que tous ressentaient. C'est cela qui donnait une âme à notre démarche [2].

1. Créé sous l'égide du Dr Françoise Martin, ce cabinet est adapté aux besoins de la médecine du travail et au suivi des personnels, mais est aussi tout particulièrement attentif à la prévention des risques professionnels et aux questions de santé.

2. « Aujourd'hui les agents du département parlent de l'AOS avec le même amour qu'au premier jour, raconte Josette Morel, qui a dirigé l'AOS pendant seize ans (1990-2006), dans une note qu'elle m'a adressée le 7 février 2008. À chaque changement de présidence, ils tremblent de peur que le nouvel arrivant ne remette en cause ces acquis sociaux salués unanimement par tous les syndicats. Ces acquis demeurent toujours. Rien n'a été ajouté, mais rien non plus n'a été enlevé, même s'il a fallu batailler avec la chambre régionale des comptes pour faire accepter de nouvelles prestations comme les chèques-restaurant qui n'existaient ni dans la fonction publique d'État ni dans la fonction publique territoriale. Il convient de noter cependant que cette instance qui a exercé un contrôle très strict sur l'AOS compte tenu de l'importance de son budget lui a adressé un satisfecit de gestion, ce qui mérite d'être souligné ! » Mme Morel précise encore : « La plus grande manifestation fut l'arbre de Noël réunissant 10 000 parents et enfants sous un chapiteau implanté parc André-Malraux à Nanterre pour

Pourtant, toutes les conséquences des lois de décentralisation de 1982 n'avaient pas encore été tirées en termes de cohérence et d'efficacité.

Ma conviction était que rien ne serait possible sans un large consensus des électeurs sur un programme précis.

Il nous faudrait donc trouver un moyen de l'obtenir, la définition de ce programme intervenant après les élections cantonales.

Dans le même temps, ne tenant aucun compte des réalités nouvelles, le gouvernement voulait imposer à l'Île-de-France les grands équipements qui allaient conditionner son avenir pour un quart de siècle sans consulter les collectivités locales, pourtant les mieux à même de connaître et de définir leurs besoins.

Je ne m'y trompe pas. Au-delà des belles paroles prodiguées par Michel Rocard et ses ministres, les arrière-pensées sont électorales.

L'élaboration d'un nouveau schéma directeur pour la région Île-de-France est certes nécessaire, mais en l'occurrence il n'est qu'un prétexte [1].

Dans l'esprit du Premier ministre, il s'agit bien entendu d'établir un contrepoids à l'influence du RPR et de ses alliés à Paris [2].

Mais il s'agit aussi de consolider, voire d'accroître les

---

un spectacle de cirque suivi d'une distribution de jouets. Durant toute sa présidence, M. Pasqua ainsi que son épouse ont manifesté beaucoup d'attention et d'intérêt au personnel. Les agents ne l'ont jamais oublié et avaient pour eux une véritable affection ! »

1. Ce nouveau shéma directeur de la région Île-de-France est destiné à remplacer le SDRIF de 1976.

2. Voir Michel Rocard, chantre de la concertation et de la décentralisation, ancien ministre de l'Aménagement du territoire dans le gouvernement Mauroy en 1981, se lancer dans ces manœuvres n'était pas le moindre des paradoxes. Michel Delebarre occupait les mêmes fonctions dans son gouvernement.

gains électoraux du Parti socialiste en région parisienne, ce que l'érosion de l'électorat du RPR et la progression du Front national ont rendu possible [1].

C'est pour répondre à ce diktat tout à la fois technocratique et politique que fut réalisée, en étroite concertation entre le Conseil général et l'association des maires, une charte-programme.

La base de toute action se situant dans le dialogue et la concertation, la seule méthode pour éviter conflits et malentendus résidait dans un grand débat en amont [2].

De cette charte, issue de débats qui durèrent plus d'un an, devait naître un plan d'harmonisation urbaine et sociale, pivot de l'action de tous nos services, son idée-force étant « l'égalité des chances entre les territoires et les hommes » [3].

Tout ce qui sera engagé ultérieurement, que ce soit pour l'enseignement, la solidarité, la coopération en direction des pays francophones, les grands équipements, le tramway Val-de-Seine, le pôle universitaire Léonard-de-Vinci, était proposé dans cette charte [4].

Au mois de mai 1991, en conclusion de ces travaux, je décidai de lancer une consultation populaire, avec pour

1. Lire Philippe Estèbe et Patrick Le Gales, « La métropole parisienne à la recherche du pilote ? », *Revue française d'administration publique*, n° 107, 2003.

2. La vie avance aussi par les tensions. Les Japonais nomment cette démarche « méthode pour perdre utilement son temps ».

3. Cette démarche, reprise par la quasi-totalité des départements de l'Île-de-France, a permis ensuite l'élaboration d'une charte régionale. C'est celle-ci qui a servi de base au nouveau schéma directeur d'aménagement de l'Île-de-France que le gouvernement a adopté depuis.

4. Il faut reconnaître que le fait d'avoir, dans les Hauts-de-Seine, une majorité stable (RPR-UDF) depuis trente ans a été une grande chance pour ce département. Cela a permis de développer une politique cohérente qui sache définir l'avenir. Rien de solide ne se fait sans la pérennité.

base un questionnaire détaillé, établi par la Sofres, adressé aux 610 000 foyers des Hauts-de-Seine.

Il s'agissait de présenter à la population les grandes lignes du projet d'avenir issu de nos consultations [1].

Le taux de réponses fut à la hauteur de mes espérances : plus de 100 000 personnes exprimèrent leur sentiment sur leur avenir [2].

À une très forte majorité, elles approuvèrent l'ensemble de mes propositions d'aménagement des Hauts-de-Seine. Ces résultats nous permirent de mettre au point la Charte 92.

Dans mon esprit, tout cela devait prouver qu'une politique largement inspirée par les idées gaullistes de progrès pouvait très rapidement produire des effets perceptibles par l'ensemble de la population.

1. Cette initiative de démocratie directe est restée unique dans le cadre d'un Conseil général.

2. Pierre Weil, directeur de la Sofres, souligna que les résultats étaient remarquables pour une opération de ce genre.

CHAPITRE 8

Agir

Une véritable personnalité départementale restait à créer.

Pour y parvenir la priorité consisterait, bien sûr, à se saisir des problèmes les plus urgents et à mobiliser toutes les énergies afin de commencer à les résoudre. Mais il fallait aussi faire circuler l'énergie sociale, économique, culturelle dans ce département.

Les grands projets votés par l'assemblée départementale en témoigneront, comme ils témoigneront de l'esprit d'innovation et de solidarité qui les sous-tendait : celui du Pacte 92 [1], qui veut redonner aux quartiers enclavés une vraie vie de ville ; celui du réseau du transport souterrain Muse, qui devrait permettre, avant 2015, de relier le nord du département au sud et d'éviter ainsi l'asphyxie promise pour les prochaines décennies ; celui encore du vaste plan de réussite scolaire pour les élèves en difficulté.

Autant de projets qui ne manquent pas de souffle et dont la valeur est de portée nationale ! Ce qui réussira ici pourra être transposé ailleurs.

Les situations bloquées, les eaux stagnantes de l'inertie et les territoires qui s'ignorent : voilà l'ennemi !

Mettre en relation les différents facteurs de développement, établir un lien direct avec la population : voilà le moyen de réussir !

1. Voir chapitre 9.

L'éducation et l'avenir des enfants me paraissant prioritaires, je proposai à la majorité de se saisir de ces problèmes sans attendre.

La situation était sans aucun doute délicate. La décentralisation avait transféré la responsabilité du patrimoine immobilier des collèges aux départements, celle des lycées aux régions, l'État conservant l'enseignement primaire. Nous héritions – si l'on peut dire – d'établissements souvent vétustes, nécessitant *a minima* une réhabilitation, et bien souvent une reconstruction totale[1]. Ce patrimoine important n'ayant pas été entretenu selon les règles, un effort financier gigantesque allait être nécessaire afin de le remettre à niveau[2]. La direction de l'action scolaire prit donc en main ce dossier.

J'avais décidé, dans un premier temps, de rénover et, surtout, de remplacer les collèges préfabriqués et dangereux, par la construction de nouveaux bâtiments[3].

Simultanément, je demandai à ce que le département s'engage à satisfaire les communes les plus mal loties en la matière[4].

Dans mon esprit, le choix des architectes serait capital, car la qualité des constructions, notamment dans les quartiers les plus défavorisés, démontrerait aux utilisateurs, enfants, enseignants, personnel, que le changement était une réalité.

1. 86 collèges publics, 45 collèges privés sous contrat avec l'État, 11 cités scolaires regroupant collèges et lycées.

2. 5 à 10 milliards de francs (750 millions à 1,5 milliards d'euros) d'investissements seraient nécessaires et dix ans de travaux au moins, pensais-je ! En réalité, vingt ans et 20 milliards d'euros plus tard, cette tâche n'est pas achevée.

3. Un certain nombre d'établissements de type « Édouard Pailleron » subsistaient dans le département des Hauts-de-Seine. Leur manque de résistance à l'incendie rendait indispensable leur démolition.

4. C'était le cas pour les villes de Colombes, du Plessis-Robinson, de Nanterre, de La Garenne-Colombes ou de Clamart.

Je n'eus aucun mal à convaincre les élus, quelle que soit leur appartenance politique...

La justesse de cette analyse trouva confirmation lors de l'inauguration officielle du premier collège construit dans un quartier déshérité [1], quelques semaines après son ouverture. La principale me confia ce jour-là que le comportement des enfants avait changé du tout au tout : « C'est la première fois qu'on fait quelque chose pour nous », disaient-ils.

Il en sera ainsi partout, les enfants s'appropriant les établissements, les dégradations devenant mineures.

Mais, au-delà des investissements immobiliers, qui ne nécessitaient somme toute qu'un effort financier et résultaient d'un choix budgétaire, pouvions-nous rester observateurs d'un système dans lequel 20 % des enfants entrant en sixième ne savaient ni lire ni écrire couramment ?

Nous n'avions certes aucune responsabilité dans le domaine de la pédagogie, mais comment ne pas nous sentir concernés d'une manière ou d'une autre par cet échec ?

Comment accepter de ne s'intéresser qu'au cadre dans lequel les enfants vivent et négliger la préparation de leur avenir ?

Nous ne devions pas hésiter à aller au-delà de nos compétences. Je proposai donc que soit mis en place un plan de rattrapage scolaire pour les enfants, dès la sixième, qui pourrait être étendu si nécessaire jusqu'à la fin de la quatrième.

La solution la plus appropriée me parut être le financement de ce plan par le Conseil général, le rattrapage scolaire étant assuré par les enseignants.

Je présentai ce plan au comité départemental de l'Éducation nationale, que je coprésidais avec le préfet des Hauts-de-Seine. Les syndicats le refusèrent. Leurs

1. Le collège des Chenevreux, à Nanterre.

représentants étaient déchaînés, ressuscitant des querelles d'une autre époque. J'étais abasourdi. Mais que craignaient-ils donc ?

« Nous n'avons pas l'intention de nous mêler de pédagogie, dis-je. C'est un procès d'intention ! Et l'intérêt des enfants dans tout cela ?

– Vous n'avez pas le droit ! C'est à l'État de le faire.

– Mais s'il ne le fait pas ? Et si nous, nous le pouvons ?

– Vous n'avez pas le droit !

– Pourquoi ?

– Parce que vous êtes de droite ! »

L'argument définitif était lâché !

Ma réponse fut à la hauteur de leurs espérances :

« Et vous, êtes-vous obtus de naissance ou est-ce un acquis ? »

Il en faudrait beaucoup plus pour me démonter. Ce plan de rattrapage sera lancé dans quelques collèges avec des enseignants volontaires.

Deux ans plus tard, les préventions oubliées, il sera généralisé, et l'instauration d'un plan global organisant la lutte contre l'échec scolaire dans les écoles primaires sera plébiscité [1].

Dans le même temps, notre action s'était également développée dans l'enseignement primaire, car c'est dès l'âge de six ans que s'acquièrent les fondamentaux.

Pour tout cela, il fallait faire appel à des personnalités reconnues pour leur savoir et leurs initiatives. Je décidai donc de m'adresser aux meilleurs.

Les jeunes enseignants et les militants syndicaux de l'enseignement, *a priori* peu favorables à tout changement

1. Un budget de 20 millions de francs sera consacré aux études dirigées et au plan d'aide à la lecture. Plus tard, la population consultée sur le rattrapage scolaire et l'aide à l'apprentissage de la lecture dans les collèges soutiendra notre démarche, avec près de 80 % de réponses favorables.

dans leur domaine de connaissances – et à l'intervention des « politiques » –, furent les premiers à me soutenir car la réussite des enfants leur importait autant qu'à nous-mêmes [1].

Dès lors, grâce à l'investissement personnel, à l'action enthousiaste et efficace, et à la force de persuasion d'Isabelle Balkany, en charge de l'enseignement, ce serait une réussite et les élus de la majorité soutiendraient ce plan avec conviction [2].

Dans les communes, les principaux de collège, les

1. Bernard Gary, qui occupait à l'époque des responsabilités syndicales importantes en tant que secrétaire général du SNU-IPP, fut un soutien inattendu et apprécié. Il n'hésita pas à déclarer à l'AFP : « Pasqua ne marchande pas, il paye, même s'il a beau jeu avec les moyens qu'il a. Il respecte la liberté des enseignants et il sait s'entourer. Bref, il occupe le terrain de façon efficace. »

2. En ce qui concerne la tutelle pédagogique du plan d'aide à la lecture, je sollicitai Jean-Pierre Bénichou, président de l'Association française pour la lecture. C'est à Guy Berger, directeur de l'IUFM d'Antony et président de l'Association française pour la lecture, que fut confiée la mission d'évaluer, dès la première année, notre action sur les études dirigées dans les collèges. Professeur de sciences de l'éducation à l'université Paris-VIII, son intégrité ne pouvait être mise en cause. Dans le même temps, j'avais demandé à Yves Nazé de venir me rejoindre au Conseil général et de prendre la direction de l'action scolaire et éducative pour coordonner l'ensemble de ces dispositifs. Yves Nazé occupait les fonctions de directeur du service des examens d'Arcueil. Ce choix s'avéra excellent. C'est en grande partie à lui que l'on doit la conception du plan pour faire évoluer l'action éducative, et notamment : Apprendre autrement, les ateliers APRES, le dispositif PREMIS, les voyages d'étude pour les projets éducatifs pluridisciplinaires conçus autour de l'apprentissage d'une langue étrangère, les ateliers « Une passion pour un métier » en partenariat avec le monde industriel, l'apprentissage du respect, de la compréhension, de l'acceptation grâce à la médiation éducative… Nombre de ces mesures ont été reprises ailleurs. Isabelle Balkany, vice-présidente du Conseil général des Hauts-de-Seine, ne compta jamais son temps. Son investissement personnel dans le domaine de l'éducation fut total ; sa fidélité aussi.

directeurs d'école primaire comme les maires, quelle que soit leur étiquette, apprécieraient et participeraient à l'effort commun.

Plus tard, les mêmes causes produisant les mêmes effets, nous serions conduits à nous occuper de l'enseignement supérieur.

Nombre de questions posées dans le cadre de la consultation Charte 92 concernaient l'éducation et la lutte contre l'échec scolaire.

Sur ce point, il avait été demandé d'évaluer les actions et les mesures mises en place dès mon arrivée. Le résultat fut sans appel [1].

Ce soutien était décisif !

Cela me conforta dans ma volonté d'innover, de proposer des solutions nouvelles et d'en assumer le coût. Mais cela rassembla encore un peu plus autour de moi les élus de la majorité.

C'est ainsi que quelques années plus tard, confronté à la montée de la violence, je décidai de recruter des jeunes gens et des jeunes filles [2] originaires du même environnement que celui des collèges concernés afin de les mettre à la disposition des principaux des dits collèges. En dehors de la structure administrative, leur rôle devrait être, selon moi, d'apaiser les tensions.

Très vite, ils se rendirent indispensables.

Les adolescents souvent livrés à eux-mêmes, sans aide

1. Une des questions posées était : « Actuellement, le Conseil général va au-delà de ses attributions légales pour mettre en place un rattrapage scolaire et une aide à l'apprentissage de la lecture dans les collèges et les écoles. À ce propos, quelle est votre opinion ? » 79 % des personnes soutenaient mes idées et souhaitaient qu'elles deviennent des priorités essentielles, tandis que 90 % étaient favorables au plan de lutte global contre l'échec scolaire que j'avais mis en place.

2. Âgés de vingt à trente ans, titulaires d'un niveau minimum bac + 2.

de leurs parents, trouvèrent en eux les interlocuteurs et le soutien dont ils avaient besoin [1].

Une fois de plus nous avions montré la voie !

Mais une autre innovation devait faciliter la tâche de ces médiateurs sociaux.

Nous décidâmes de mobiliser des sportifs de haut niveau dans les cités pour donner aux jeunes un exemple de vie positif et généraliser l'ouverture des équipements éducatifs et sportifs le soir et pendant les vacances scolaires [2].

La possibilité d'intégrer des jeunes en difficulté grâce au sport suscitait un grand scepticisme ! De nombreux médaillés olympiques ou champions du monde s'investirent sans compter auprès des plus jeunes.

Il s'agissait d'associer une ville et un champion, ce dernier ayant pour mission de venir régulièrement initier les jeunes à un sport.

Plus généralement, en matière d'intégration des jeunes, une initiative vit le jour, « Profession sport ». Son objectif : développer l'aide à la formation et à l'emploi. Les métiers d'animateur et d'éducateur sportif pouvaient offrir des débouchés aux jeunes exclus du système scolaire ou en passe de le devenir. Ce fut également un succès !

Afin que ces mesures deviennent pérennes, nous avions mis en place des relais avec des éducateurs, des enseignants, des professeurs, des policiers, des gardiens d'immeuble, des sportifs et tous ceux qui voulaient bien nous aider.

1. Cette mesure se généralisa bientôt et, au début de l'année 2000, ils étaient une centaine ; leur mission était précisée, un plan de carrière organisé pour eux et leur rôle de médiateurs éducatifs reconnu.

2. Sur la proposition du directeur du service de la Jeunesse et des Sports du département, Michel Bès, dirigeant de l'Association sportive de Sèvres. Il m'avait été présenté par Jean-Jacques Guillet, maire adjoint de cette ville. Cette mesure fut reprise par bien des responsables politiques quelques années plus tard.

Ces personnalités du sport acceptèrent également de participer aux nombreuses opérations de prévention contre la violence, la drogue et le sida que nous organisions chaque année dans les quartiers sensibles avec l'institut que nous avions créé : « Giga la vie », devenu, un peu plus tard, « Giga la découverte »[1]. Dans la continuité de notre action, je réfléchissais à l'avenir des adolescents qui sortaient du lycée le bac en poche, sans trop savoir ce qu'ils allaient bien pouvoir faire[2].

J'avais souhaité que la Sofres demande clairement aux habitants des Hauts-de-Seine, lorsque nous les avions consultés, s'ils seraient favorables à la création d'un ensemble universitaire nouveau, financé par le Conseil général – à côté des universités d'État – et qui agirait en collaboration avec les entreprises du département. 74 % des Alto-Séquanais se prononcèrent positivement.

Pourtant, lorsque je rendis publique mon intention de créer ce pôle universitaire destiné à faire bouger les choses et les mentalités, en partenariat avec les entreprises, et de proposer que le premier semestre soit consacré à une remise à niveau, dans le domaine de la culture générale, quelle que soit la filière choisie, je dus faire face à une levée de boucliers[3].

Avant même la construction de ce complexe universitaire, le ministre de l'Éducation nationale, Lionel Jospin, n'hésita pas à qualificr cettc initiative de « baroque et farfelue »[4].

1. Dirigé avec beaucoup d'enthousiasme et un sens inné de la solidarité par Bénédicte de Kerprigent. Des dizaines de milliers de jeunes en bénéficièrent.

2. L'orientation après le bac est souvent un échec. Plus de la moitié des bacheliers redoublent leur première année d'études, changent de filière ou décident tout simplement d'arrêter leur cursus.

3. Au mois de janvier 1992.

4. J'ai longuement répondu à ce jugement dans un ouvrage précédent, *Que demande le peuple...*, Albin Michel, 1992.

Ce qui était ahurissant, c'était de porter un jugement définitif sans chercher à savoir ce que recouvrait notre démarche.

Je ne voyais pas en quoi il était farfelu d'imaginer une nouvelle approche universitaire pour tous ces jeunes étudiants.

Était-il si baroque de vouloir les aider à préparer leur avenir et de favoriser leur épanouissement au contact de professeurs issus de l'université ou venant du monde de l'entreprise ?

Était-il si farfelu de leur proposer une remise à niveau, la possibilité d'apprendre plusieurs langues étrangères, de multiplier le nombre de stages au cours de leur cursus, de rendre obligatoire la pratique du sport, de leur permettre d'étudier dans des locaux spacieux et hautement technologiques, de mettre à leur disposition des laboratoires de recherche, une « infothèque » où le nombre d'ouvrages ou de logiciels disponibles reste à ce jour inégalé, un pôle ouvert à tous grâce à un système de bourses où les droits d'inscription sont identiques à ceux des universités parisiennes ?

Afin que la caricature soit parfaite, il ne restait plus qu'à ajouter que c'était une « fac pour riches ». D'ailleurs ne devait-elle pas s'implanter à la Défense ?

C'était oublier un peu vite que, dans un souci de rééquilibrage du département, ce pôle aurait dû être implanté à Gennevilliers car nous pensions qu'il ne pouvait y avoir de développement économique sans développement de l'éducation, de la culture et de la recherche [1].

Les élus socialistes du département prirent la relève de Lionel Jospin.

1. C'est le refus de la commune, mais aussi l'absence de transports qui ont fait échouer l'implantation dans la boucle nord de la Seine. Compte tenu du développement du quartier de la Défense, nous ne le regrettons pas.

À les écouter, tout devait être remis en question : le financement jugé exorbitant, la « cohabitation » de nos filières avec des établissements associés et un CFA (centre de formation par l'apprentissage), la pertinence de nos contenus pédagogiques dispensés en partie par des intervenants issus du monde de l'entreprise… On ne parlait que d'élitisme et de la « fac Pasqua ». À l'évidence, nous n'avions pas la même conception d'une politique d'égalité des chances pour tous.

Lors de sa première année, en septembre 1995, le pôle universitaire départemental Léonard-de-Vinci, avec ses 800 étudiants, comptait beaucoup de détracteurs.

Aujourd'hui, treize ans après son ouverture, j'avoue que je suis fier d'en être le président. Il accueille près de 4 000 étudiants et toutes les filières sont reconnues ou certifiées par le ministère de l'Éducation nationale et de l'Enseignement supérieur.

Le plus consternant était que cette polémique révélait l'état de délabrement mental de nos « élites ».

Tétanisées, arc-boutées sur des idées dépassées, incapables d'innover, elles préféraient s'en tenir à un système sclérosé.

Président d'une collectivité, je n'ai jamais considéré l'université publique comme notre adversaire.

Dans le même temps où nous décidions la création de ce pôle universitaire, le Conseil général prenait à son compte certains aménagements de Paris-X-Nanterre et la construction d'un IUT à Gennevilliers.

Les crédits inscrits au budget du département des Hauts-de-Seine dès 1992 ne seront utilisés que seize ans plus tard en raison, notamment, des lourdeurs administratives [1].

1. À comparer avec les trois ans qu'il nous a fallu pour ouvrir le pôle universitaire aux étudiants ! L'IUT vient d'ouvrir. Ce fut le temps nécessaire pour trouver le terrain, construire et choisir les filières.

Pauvre France !

Pour moi, seules comptaient les chances données à nos enfants et tout le reste n'était que faribole !

Mais il ne faut pas se tromper de débat. Le pôle Léonard-de-Vinci n'est pas une université, n'a pas la prétention de servir de modèle à l'université française, c'est un établissement d'enseignement supérieur. C'est une voie parmi d'autres pour combattre l'échec dans les universités, car le constat est sans appel : un étudiant sur deux ne franchit pas le cap de la première année. Face à ce désastre, il fallait réagir : le pôle Léonard-de-Vinci est notre contribution à la recherche de nouvelles pistes.

Comme pour les collèges, il ne faut pas confondre luxe et esthétique. Il est vrai que, pour le même prix, on peut construire plus laid, certains y réussissent très bien !

Le temps passant, la polémique s'apaisera, pour cela comme pour le reste.

Permettre à nos concitoyens de mieux vivre, voilà quel est le but.

Mobiliser les énergies, susciter la créativité, développer la combativité, refuser ce que les autres considèrent comme inéluctable : voilà quels sont les moyens !

CHAPITRE 9

Solidarité

Des îlots de pauvreté subsistaient dans ce département, comme à Nanterre ou à Villeneuve-la-Garenne. Le risque de voir se former durablement des « ghettos de riches » et des « ghettos de pauvres » était devenu une réalité que je ne pouvais me résoudre à accepter.

La flambée des prix du foncier avait entraîné progressivement la raréfaction des terrains à bâtir, la conséquence en étant la pénurie de logements sociaux.

Je décidai avec l'appui de la majorité départementale d'engager la bataille contre la ségrégation sociale et urbaine, sans attendre.

Le plan élaboré à partir des réponses à notre consultation départementale prit la forme d'un pacte, le Pacte 92, confié à deux architectes anticonformistes, Roland Castro et Bernard Lamy[1].

Ce choix prit mes opposants à contre-pied.

Pensez donc, Charles Pasqua, faire appel à des conseillers à la fibre socialiste ou communiste !

Le point de départ de nos réflexions était le contraste existant entre la boucle nord du département et les villes

1. Roland Castro, le « sprinter tonitruant » : ancien militant du Parti communiste, il avait créé à la demande de François Mitterrand une structure d'intervention sur les banlieues, « Banlieues 89 ». Bernard Lamy, le « marathonien discret » : architecte urbaniste du Faubourg de l'Arche de la Défense.

limitrophes de Paris, peuplées de 10000 à 20000 habitants au kilomètre carré d'une part, et le sud, où l'on retrouvait la moyenne départementale de 8 000 habitants au kilomètre carré d'autre part.

S'agissant des populations d'origine étrangère, le déséquilibre était tout aussi évident : plus de 20 % de la population dans le nord du département, comme à Gennevilliers, contre moins de 13 % au sud et au centre.

Le logement était fortement dominé par le locatif dans un contexte d'aménagement territorial complexe et éclaté. Le quartier des Blagis, qui s'étendait sur quatre communes du sud du département, en était l'illustration la plus parfaite[1].

Au terme de cinq mois d'analyse, il nous apparut comme une évidence que ce n'était pas seulement à l'intérieur des quartiers qu'il fallait agir, mais aussi à leur périphérie.

Nous allions donc nous attaquer en priorité à l'urbanisme car la réussite du Pacte 92, comme je l'affirmais, passait par « la conjugaison de l'urbain et de l'humain ».

Cela se ferait grâce au désenclavement des quartiers qui s'étaient constitués en zones de non-droit, en les rattachant au reste de la ville.

Pour recréer le tissu social, il faudrait casser des barres d'immeubles, ouvrir des rues nouvelles, créer des places, permettre ainsi la circulation de la vie, excusez du peu.

Mais aux réalisations urbaines devrait correspondre une action d'harmonisation sociale. Il faudrait renouer le contact avec la population, l'amener à faire sienne cette action, créer ou relancer des associations. Sans cela, nous en étions convaincus, l'échec serait au rendez-vous.

Des dizaines d'agents capables d'écouter, puis d'animer, enfin de transmettre les responsabilités des équipements

1. Sceaux, Bagneux, Bourg-la-Reine et Fontenay-aux-Roses. 94 % des habitants de ce quartier étaient locataires de leur appartement.

nouveaux aux habitants, le moment venu, furent envoyés sur le terrain.

Les difficultés furent de tous ordres, allant des manœuvres d'intimidation aux agressions, en passant par des sabotages, au propre comme au figuré.

Les élus firent bloc : notre détermination l'emporta !

L'expérience acquise me permet de dire aux responsables actuels : ne vous illusionnez pas ! Il faut beaucoup de volonté, de courage et d'argent pour réussir !

Par exemple, dans le quartier de la Caravelle à Villeneuve-la-Garenne, il aura fallu dix ans d'efforts et 1 milliard de francs (150 millions d'euros) pour recoudre le tissu social ! C'est avec les maires que j'ai conduit, sans relâche, l'action dans tous ces secteurs. Nous avons réussi !

Le Pacte 92, intégrant une nouvelle politique de la ville accompagnée de mesures concrètes, fut donc présenté à la Défense au mois de mai 1993 aux élus des Hauts-de-Seine et à tous ceux qui avaient participé à sa mise en œuvre, dont cinq grandes entreprises du bâtiment et des travaux publics qui s'étaient associées à ce programme de lutte contre l'exclusion sociale, en présence du ministre des Affaires sociales, de la Santé et de la Ville[1].

Dans un premier temps, cinq sites avaient été déclarés prioritaires : la Caravelle à Villeneuve-la-Garenne, le Luth à Gennevilliers, Clichy, Le Plessis-Robinson, ainsi que le très hétérogène quartier des Blagis.

Durant l'année 1994, j'ai cosigné, en tant que président du Conseil général, plusieurs contrats de ville avec l'État ou directement avec des communes des Hauts-de-Seine.

Jusqu'en 1996, je fus le seul à engager mon département dans une politique globale de la ville avec l'État. Il faut se rappeler qu'à cette époque ma démarche ainsi que mon engagement à travers le Pacte 92 avaient été

1. Mme Simone Veil.

snobés par certains comme s'il s'était agi d'un vulgaire gadget politicien, à vocation électorale.

Mais ces réactions disparurent presque par enchantement lorsque, à la demande de Jacques Brunhes, député-maire communiste de Gennevilliers, fut constitué un syndicat mixte – ville-département – et que sa présidence m'en fut confiée à l'unanimité.

Ce syndicat était chargé de procéder à l'acquisition, à la démolition, puis à l'aménagement du site de la barre Gérard-Philipe dans le quartier du Luth.

Depuis des années, Gennevilliers cristallisait aux yeux du public tous les « symptômes » de la délinquance. Adossée au Port autonome de Paris et entourée par les voies rapides, cette commune enclavée témoignait des aberrations architecturales des années 1970.

Sans une politique de déconcentration, elle était vouée à l'asphyxie.

Ce grand projet urbain a pu réussir parce que nous avions mis en place un partenariat exemplaire où tous les intervenants se sont appliqués à diversifier l'offre de logements tout en développant simultanément les activités économiques dans ce quartier où habitaient plus de 10 000 personnes [1].

Lors de sa venue, le ministre délégué à la Ville avait souligné que « la politique de la ville dépasse de beaucoup les clivages politiques ».

Cela s'impose aujourd'hui comme une évidence, mais certains hommes politiques devraient la garder en mémoire, cela éviterait de perdre du temps dans l'élaboration de propositions brouillonnes et dénuées de bon sens.

Dans le même temps et dans le même esprit, il nous

1. La signature confirmant ce partenariat eut lieu en présence du préfet des Hauts-de-Seine, du préfet de la région Île-de-France et de son président, Michel Giraud, sous le patronage du ministre délégué à la Ville et à l'Intégration, Éric Raoult.

fallait entretenir, rénover et réhabiliter le patrimoine de l'office départemental d'HLM. C'est ce que nous avons entrepris en donnant une deuxième jeunesse aux quatre cités-jardins du département, villes vertes dans la ville[1].

Ces villes à la campagne qui abritaient plusieurs dizaines de milliers de personnes avaient subi les atteintes du temps. L'urgence était de redonner vie et beauté à ces modèles urbains, véritables laboratoires sociaux, avant l'heure.

Jusqu'à ce jour, le Conseil général, depuis mon accession à sa présidence, a apporté à l'office départemental d'HLM un soutien financier de 2 milliards d'euros.

Grâce à cela, l'office a réussi une rénovation et un urbanisme exemplaires tout en conservant les intentions de leur initiateur[2].

Nées au début d'un siècle marqué par l'industrialisation, pour combattre l'insalubrité et pour faire face à la pénurie de logements ouvriers, les cités-jardins apportaient à l'urbanisme parisien une double réponse : la mixité sociale dans l'esprit haussmannien et un modèle de villes nouvelles intégrant appartements, maisons et équipements nécessaires pour la vie et le confort de tous, commerces, équipements publics et verdure.

Ces cités exemplaires dans lesquelles l'homme et la nature s'harmonisent étaient bien en avance sur leur temps.

Après dix ans d'efforts – qui furent consacrés à la réhabilitation, la reconstruction, la remise en état des jardins –, près de 9 000 logements furent rendus à leurs locataires[3].

1. Suresnes, Le Plessis-Robinson, Châtenay-Malabry et Gennevilliers.

2. Henri Sellier, maire de Suresnes dans les années 1920.

3. 3 211 à Suresnes, 1 400 au Plessis-Robinson, 485 à Gennevilliers, 3 640 à Châtenay-Malabry.

Je ne peux m'étendre ici davantage sur nos initiatives. Il y aurait pourtant beaucoup à dire et à apprendre d'elles, tellement nous étions en avance.

Mais tout cela était rendu possible par une énorme confiance en nous et une volonté propre à renverser les montagnes.

Au moment de clore ce chapitre, j'ai le souvenir d'un pari audacieux dans lequel j'entraînai le Conseil général en 1992.

Interpellant la responsable des actions économiques avec laquelle nous avions initié déjà beaucoup d'actions atypiques [1], je lui dis tout à trac : « J'ai une idée. Nous allons nous attaquer au chômage de longue durée. »

Je pus lire une expression d'inquiétude sur son visage. Elle devait se dire : « Il est devenu fou ! »

Plus tard, elle confiera : « J'ai pensé que le patron avait disjoncté. »

J'ai pourtant réussi à mettre autour de la même table le directeur de l'ANPE, celui du Travail, des cadres du Conseil général pour faire établir une seule liste des demandeurs d'emploi de longue durée [2].

Nous leur avons écrit une lettre cosignée par ces directeurs et moi-même et les avons invités à rencontrer nos délégués dans les mairies.

En plus de nos agents, 100 étudiants de Paris-X-Nanterre, recrutés à cette fin, y tenaient un véritable entretien de recrutement.

Sur les 8 000 personnes qui nous ont répondu, il y avait, entre autres, des cadres que nous avions recrutés temporairement et qui, visitant les entreprises pour placer nos demandeurs d'emploi, en profitaient pour se placer eux-mêmes !

1. Mme Danièle Flavier était responsable du secteur Interventions économiques.

2. Ils étaient 16 000.

Au bout de trois ans, 3 000 demandeurs d'emploi avaient retrouvé une situation stable et nous avons continué.

C'est un des résultats dont je fus le plus heureux [1] !

Oui, rien n'est impossible ! Il faut la foi et la volonté ! Près de vingt ans plus tard, je n'ai pas changé, la même foi et la même volonté m'habitent toujours.

Dans les quartiers sensibles, rien ne peut se faire sans la participation et l'adhésion des habitants.

La réussite est là lorsque les gens s'approprient votre démarche et vous expliquent ses objectifs.

Il aura fallu que tous les partenaires œuvrent de concert pour que notre projet aboutisse : les maires des Hauts-de-Seine, les associations locales, les travailleurs sociaux, les bailleurs, l'État.

Grande découverte s'il en fut, l'union et la solidarité ne se décrètent pas !

Dès mon arrivée à la tête du département, j'avais décidé que mon action s'inspirerait largement des principes de la politique définie pour la France par le général de Gaulle.

Le département que je dirigeais tirait certes son dynamisme de sa situation économique, mais aussi de la diversité sociale et d'origines de sa population.

Je proposai donc au Conseil général de consacrer 1 % du budget départemental à la coopération en direction des pays en voie de développement.

Nulle attitude passéiste dans cette démarche, pas plus que l'idée de se donner bonne conscience.

Non, ce n'étaient pas les « bonnes œuvres » de Pasqua.

Certes, j'étais conscient de la dette que nous avions envers ceux dont les pères et les aïeux avaient versé leur sang pour la France, leur patrie [2].

1. Voir Nicolas Beau et Vincent Nouzille, « Hauts-de-Seine : le laboratoire Pasqua », *Le Nouvel Économiste*, 18 juin 1993.

2. J'avais été en contact avec nombre d'entre eux en 1944, après le débarquement en Provence. Quelques mois plus tard, beaucoup

Mais, au-delà, nous ne pouvions prétendre trouver une solution aux problèmes d'immigration, si nous ne tentions pas de donner aux populations de ces pays les moyens de vivre dignement.

Plus encore, cette politique permettrait de montrer que la France d'aujourd'hui était généreuse et savait tendre la main.

Le maintien de la place de la France dans le monde est à ce prix, plus que dans une fusion dans un magma européen.

Cette politique de coopération s'exerça directement, sans intermédiaires, à notre modeste niveau, dans des domaines tout aussi différents que la santé, la culture ou l'aide au développement.

J'ai également le souvenir d'un voyage que j'ai accompli avec Pierre Messmer [1], qui nous a conduits au Gabon, au Congo-Brazzaville, au Sénégal, en Côte d'Ivoire, en Mauritanie. Dans ces différents pays, Pierre Messmer avait été, avant l'indépendance, gouverneur, gouverneur général ou haut-commissaire.

Au Gabon, un des premiers territoires ralliés au général de Gaulle, le président Bongo nous reçut à bras ouverts.

Au Sénégal, où le président Abdou Diouf souhaitait nous garder plus longtemps que prévu, un immense colonel de la garde demanda à Pierre Messmer s'il se souvenait de lui car, enfant, il lui donnait des bonbons.

Les anecdotes ne manquent pas.

En Côte d'Ivoire, le directeur de cabinet du président

---

trouveraient la mort dans la neige et la boue au cours des combats pour la libération du pays. Parmi eux, un jeune aspirant, mon cousin, serait tué devant Colmar (au mois de janvier 1945).

1. Pierre Messmer (1916-2007), compagnon de la Libération, avait été Premier ministre de 1974 à 1976. Il incarnait la fidélité au gaullisme et l'intransigeance.

Houphouët-Boigny nous demanda de ne rester avec celui-ci qu'une heure car il se fatiguait rapidement. Mais le président, tellement heureux de voir Pierre Messmer, lui dit d'entrée à propos de sa résidence : « J'espère que nous n'avons pas trop abîmé ce que vous nous avez laissé ! » Nous restâmes plusieurs heures avec lui !

Partout, cet accueil extraordinaire, l'affection réelle qui nous était témoignée faisaient chaud au cœur et nous imposaient des devoirs.

Le moment le plus extraordinaire fut notre arrivée dans le haut Atar, en Mauritanie. Sur un mur du cercle des officiers figuraient les noms des officiers français qui avaient dirigé ce secteur et, sur la plaque, celui du capitaine Messmer !

Nous venions inaugurer là un forage complexe, réalisé dans un massif rocheux, qui avait permis d'apporter l'eau à une tribu. Une oasis s'était créée, nous avions changé leur vie, c'était cela la coopération lancée par notre département.

Pendant mes années de présidence, la même scène se reproduisit à chaque fois.

Je ne pouvais aller partout : les élus du département me suppléèrent.

Au fil du temps, l'eau jaillit de plus de deux mille points d'eau réalisés par nos soins.

Liesse et remerciements des populations dont nous avions changé la vie, les femmes surtout, qui, auparavant, devaient faire à pied trente kilomètres pour ramener un bidon d'eau !

Nos interventions nous conduisirent en Afrique, au Moyen-Orient, en Asie. Dans le domaine de l'éducation, nous sommes intervenus depuis la construction de salles de classe jusqu'au soutien scolaire ; dans le domaine de la santé, de la construction d'hôpitaux jusqu'à l'aide aux malades. Ce fut la construction d'équipements scolaires au Gabon, au Cameroun. Au Mali, à Tambakara, haut lieu de l'émigration vers la France, nous avons construit des salles de classe, au Niger ce fut un dispensaire, au Burkina Faso un centre de formation par l'apprentissage.

Partout, l'accueil fut extraordinaire et la reconnaissance exprimée de façon touchante.

Nous avons créé deux hôpitaux, un à Haïti, l'autre, à la demande de l'épouse du président du Sénégal, à Nementcha, à la frontière de trois États, qui a changé la vie de milliers de gens.

Nous avons subventionné la construction d'une aile de l'hôpital de l'Hôtel-Dieu au Liban destinée à recevoir les enfants mutilés de guerre.

Au Congo-Brazzaville, nous avons réapprovisionné l'hôpital de Brazzaville en médicaments car il manquait de tout.

Au Cameroun, en pays bamoun, nous avons subventionné la construction d'un mini-hôpital et d'un centre culturel.

Au travers des Hauts-de-Seine, c'était la France qui venait vers ces populations et qui exprimait sa solidarité.

Tous ceux qui ont eu la charge de ces programmes en retirèrent une légitime fierté, car ce que nous avions fait dans le domaine de la coopération était exemplaire.

D'une manière générale, notre soutien se manifestait toujours selon le même processus. Sollicités par les gouvernements ou les collectivités locales, nous faisions étudier les projets par nos services. S'ils étaient validés, nous assurions directement le financement, aucune somme n'étant versée aux responsables locaux…

On nous a quelquefois reproché, sans arrière-pensées bien entendu, de ne pas passer par les ONG[1] ni par le ministère français de la Coopération.

La raison en était simple. Les subsides versés aux ONG servent en grande partie à financer leur fonctionnement ;

1. Organisations non gouvernementales.

quant au ministère de la Coopération, ses lourdeurs et son conformisme sont bien connus.

Mais, par-dessus tout, nous ne voulions pas d'une action administrative car la façon de donner vaut mieux que ce que l'on donne !

Notre démarche venait du cœur et c'est bien ainsi qu'elle était perçue.

J'ajouterai, en terminant, que les responsables africains s'adressaient à nous comme si nous étions des magiciens. Depuis la demande du maire de Dakar de réorganiser le système de ramassage des ordures ménagères – ce qui nécessitait auparavant la réhabilitation du matériel de collecte, ce que nous fîmes – jusqu'à la livraison d'eau potable, par des camions-citernes des Hauts-de-Seine, aux populations des bidonvilles de Nouakchott [1], rien ne parut irréalisable aux responsables de la coopération 92.

Nos actions étaient donc marquées d'un certain éclectisme. Le bilan en est très largement positif, et c'est un sujet de satisfaction pour les élus du département, pour moi et pour ceux que nous avons aidés [2].

J'ai bien entendu retiré force avantages de ces actions, le plus significatif d'entre eux étant mon intronisation dans l'Ordre de l'araignée bamoun [3] !

1. Capitale de la Mauritanie.

2. Le Conseil général des Hauts-de-Seine fut conduit à intervenir directement ou indirectement dans les pays dont la liste suit. Afrique : Bénin, Burkina Faso, Cameroun, Cap-Vert, Comores, Congo-Brazzaville, Côte d'Ivoire, Gabon, Guinée, Kenya, Madagascar, Mali, Maroc, Mauritanie, Niger, São Tomé, Sénégal, Soudan, Tchad, Togo. Amérique : Haïti. Europe centrale et orientale : Croatie, Lettonie, Moldavie, Roumanie. Eurasie : Russie, Kazakhstan, Laos, Irak, Liban, Palestine. Furent réalisés : 910 forages permettant la création de 2600 points d'eau potable, 17 réseaux d'adduction d'eau, 26 centres de santé, 33 envois de matériel médical, 393 salles de classe du primaire au lycée, 22 programmes d'électrification rurale (dont un de plus de 70 km de long).

3. Au Cameroun.

J'y ai aussi gagné quelques amitiés…

Très vite, l'habitude fut prise par les chefs d'État ou les dirigeants venant visiter notre pays de demander à se rendre prioritairement dans les Hauts-de-Seine, afin de m'y rencontrer. Tous savaient que j'avais toujours du temps à leur consacrer.

Tous savaient qu'il était plus facile de me faire part de leurs problèmes ou des problèmes que risquait de connaître notre pays, qu'à d'autres.

Ma fidélité au gaullisme les rassurait.

Tout cela fut plus tard à l'origine de querelles et de chicaneries, notamment avec le ministre des Affaires étrangères Alain Juppé que cet état de choses exaspérait [1].

Difficile, en effet, de comprendre qu'il est plus facile pour certains responsables de palabrer avec le petit-fils d'un berger corse que sous les lambris du Quai d'Orsay.

Qu'il est plus facile au « terrible M. Pasqua » de proposer avec quelque chance de succès à un chef d'État africain de libérer son principal opposant et d'en faire un ministre, qu'à d'autres.

D'autres tenteront d'en profiter, avec une certaine fortune, prétendant faire partie des « réseaux Pasqua »…

Certains continuent à graviter dans les sphères du pouvoir, auréolés de cette imposture…

Certains de mes *missi dominici* succombèrent aussi à la tentation…

Hélas pour les uns et les autres, ces fameux réseaux n'ont jamais existé.

Seules existaient l'amitié fidèle et la confiance de certains chefs d'État et hauts responsables.

Comparées aux tractations stériles avec les responsables des partis de l'opposition, au temps passé à essayer de

1. Il faut dire à sa décharge que son administration ne faisait rien pour arranger les choses, ulcérée que je dispose de plus d'informations que le Quai d'Orsay.

convaincre Jacques, Édouard et les autres, mes activités à la tête de ce département furent pour moi exaltantes et pleines de satisfactions même si la charge de travail fut souvent très lourde.

Le principal enseignement que je retirai des ces actions exaltantes, était que l'on ne peut réussir dans le domaine politique que si l'on aime les autres. Cela se sent, cela se voit et c'est ce qui donne un sens à la vie. C'est cela qui inspirera l'action que je mènerais plus tard.

Chapitre 10

Réalités et utopie

J'éprouve certes une réelle satisfaction à voir la collectivité que je dirige évoluer et se transformer mais la politique reprend toujours ses droits.

La tension et l'incertitude qui règnent sur la scène internationale vont permettre à François Mitterrand d'occuper le devant de la scène politique trois années durant, les problèmes nationaux semblant relégués au second plan. Semblant seulement, car le bouleversement du paysage politique français en sera la conséquence !

Le retrait de ses troupes d'Afghanistan où elles étaient enlisées depuis de nombreuses années paraissait avoir sonné le glas des ambitions interventionnistes de l'URSS[1].

Le démantèlement du modèle économique soviétique sous l'impulsion de Boris Eltsine, malgré les réticences de Mikhaïl Gorbatchev, les proclamations unilatérales

1. L'intervention directe de l'URSS en Afghanistan commença à la fin de l'année 1979. Les troupes soviétiques quittèrent le pays en 1989, après avoir essuyé des pertes en hommes et en matériel extrêmement lourdes face à une rébellion soutenue financièrement et militairement par les États-Unis. Au plus fort de la guerre, le corps expéditionnaire soviétique comptait plusieurs centaines de milliers d'hommes. Les historiens considèrent que les pertes en vies humaines, tous camps confondus, ont été supérieures à 1 million de personnes.

d'indépendance qui se succèdent montrent qu'un certain ordre a vécu [1].

Des manifestations non réprimées en RDA, notamment à Leipzig, l'afflux massif d'Allemands de l'Est en RFA *via* la Hongrie et l'Autriche laissent à penser que le partage de l'Europe décidé à Yalta se désagrège [2].

La chute du mur de Berlin sans que les troupes soviétiques interviennent, l'annonce du retrait des mêmes troupes de Hongrie et de Tchécoslovaquie ont valeur de symbole [3].

Tout craque, tout vole en éclats dans ce qui, hier encore, était la zone d'influence d'une puissance impériale [4].

C'est dans ce climat qu'une coalition de droite va remporter les élections législatives en RDA [5].

1. Mikhaïl Gorbatchev est élu président de l'URSS pour cinq ans au mois de mars 1990. Boris Eltsine est élu président du Parlement au mois de mai 1990. De mai à août de la même année, les parlements lituanien et ukrainien proclament l'indépendance, suivis de l'Arménie, du Turkménistan et du Tadjikistan.

2. La RDA, République démocratique allemande, a été créée en 1952 à partir des territoires occupés par l'Union soviétique. La RFA, République fédérale d'Allemagne, a été proclamée en 1948 à partir des zones occupées par les États-Unis, la France et la Grande-Bretagne. Les manifestations de Leipzig se déroulèrent de septembre à octobre 1990.

3. L'annonce par les autorités de la RDA de la possibilité pour les Allemands de l'Est d'aller à l'Ouest provoqua *de facto* la chute du mur de Berlin au mois de novembre 1989. L'Union soviétique avait durement réprimé les soulèvements en Hongrie en 1956, et en Tchécoslovaquie en 1968. L'accord sur le retrait des troupes soviétiques de ces pays fut signé en janvier 1990.

4. Un coup d'État avorté (19 août 1991), l'adoption du drapeau russe comme emblème national (août 1991), la dissolution du Parti communiste (novembre 1991), la démission de Mikhaïl Gorbatchev (25 décembre 1991) consommeront la dissolution d'un empire qui fit trembler le monde. *Sic transit gloria mundi !*

5. Le 18 mars 1990.

Rien ni personne ne paraît pouvoir faire obstacle à la réunification de l'Allemagne, que nul ne croyait possible quelques années auparavant [1].

C'est pour François Mitterrand l'heure des incertitudes.

Au lendemain de sa réélection, affaibli par la maladie, sans majorité parlementaire solide, conscient que la situation économique du pays ne l'autorisait plus à mener une politique de « gauche », le chef de l'État a très vite compris que seule la construction européenne pouvait lui permettre de jouer un certain rôle.

La réunification de l'Allemagne l'inquiète car, bien évidemment, de son poids démographique, économique et politique vont découler de nouveaux rapports de force.

Sa crainte est de voir l'Allemagne privilégier sa réunification au détriment de l'Europe.

Ce qui apparaîtra comme des hésitations ou une certaine hostilité à ce processus va contribuer à brouiller pendant quelque temps les relations entre les deux pays [2].

C'est dans ce contexte que seront négociés et conclus les accords européens futurs, François Mitterrand étant prêt à se rapprocher des positions défendues par l'Allemagne, pour peu que les liens franco-allemands ne se distendent pas et que le calendrier de la construction européenne soit respecté.

1. Dans la nuit du 22 au 23 août 1990, vote par l'Assemblée du peuple de la République démocratique d'une déclaration unilatérale d'adhésion à la République fédérale.

2. Contrairement aux États-Unis, qui soutinrent le processus de réunification dès l'origine. Lire Tilo Schabert, *Mitterrand et la réunification alleman*de, Grasset, 2005. Également : Georges Saunier, Jean Musitelli, Frédéric Bozo et Tilo Schabert, interview, « 1989, le retour de la question allemande : vers la réunification », Institut François-Mitterrand, 9 octobre 2005 ; Jacques Jessel, « La réunification allemande et les relations franco-allemandes », novembre 2000, www.diploweb.com.

Ce sera chose faite lors d'un Conseil européen, le 10 décembre 1991, à... Maastricht.

Mais tout se passe comme si la planète était saisie de convulsions.

Au Moyen-Orient, un différend financier entre l'Irak et le Koweït a été le prélude à ce qui va devenir la guerre du Golfe. Bagdad, confronté à une situation financière désastreuse, notamment en raison de l'endettement colossal résultant de la guerre avec l'Iran [1], souhaitait obtenir un moratoire, principalement avec le Koweït.

Faisant valoir qu'il avait été le bouclier des monarchies du Golfe en face de la révolution islamique et de l'ayatollah Khomeyni, Saddam Hussein estimait sa démarche légitime.

Les autorités koweïtiennes n'ayant pas donné suite à sa demande, la dispute se déplaça sur un autre terrain, le Koweït étant accusé d'extraire du pétrole irakien à partir de gisements frontaliers. Considérant comme insuffisante la décision prise par l'OPEP de relever le prix du baril, l'Irak envahit le Koweït avant de l'occuper et de prononcer son annexion en tant que « dix-neuvième province » [2].

1. La guerre Iran-Irak se déroula de 1980 à 1988.

2. Le 27 juillet 1990, l'OPEP (Organisation des pays exportateurs de pétrole) avait décidé d'augmenter de façon significative le prix du baril de pétrole brut, notamment dans le but de soulager les finances irakiennes (de 18 dollars US à 21 dollars). L'armée irakienne envahit le Koweït le 2 août 1990. Saddam Hussein annonça l'annexion du Koweït le 8 août 1990. Saddam Hussein trouvait dans la situation politique antérieure à la Première Guerre mondiale la justification de ses revendications territoriales. En effet, dans le cadre des accords Sykes-Picot (conclus le 16 mai 1916) qui organisaient le démantèlement futur de l'Empire ottoman, la Mésopotamie et le Koweït avaient été placés sous administration britannique directe. Nombre d'observateurs s'accordent sur le fait que, lors de l'indépendance de l'Irak en 1930, les Britanniques n'avaient accordé au nouvel État qu'une façade réduite sur le golfe Persique (inférieure à 20 km), dans le but de diminuer l'influence du pays dans la zone,

C'est de la bouche de François Mitterrand que la France apprendra qu'elle participerait à la coalition destinée à faire respecter les décisions de l'Organisation des Nations unies, dont les États-Unis ont pris la tête, et qu'elle répondrait aux agressions irakiennes [1].

J'ignore si tous les efforts pour parvenir à un règlement pacifique ont été entrepris. Mais tout cela n'augure rien de bon, la déstabilisation de toute la région étant possible [2].

Par ailleurs des turbulences se sont également développées à peu de distance du territoire national.

Une situation économique désastreuse et une faillite sociale absolue, jointes à une démographie explosive, provoquent en Algérie la victoire du Front islamique du salut lors des élections municipales.

Ce succès est inquiétant car il risque, par contagion, de provoquer une déstabilisation du Maghreb.

Pour l'ancien ministre de l'Intérieur que je suis, cela est d'autant plus préoccupant que la communauté d'origine maghrébine est importante dans notre pays, et que des liens passionnels existent entre la France et l'Algérie [3].

---

le privant quasiment d'un accès à la mer. En conséquence, l'Irak n'avait jamais cessé de revendiquer le Koweït. Un premier conflit avait été évité en 1961, lors de l'accession à l'indépendance du Koweït, le régime irakien ne reconnaissant pas la nouvelle frontière et déclarant le Koweït « dix-neuvième province ». Les revendications irakiennes s'inscrivaient donc dans cette continuité.

1. François Mitterrand annoncera sa décision le 15 septembre 1990, lors d'une conférence de presse faisant suite à un Conseil des ministres restreint (voir www.ina). Notons que le Parlement ne fut pas consulté lorsque François Mitterrand décida d'engager la France dans la guerre ! Voilà qui relativise les interventions des belles âmes dans la révision actuelle de la Constitution.

2. Mes craintes se révéleront, hélas, fondées puisque, dix-huit ans plus tard, les Américains se trouvent toujours coincés dans ce bourbier. Mais n'anticipons pas.

3. La polémique sur le fait de savoir si le foulard islamique pouvait être porté à l'école et le refus du ministre de l'Éducation nationale,

Mais rares sont ceux qui, à cette époque, perçoivent le danger que pourrait représenter l'instauration d'un régime islamiste en Algérie[1].

Au gouvernement nul ne semble s'en préoccuper, pas plus le Premier ministre que les autres.

Lors de son arrivée à l'hôtel Matignon, Michel Rocard avait rapidement compris qu'il devrait se garder d'apporter quelque éclat que ce soit à sa manière de conduire la politique gouvernementale, se donnant un « devoir de grisaille »[2].

Sachant que le plus infime écart servirait de prétexte à François Mitterrand pour lui infliger mauvaises manières

---

Lionel Jospin, d'assumer ses responsabilités, en s'en remettant au Conseil d'État, puis aux chefs d'établissement, montraient combien tout ce qui touchait à l'islam était sensible dans notre pays.

1. Le Front islamique du salut (FIS) a été « officiellement » créé le 18 février 1989 par Abassi Madani (sur la suggestion – dit-on – d'Ali Belhadj), malgré l'opposition des autorités islamistes reconnues, puis autorisé dans le cadre de la loi du 5 juillet 1989 organisant le multipartisme en Algérie (voir Atmane Tazaghart, « Quelles perspectives pour les partis islamistes modérés ? », mars-avril 2003, www.ceri-sciences-po.org). Figuraient dans ses statuts son objectif, le retour aux principes de l'islam, et son attachement aux modèles et aux traditions de la *charia*. Abassi Madani et Ali Belhadj dirigeaient le FIS lorsque, aux élections municipales du mois de juin 1990, il l'emporta dans 853 communes sur 1 539, et 32 willayas sur 48. La majeure partie de ses dirigeants seront arrêtés au cours du mois de juin 1991. Le FIS remporte le premier tour des élections législatives le 26 décembre 1991. Inquiète de voir s'instaurer un État islamique, l'armée s'y oppose par un coup d'État. Tous les dirigeants et plusieurs milliers de membres du Front islamique du salut sont arrêtés. Dix ans de guerre civile s'ensuivront. Condamnés le 12 juillet 1992 à douze ans de réclusion, Abassi Madani et Ali Belhadj seront libérés au mois de juillet 2003 (Abassi Madani était en fait assigné à résidence depuis 1997).

2. « Nous étions toujours en méfiance, et au moindre pas je sautais », Michel Rocard et Georges-Marc Benamou, *Si la gauche savait*, Robert Laffont, 2005.

et rebuffades, il s'était mis à la tâche qu'il s'était lui-même assignée sans grandes envolées : tenter de réformer le pays en profondeur. Rude tâche en vérité, puisque beaucoup de ses amis socialistes n'étaient pas décidés à l'aider et qu'il ne disposait pas d'une majorité stable [1].

Cela n'était pas fait pour l'étonner, ni pour le décourager.

Point n'est besoin de partager ses idées politiques pour reconnaître qu'il s'acquitta de sa tâche avec constance, opiniâtreté et honnêteté jusqu'au dernier moment, qu'il ne vit pas venir.

De travail de sape en escarmouches, d'attaques frontales en guerre de positions, le combat ne cessa jamais ; le combat avec ses propres amis du Parti socialiste, ou les alliés d'hier, bien entendu. Nous n'en demandions pas tant.

Le fait qu'il a été obligé d'utiliser vingt-trois fois l'article 49, alinéa 3, de la Constitution – un record sous la Ve République – montre ce que furent les deux ans passés par Michel Rocard à Matignon [2].

La situation économique est-elle bonne, son gouvernement recueillant les fruits de la politique engagée par son prédécesseur Jacques Chirac ? La majorité du Parti socialiste, le Parti communiste, la quasi-totalité des organisations syndicales l'accusent de ne pas faire droit aux revendications des plus défavorisés [3] !

1. « Il était certain, hélas, que je ne pourrais laisser de mon passage à Matignon que de la réforme par touches, peu spectaculaire mais décisive. Pas une marque symbolique… » *(ibid.)*.

2. Par le biais de l'article 49.3 de la Constitution, le gouvernement engage sa responsabilité devant le Parlement en lui soumettant un texte de loi. En cas de désaccord, les députés peuvent déposer une motion de censure qui, si elle est adoptée, aura pour effet de provoquer la chute du gouvernement. Si cette motion n'est pas adoptée ou si elle est rejetée, le projet de loi est adopté.

3. Contrairement aux prévisions des experts élyséens, Michel

Le Premier ministre annonce-t-il le transfert d'un certain nombre de services de l'État vers la province ? Le Parti communiste et les syndicats se déchaînent [1] !

La situation économique se détériore-t-elle ? Le climat social devient aussitôt épouvantable, fonctionnaires, personnel hospitalier, enseignants, salariés, pour ne citer qu'eux, descendent dans la rue pour manifester [2] !

Le Premier ministre décide-t-il de proposer l'adoption d'une mesure fiscale destinée à financer pour partie les déficits sociaux ? Le tohu-bohu est général au sein du gouvernement et du Parti socialiste [3] !

La méthode Rocard trouve là ses limites, car les réformes en cours ne permettent pas le traitement immédiat des problèmes qui se nomment déficit des comptes sociaux, chômage, mal-vivre…

Les événements de Vaulx-en-Velin, au mois d'octobre 1990, ont soudainement mis sous les projecteurs les problèmes des banlieues et des cités, mais surtout, tout le monde semble l'oublier, ceux de leurs habitants [4].

Rocard bénéficia pendant deux ans d'une conjoncture économique favorable, due pour l'essentiel à la politique conduite par le gouvernement Chirac de 1986 à 1988.

1. Le 5 novembre 1990, à l'occasion de la réunion du CIAT (Comité interministériel d'aménagement du territoire).

2. La situation économique va se dégrader inexorablement à partir du deuxième trimestre 1990, le chômage ne cessant plus de croître jusqu'en 1993.

3. Ainsi qu'il le dira plus tard : « La CSG [Contribution sociale généralisée], c'est moi qui l'ai imposée à tout le monde. La moitié des ministres n'en voulaient pas, la majorité parlementaire était contre, Bérégovoy était à fond contre, Mitterrand me la déconseillait mais affectait de laisser le gouvernement gouverner… » (entretien avec Michel Rocard, « Faut-il tourner le dos à la politique ? », *Parlement(s), Histoire et politique*, 13 septembre 2003, www.parlements.org).

4. Des émeutes vont secouer la ville de Vaulx-en-Velin (69) le 9 octobre 1990, après le décès d'un jeune motocycliste qui tentait de franchir un barrage de police.

Car le virage de la rigueur pris par le Parti socialiste en 1983, le ralliement du même parti à l'économie de marché, la politique consensuelle conduite par Michel Rocard ont tué le débat idéologique.

Si l'électorat traditionnel est désorienté, les plus défavorisés ne voient plus de solution à leurs problèmes, qu'ils s'appellent chômage, exclusion, racisme ou insécurité.

Mais, dès lors que la cote de popularité de son Premier ministre reste bonne, il ne saurait être question pour François Mitterrand de prolonger trop longtemps le jeu auquel il se livre depuis sa nomination à l'hôtel Matignon.

La démission du ministre des Armées, hostile à toute intervention armée en Irak, son remplacement par un fidèle du chef de l'État montrent que la fin du compte à rebours est proche : il avait commencé le 14 mai 1988 [1].

Michel Rocard sera certes invité à commémorer (!) l'anniversaire de l'élection de François Mitterrand en 1981, avec ses « amis socialistes », mais il aura beau déclarer à la presse qu'il entend durer, son sort est scellé.

Rencontrant François Mitterrand afin d'évoquer avec lui un remaniement ministériel, il apprend de la bouche du chef de l'État que le remaniement inclura le changement de Premier ministre.

La raison ? À Michel Rocard, le président de la République dira ne « pas croire aux vertus de vos méthodes et au climat que vous créez pour mener le combat difficile des législatives de 1993 [2] ».

À d'autres interlocuteurs, François Mitterrand dira avoir trouvé que son Premier ministre avait manqué

1. Jean-Pierre Chevènement démissionne le 29 janvier 1990. Il est remplacé par Pierre Joxe, dont Michel Rocard considérait qu'il était en 1984 « le chef de mes tueurs » (Michel Rocard et Georges-Marc Benamou, *Si la gauche savait*, *op. cit.*).

2. *Ibid.* La démission de Michel Rocard intervint le 15 mai 1991.

de consistance pour tout ce qui touchait au Koweït et à l'Irak[1]...

Aurait-il été plus présent, sans doute se serait-il vu reprocher d'empiéter sur le domaine réservé du chef de l'État !

Michel Rocard, qui, dans une lecture mitterrandienne de ses idées politiques, se définit lui-même comme le « chef des zozos », demanda – naïveté ou malice – vingt-quatre heures au président de la République pour défendre lui-même devant le Conseil d'État « une loi réelle, applicable, contrôlable sur les écoutes téléphoniques »[2]...

L'accueil fut celui que l'on était en droit d'imaginer[3].

Alors que nous ne sommes qu'à deux ans des élections législatives, c'est en vain que l'on chercherait un grand projet pour le pays.

Le Parti socialiste est en guenilles, le RPR en haillons, le Parti communiste exsangue, l'UDF anémiée.

Comme toujours, il n'est question que d'ententes éventuelles entre les partis.

Le débat politique a atteint le niveau zéro.

Mais François Mitterrand a une arme secrète. De Laurent Fabius il a fait le plus jeune Premier ministre de la France, d'Édith Cresson il fera la première femme à accéder à ces fonctions.

1. Les forces de la coalition avaient conduit une offensive aérienne contre l'Irak à partir du 17 janvier 1991. L'offensive terrestre lancée le 24 février 1991 s'était conclue par un cessez-le-feu (28 février 1991), après que les troupes irakiennes eurent évacué le Koweït sous les tirs de la coalition, et que l'Irak eut annoncé qu'il acceptait toutes les résolutions de l'ONU sans conditions.

2. Commentant sa désignation en tant que Premier ministre et ses rapports avec François Mitterrand, Michel Rocard déclarait : « Il n'y a pas de haine entre nous. Nous n'étions pas dans ce registre – peut-être à peine dans celui du mépris. Lui à mon égard, selon moi, pour cause d'inefficience ; et moi à son égard pour manque d'éthique » (Michel Rocard et Georges-Marc Benamou, *Si la gauche savait*, *op. cit.*).

3. Voir *ibid.*

Chapitre 11

Le tournant

La désignation d'Édith Cresson et l'annonce de la composition de son gouvernement à la mi-mai [1] ne provoquèrent pas de grand remue-ménage au sein de l'opposition.

Au RPR, ceux qui avaient ferraillé depuis dix ans contre le Parti socialiste et ses alliés de tous bords accueillirent cette nomination avec scepticisme.

Depuis 1981, les batailles avaient été rudes, deux ans nous séparaient des élections législatives, personne sur le terrain ne faiblirait.

Du côté de l'UDF, c'est le regret de n'avoir pu mener à terme ce mirifique projet de majorité de centre gauche qui dominait, regret aussi d'être condamnés à s'entendre avec les gaullistes.

Au sein du Parti socialiste [2], la chose était vécue par certains avec moins de flegme.

Même si Édith Cresson était un compagnon de route de longue date, les ténors du parti ne se gênaient pas pour critiquer ouvertement le fait du prince.

Si tous la connaissent, elle les connaît tout autant et estime n'avoir de leçon de socialisme à recevoir d'aucun d'entre eux [3].

1. 15-16 mai 1991.
2. 32 des 45 membres du gouvernement étaient socialistes.
3. Édith Cresson avait adhéré à la Convention des institutions

Commencés sous de tels auspices, les dix mois qu'elle passerait à l'hôtel Matignon ne seront pas une sinécure.

Quelques jours d'euphorie filèrent très vite sous le regard bienveillant des médias, mais il lui fallut bientôt s'atteler aux figures imposées…

Ne s'étant pas préparée à assumer la fonction, ne disposant pas au sein du Parti socialiste d'un courant qui lui soit propre, elle se trouva fort démunie lorsqu'il lui fallut préparer sa déclaration de politique générale.

Comme devait l'écrire l'un de ses conseillers : « La première grosse faute de communication vient directement de l'état d'improvisation qui régnait à l'époque. Objectivement, nous vivions dans un bordel véritable[1]… »

Livrant une véritable course contre la montre, elle demanda à chacun des ministres de préparer, dans leurs domaines respectifs, un plan d'action. Une compilation en fut faite[2]. Le désastre était programmé. La misogynie ambiante, jointe à l'impréparation, fit le reste, la cruauté de l'opposition aussi.

Rien de personnel, la politique, seulement la politique.

Ses amis eux-mêmes ne sont pas les derniers à critiquer l'absence de perspectives et de souffle de sa déclaration.

---

républicaines dès 1965. Elle avait connu toutes les étapes qui devaient conduire à la constitution de la FGDS (Fédération de la gauche démocratique et socialiste), puis à l'émergence du Parti socialiste. Elle fut ministre de l'Agriculture dans le gouvernement Mauroy (1981-1984), ministre du Redéploiement industriel et du Commerce extérieur dans le gouvernement Fabius (1984-1986), ministre des Affaires européennes dans le gouvernement Rocard, jusqu'à sa démission, le 2 octobre 1990.

1. Entretien avec Guy Schwartz, « Édith Cresson ou l'autopsie d'un naufrage », www.revue-médias.com. Guy Schwartz fut à Matignon le conseiller en communication d'Édith Cresson.

2. Voir *ibid.*

Le 22 mai au soir tout est consommé. Une partie de la presse sonne déjà l'hallali[1].

Le dogme du franc fort perdurerait, quel qu'en soit le prix à payer en termes d'emploi.

Dans une telle période point n'est besoin d'en rajouter pour un élu de l'opposition.

Je partage mon temps entre les travaux parlementaires et la réflexion politique dans le cadre de Demain la France.

Dans le département des Hauts-de-Seine, la politique de la ville, la résorption du chômage de longue durée, l'effort sans précédent en faveur du logement social, engagés depuis 1988, commencent à porter leurs fruits.

La création d'un pôle d'enseignement supérieur a fait hoqueter d'indignation les caciques de l'Éducation nationale.

Je m'en moque.

Nous avançons et nous réfléchissons à ce qu'il faut faire pour préparer l'avenir.

Nos équipes d'architectes, sociologues, élus locaux, grandes entreprises rivalisent d'imagination.

Un de leurs projets, un réseau de voirie souterraine de quarante kilomètres traversant le département du nord au sud, me fait accuser de folie, de mégalomanie.

Et pourtant, que faire d'autre pour résoudre le problème des liaisons saturées en surface si ce n'est en sous-sol ? D'autres pays le font ! Pourquoi pas nous ?

Par frilosité, manque de courage, de clairvoyance ou d'ambition, ce projet sera abandonné. Trop simple, trop logique, trop cher[2] !

1. Pierre Bérégovoy se retrouvait à la tête du ministère des Finances, de l'Économie et du Budget. La politique économique de la France ne changerait donc pas.

2. La ville de Boston (États-Unis) a réalisé le même type de projet, redonnant ainsi vie à des quartiers asphyxiés par la circulation

En accord avec des entreprises, nous continuons à développer des actions de coopération avec un certain nombre de pays d'Asie et d'Afrique. Tout cela est plus mobilisateur et plus porteur que les palabres des partis.

Tout bouge autour de nous, sans cesse, dans tous les domaines.

Mais un problème chasse l'autre !

L'attribution de la Coupe du monde de football à la France supposait la création d'un stade susceptible d'accueillir 80 000 personnes. L'enthousiasme était général, mais où l'implanter ? Le choix du gouvernement Rocard, dans un souci affiché de rééquilibrage vers l'est, s'était porté sur Melun-Sénart. Mais comment créer un tel stade dans une zone mal desservie par les transports en commun et dépourvue d'infrastructures de soutien ? Ce choix fut donc remis en cause [1]. Dès lors, je relançai la candidature de Nanterre [2]. Nul ne pouvait contester les multiples avantages du site retenu. Le Grand Stade de Nanterre se situerait au bord de la Seine, dans le prolongement de l'axe historique qui va du Louvre à l'Étoile, puis jusqu'à la Grande Arche.

Le projet conçu par l'architecte Henri Vidal et ses équipes était innovant et superbe. Il conciliait la nécessité de disposer d'un grand équipement sportif avec celle de pouvoir l'utiliser à d'autres fins, pour des raisons économiques et financières.

Ses 80 000 places seraient dissimulées dans un espace arboré de quarante hectares, enfoui dans un cratère aux

---

automobile. Le financement de ce projet n'était pas le problème majeur.

1. Par Frédérique Bredin, ministre de la Jeunesse et des Sports dans le gouvernement d'Édith Cresson.

2. Je l'avais présentée en temps et heure.

versants recouverts de végétation, dont seul apparaîtrait le toit amovible et translucide[1].

Cette polyvalence fondait la rentabilité du projet; toutes les études le confirmaient[2].

Compte tenu de tout cela, le délégué interministériel en charge de ce dossier[3] rendit un avis favorable au choix de Nanterre. Pour le département des Hauts-de-Seine, c'était une opportunité extraordinaire sur le plan économique.

Désormais, le problème était de nature politique.

Quelques mois plus tard les occupants de l'hôtel Matignon changèrent[4]. Le temps pressait pourtant. Mais la politique est cruelle. La décision définitive interviendrait bien plus tard. Devenu ministre de l'Aménagement du territoire, je ne pourrai être juge et partie. Le Premier ministre, Édouard Balladur, choisit, en toute impartialité bien entendu, le site de La Plaine Saint-Denis.

Mes regrets demeurent[5].

Henri Vidal avait mis passion, talent et savoir-faire dans ce qu'il considérait être son « chef-d'œuvre ». Ce devait être l'aboutissement d'une carrière exceptionnelle. Il n'en fut rien.

N'ayant rien à prouver, profondément déçu car il savait

1. La desserte de ce stade serait assurée par les autoroutes existantes, ainsi que par la ligne A du RER, un Val, etc. Le projet de Nanterre, avec ses gradins rétractables, sa pelouse amovible, pouvant se transformer en salle de cinéma, de concert, accueillir des congrès, était de loin le meilleur.

2. L'investissement était estimé à 2,5 milliards de francs.

3. M. Chambon.

4. Pierre Bérégovoy, nouveau Premier ministre, soumis aux pressions de ses amis socialistes, ne prit pas de décision. Pensez donc, le Grand Stade chez Pasqua !

5. Ce projet, conforté par les études de notre société d'économie mixte, était le plus révolutionnaire et le plus innovant. Il était l'illustration des capacités exceptionnelles des équipes de la SEM 92 et de leur caractère visionnaire.

que son projet était le meilleur, il se retira dans sa thébaïde de Porquerolles. Il se consacra à ses oliviers et à ses vignes. Je ne le revis jamais.

Si cette décision fut une déception, que dire de la constance avec laquelle l'opposition persistait dans ses erreurs ?

Au contact direct de nos concitoyens, Philippe Séguin et moi insistons encore et toujours pour que la prochaine majorité donne la priorité à l'emploi, au logement, à l'éducation. Dire que cela est compris de tous serait excessif.

Jacques Chirac, ayant appris la publication de « La priorité sociale », m'interpella finement : « Alors tu as décidé de devenir la mère Teresa du RPR ? »

Pauvre Jacques ! Comment a-t-il pu se scléroser ainsi et accepter de perdre son temps dans les querelles byzantines qui minent l'opposition ?

Plus tard, il osera me dire à plusieurs reprises : « Charles, ce n'est pas moderne. »

Eh oui, Jacques, la misère et la détresse sont peut-être anachroniques, mais bien réelles !

Je regarde tout cela de plus en plus loin, car ces conversations ne présentent plus grand intérêt pour moi.

Tout se passe comme si le gouvernement expédiait les affaires courantes.

C'est en vain que l'on chercherait dans les mesures annoncées ou les textes une cohérence ou un projet, qu'il s'agisse de la réduction du déficit budgétaire, de la rénovation des lycées, de la réforme hospitalière, de la loi sur la ville, des aides aux petites et moyennes entreprises, de nouveaux transferts de services publics en province[1].

Les mouvements sociaux se succèdent, agriculteurs,

1. Des transferts de services publics furent annoncés à l'issue d'une réunion du Comité interministériel d'aménagement du territoire le 7 novembre 1991. Ils concernaient 7 000 emplois (!)...

personnel hospitalier, salariés de Renault, dockers, j'en passe.

Les incidents dans les banlieues, les heurts entre les harkis, leurs familles et les forces de l'ordre n'arrangent rien [1].

L'assassinat en proche banlieue de l'ancien Premier ministre iranien Chapour Bakhtiar ravive de son côté de mauvais souvenirs [2].

Une baisse des taux d'intérêt en octobre 1991, bientôt suivie d'une hausse en novembre de la même année, renforce l'incompréhension d'une large partie de la population.

Le sentiment général est que le pays n'est pas dirigé.

Le décalage existant entre les préoccupations des Français et la politique conduite à l'hôtel Matignon comme à l'Élysée est de plus en plus évident.

François Mitterrand de son côté se consacre à la politique étrangère, qui seule semble encore avoir quelque attrait pour lui.

Mais a-t-il toujours une juste perception des choses et des événements ?

Sa réaction lors de la tentative de coup d'État prosoviétique à Moscou est significative. Prudence, manque d'informations ou mauvaise analyse politique [3].

1. Le 9 juin 1991, des émeutes suivront le décès d'un policier et d'un jeune Algérien à Mantes-la-Jolie (quartier du Val-Fourré). Le 23 juin 1991, de violents heurts opposeront forces de l'ordre et harkis à Narbonne.

2. Le 6 août 1991. Chapour Bakhtiar, qui dirigeait l'un des mouvements de résistance contre l'ayatollah Khomeyni, et son secrétaire sont assassinés à son domicile à Suresnes (92) par trois hommes armés. Arrêté, l'un des membres de ce commando affirmera lors de son procès que l'Iran était le commanditaire de cet assassinat (une précédente tentative d'assassinat avait coûté la vie à un policier).

3. Des généraux tentent d'interrompre le processus de démocratisation en cours à Moscou par un coup d'État le 19 août 1991. Mikhaïl

Son voyage en République démocratique allemande[1], alors que le processus de réunification semblait inexorable, ne résultait-il pas aussi d'une certaine déconnexion de la réalité ?

Les dirigeants de l'opposition, sourds et aveugles, s'étaient quant à eux accordés sur quelque chose d'essentiel : la signature d'une charte dans la perspective des échéances électorales futures. Le fruit semblait mûr. Il ne resterait plus qu'à le cueillir[2].

Sans doute soucieux de montrer qu'il était en osmose avec ses concitoyens, à moins que ce ne soit pour braconner sur les terres du Front national, Jacques Chirac crut bon de parler « du bruit et de l'odeur » apportés par les immigrés[3].

Sans doute au nom de l'impartialité, un quotidien du soir rapprocha les propos tenus par Édith Cresson à l'occasion d'un entretien télévisé de ceux des dirigeants du Front national[4].

Ne voulant pas rester au second plan, Valéry Giscard

Gorbatchev ayant été destitué par les putschistes, Boris Eltsine prend le commandement des forces armées. Les mutins seront arrêtés et fusillés (21 août 1991). Alors que les États-Unis et la Grande-Bretagne condamnent cette action et soutiennent immédiatement Boris Eltsine, et que l'Allemagne désapprouve la mise à l'écart de Mikhaïl Gorbatchev, François Mitterrand, après avoir condamné lui aussi le coup d'État, lira lors d'une conférence de presse une lettre qui lui aurait été envoyée par Guennadi Ianaev au nom des factieux, qu'il qualifiera de « nouveaux dirigeants » (conférence de presse, palais de l'Élysée, 19 août 1991, www.ina.fr/archives). Lire Okba Lamrani, « Russie, l'Occident voulait Eltsine », *L'Humanité*, 18 août 2001.

1. 20-22 décembre 1989.

2. Le 12 juin 1991, création de l'UPF, l'Union pour la France.

3. Jacques Chirac, dîner-débat, Orléans, 19 juin 1991.

4. Interview de Mme Édith Cresson, Premier ministre, par Gérard Carreyrou et Franz-Olivier Giesbert, TF1, 8 juillet 1991, www.vie-publique.fr/cdp/913229800. Après les déclarations de Mme Cresson sur l'immigration, *Le Monde*, 10 juillet 1991.

d'Estaing, comparse de toujours de Jacques Chirac, préféra parler d'un « risque d'invasion [1] ».

Tout cela était lamentable et ridicule.

Cependant, la vie politique est pleine de surprises. Certaines initiatives ont des effets inattendus.

La Cinq, chaîne de télévision dont le groupe Hachette était l'actionnaire principal et l'opérateur, connaissait de graves difficultés [2]. Le volume des pertes enregistrées incitait Jean-Luc Lagardère à se retirer et, sauf à trouver d'urgence un repreneur, la Cinq était condamnée.

Silvio Berlusconi, figure incontournable du paysage audiovisuel en Italie qui tentait vainement depuis plusieurs années de développer ses activités en France, fit savoir qu'il était intéressé par le sauvetage de la chaîne [3]. Le Conseil supérieur de l'audiovisuel déclara ne pas s'opposer à ce qu'il devienne l'opérateur, encore fallait-il qu'il ait des partenaires !

L'idée me vint d'intervenir dans ce dossier [4].

Malgré les liens qui unissaient Silvio Berlusconi à Bettino Craxi, président du Conseil en Italie et éminent leader du Parti socialiste, je décidai de lui apporter mon soutien [5].

1. Valéry Giscard d'Estaing, *Le Figaro-Magazine*, 21 septembre 1991. La réflexion de Valéry Giscard d'Estaing allait dans le sens d'une remise en cause des conditions d'acquisition de la nationalité française.

2. Jean-Luc Lagardère contrôlait le groupe Hachette.

3. Son groupe était l'un des actionnaires minoritaires de la Cinq.

4. Ancien rapporteur de la radio et de la télévision de la commission des affaires culturelles du Sénat, je ne pouvais, de gaieté de cúur, envisager la disparition d'une chaîne de télévision.

5. Silvio Berlusconi m'avait été présenté par mon compagnon et ami, Michel Maurice-Bokanowski, ancien ministre du général de Gaulle et sénateur-maire d'Asnières. C'est dans ces circonstances que je rencontrai aussi Angelo Codignoni, de longue date ami et conseiller de Silvio Berlusconi. Une sympathie immédiate naquit entre nous.

Je proposai donc la création d'une société d'économie mixte ouverte aux départements, aux régions et aux villes, les Hauts-de-Seine devenant chef de file de cette opération. J'écrivis alors à tous les responsables de collectivités locales pour les inciter à souscrire au capital. Cela fit grand bruit dans le landerneau médiatique ! Dans mon esprit, la Cinq pourrait devenir la chaîne de télévision des collectivités.

Malheureusement, cette idée de reprise de la Cinq fit long feu [1].

Toutefois, les conséquences de ma rencontre avec Silvio Berlusconi, de l'amitié qui naquit entre nous et de nos échanges, furent inattendues… pour l'Italie ! Chaque chose en son temps.

L'élection de Laurent Fabius, le 9 janvier 1992, au poste de premier secrétaire en lieu et place de Pierre Mauroy, démissionnaire, apparut aux uns comme une dernière tentative de relancer le Parti socialiste, aux autres, dont j'étais, comme une façon d'apurer les comptes de 1988 [2].

Mais une nouvelle faute du gouvernement ou de l'Élysée – à moins qu'elle ne fût le résultat de l'état de déliquescence dans lequel se trouvait l'État – allait provoquer fureur chez les uns, indignation chez les autres.

Le pays apprenait, à la fin du mois de janvier, sur la foi de dépêches de presse, que le leader du FPLP, Georges Habache, avait été hospitalisé le jour même à Paris, alors que le président de la République et le ministre

1. La Cinq cessa d'émettre le 31 décembre 1991.

2. Cette élection avait été précédée par le congrès de l'Arche (la Défense, 13-15 décembre 1991), qui voulait avoir valeur de symbole. L'adoption d'une motion unique était censée faire oublier le congrès de Rennes… En 1988, François Mitterrand souhaitait que le poste de premier secrétaire du Parti socialiste soit dévolu à Laurent Fabius. On sait ce qu'il advint : Pierre Mauroy fut élu.

des Affaires étrangères étaient en visite officielle au sultanat d'Oman [1].

Les bras m'en tombaient !

Le passé était-il déjà enterré ? Avait-on oublié que l'un des terroristes les plus recherchés dans les années 1980, auteur d'assassinats et d'actions violentes en France, Ilitch Ramirez Sanchez, alias Carlos, avait appartenu à ce groupuscule ?

Voir le fondateur d'un mouvement terroriste impliqué dans de nombreuses actions criminelles entrer et sortir du territoire national nous ramenait quelques années en arrière, lorsque le pouvoir socialiste nouvellement élu parlait et établissait des contacts avec terroristes et révolutionnaires du monde entier. Par romantisme, bien évidemment.

L'opposition, comme il se doit, s'indigna [2]. Certains socialistes ne furent pas en reste [3].

Georges Habache repartit aussi vite qu'il était arrivé [4].

Mais, tout aussi inquiétant, personne n'assuma ses responsabilités !

Comme l'écrivit un journaliste : « L'État est aujourd'hui trop discrédité, trop suspecté par l'opinion, par les juges,

1. Le 29 janvier 1992. Georges Habache (1926-2008) est le fondateur du Front populaire de libération de la Palestine (FPLP), né en 1967 de la fusion entre une fraction du Mouvement nationaliste arabe (dirigée par Georges Habache) et le Front de libération de la Palestine (dirigé par Ahmed Djibril). Installé à Amman, il fut à l'origine avec l'OLP des événements de septembre 1970 (« Septembre noir ») qui se soldèrent par une lourde défaite pour les Palestiniens. D'inspiration marxiste, le FPLP fut impliqué dans de nombreux détournements d'avions (dont celui d'Entebbe) et attentats. Les services israéliens lui attribuent l'attentat meurtrier de la rue Copernic à Paris (3 octobre 1980).

2. Alain Juppé, Jacques Chirac, François Bayrou, Charles Millon, Philippe de Villiers.

3. Jean Poperen, Michel Rocard.

4. Le 1er février 1992.

trop faible, donc, pour assumer une gaffe qui en d'autres temps aurait pu être facilement réparée [1]. »

Le fiasco d'Auckland et du Rainbow Warrior était encore présent dans tous les esprits…

François Mitterrand essaya lui-même de sauver ce qui pouvait l'être lors d'une apparition télévisée au ton incroyablement dur.

Tout cela sentait, avant terme, la fin de règne.

Les mots concluant cette intervention furent : « La solitude du pouvoir, c'est une expression romantique qu'on me sort à tout moment. Moi, je ne me sens pas tellement seul, donc je ne souffre pas de cette maladie [2]. »

Le Premier ministre sauva sa tête, ses ministres aussi. D'autres n'eurent pas cette chance [3].

Mais désormais ce gouvernement était en sursis.

Très vite pourtant, nous voici à nouveau accaparés par les problèmes de politique ordinaire. Le combat semble sans fin. Le renouvellement triennal du Sénat et la succession du président Poher sont à l'ordre du jour.

Ayant décidé depuis longtemps de ne pas se représenter, Alain Poher m'encourageait à être candidat ; son entourage et lui étaient convaincus que je pouvais l'emporter. La majorité sénatoriale était certes pro-européenne, mais elle se souvenait de l'époque où je l'avais entraînée dans la bataille contre François Mitterrand. Le souvenir des succès passés, ainsi que l'aura qui, à l'époque, accompagnait le Sénat l'emportaient sur tout le reste.

1. Alain Genestar, *Le Journal du dimanche*, 2 février 1992.

2. Interview de M. François Mitterrand, président de la République, TF1 et A2, 4 février 1992, www.vie-publique.fr/cdp/927002900.

3. Le directeur de cabinet du ministre de l'Intérieur, Philippe Marchand, son conseiller diplomatique, son conseiller pour les affaires de police démissionnèrent, tout comme le secrétaire général du Quai d'Orsay, et le directeur de cabinet du ministre des Affaires étrangères, Roland Dumas. Georgina Dufoix, présidente de la Croix-Rouge et conseillère technique à l'Élysée, dut faire de même.

Les passions n'étaient pas exacerbées, le climat était propice à l'apaisement. La proposition de donner le droit de vote aux étrangers issus des pays européens mobilisait la majorité sénatoriale contre lui [1].

L'ancien ministre de l'Intérieur n'était pas le plus mal placé dans ce contexte.

Bref, la partie était jouable.

Sur le plan personnel le challenge était assez tentant.

Même si mon tempérament me portait plus vers des joutes et des combats politiques frontaux que vers des conciliabules, je savais le rôle que pouvait jouer le Sénat. Mon indécision était réelle.

Un événement de politique étrangère devait bouleverser tout cela.

1. Lors des élections locales (municipales, cantonales, etc.).

Chapitre 12

Liberté, je chéris ton « non »

La signature du traité de Maastricht l'année précédente n'avait pas suscité d'intérêt particulier ; il restait pourtant à le ratifier[1].

Si les avancées étaient de principe dans un certain nombre de domaines, son principal objectif était la création d'une monnaie unique européenne censée accompagner la mise en route de l'Union économique et monétaire. Le processus engagé était irréversible et devrait aboutir avant le 1er janvier 1999.

La France, en ratifiant le traité, s'engagerait donc sur la voie des abandons de souveraineté[2].

La forme que prendrait cette ratification, comme celle des réformes constitutionnelles envisagées par le président de la République, était encore incertaine.

La cuisante défaite subie par le Parti socialiste au mois de mars 1991 lors des élections cantonales et régionales, si elle ne constitue pas une surprise, va contribuer à jeter un peu plus le trouble, si besoin est, dans l'esprit de nos concitoyens[3].

1. Le 7 février 1992, par les ministres des Affaires étrangères des pays membres.

2. L'ouvrage de Marie-France Garaud et Philippe Séguin, *De l'Europe en général et de la France en particulier*, Le Pré-aux-Clercs, 1992, aurait pourtant dû faire office de signal d'alarme.

3. Élections cantonales, 22-29 mars 1992 : le PS perd la majorité dans 6 départements (Dordogne, Drôme, Gers, Nord, Puy-de-Dôme,

Passe encore que la majorité présidentielle soit défaite, mais ne voilà-t-il pas que deux de ses ministres d'ouverture sauvent leurs présidences de conseils régionaux grâce au soutien du Front national [1] !

Le président de la République n'a plus le choix ; à quelques mois des élections législatives un nouveau fusible doit sauter.

La démission d'Édith Cresson à peine annoncée, en avril, Pierre Bérégovoy est désigné pour la remplacer au poste de Premier ministre [2].

Militant socialiste depuis 1946, aux côtés de François Mitterrand jusqu'à son élection à la présidence de la République, secrétaire général de l'Élysée, puis inamovible ministre des Finances, c'est à lui qu'il appartiendra de conduire la majorité à la bataille.

La composition de son gouvernement montre cependant que le mirage de l'ouverture s'est évanoui.

Dans son discours de politique générale, Pierre Bérégovoy le dira sans détour : « Mesdames et messieurs les députés, ce gouvernement est resserré, c'est vrai. Le "dernier carré", ai-je entendu, les "fidèles du président de la République". Faudrait-il en rougir ? Nous sommes fidèles [3]. »

Il est facile de comprendre que le roi est nu !

Vaucluse) et en gagne 1 (Martinique) ; l'opposition gagne 54 cantons. Élections régionales, 22 mars 1992 : 20 régions (sur 22) sont remportées par l'opposition (dont 16 par le RPR), le PS l'emportant dans le Limousin, les Verts dans la région Nord-Pas-de-Calais. Résultats détaillés : www.france.politique-fr/elections-regionales-1992, www.france.politique-fr/elections-cantonales-1992.

1. Jean-Pierre Soisson en Bourgogne choisira de quitter le gouvernement, Jean-Marie Rausch se démettra de son mandat de président du Conseil régional de Lorraine.

2. Le 2 avril 1992.

3. Discours de Pierre Bérégovoy à l'Assemblée nationale, 8 avril 1992.

Une décision du Conseil constitutionnel déclarant le traité de Maastricht incompatible avec la Constitution allait cependant permettre à François Mitterrand d'exercer une fois de plus son habileté manœuvrière [1].

À l'occasion du débat sur la révision constitutionnelle, Philippe Séguin créait l'événement en défendant, deux heures durant, l'exception d'irrecevabilité constitutionnelle [2].

La conclusion de son intervention, qui fut abondamment reprise par la presse, eut un écho certain dans le pays : « En 1958, le général de Gaulle arriva au pouvoir au moment même où, après une décennie d'incantations européennes, la IVe République était en passe de solliciter de nos partenaires le bénéfice de la clause de sauvegarde, différant l'entrée de la France dans le Marché commun. On raconte que Jacques Chaban-Delmas, missionné pour se faire l'écho des inquiétudes de tous ceux qui étaient persuadés que le traité de Rome était condamné, se serait entendu répondre par le général de Gaulle : "Nous entrerons, comme convenu, dans le Marché commun, oui, mais debout." De fait, le redressement national que les élites dirigeantes d'alors ne croyaient plus possible permit à la France de devenir le moteur de l'Europe. Monsieur le président, mesdames, messieurs les ministres, mes chers collègues, la question et la réponse n'ont pas varié : oui, nous voulons l'Europe, mais debout, parce que c'est debout que l'on écrit l'Histoire. »

La passion qu'il met dans ses propos, la qualité et l'habileté de sa démonstration créent une telle émotion dans l'Assemblée qu'une moitié des parlementaires RPR se rallie à ses positions.

Pour Jacques Chirac, le coup est rude !

1. Décision 92-308 du Conseil constitutionnel, en date du 9 avril 1992. Voir www.conseil-constitutionnel.fr.

2. Assemblée nationale, 5 mai 1992.

Ma conviction profonde est que François Mitterrand ne va pas laisser passer l'opportunité d'aggraver un peu plus encore la ligne de fracture qui existe dans l'opposition.

Le chef de l'État sait pertinemment que le RPR et l'UDF sont profondément divisés sur ce sujet, mais que le RPR lui-même est loin d'être pacifié.

Les dernières élections locales lui ont également apporté la preuve que l'électorat traditionnel du Parti socialiste se délite tout autant que celui de l'opposition.

Il est donc clair qu'il lui faut reprendre l'initiative dans le but de faire exploser l'opposition avant les élections législatives, qui doivent avoir lieu dans les premiers mois de 1993 [1].

Quelle que soit l'initiative qu'il ne manquera pas de prendre, l'opposition se trouvera en porte à faux, puisqu'elle a, elle-même, prêté la main à la ratification de l'Acte unique européen.

François Mitterrand avait indiqué lors d'une interview ne pas exclure un référendum, qui pourrait avoir lieu au mois d'avril 1992, tant pour la ratification des accords de Maastricht que pour les réformes constitutionnelles [2].

Dans mon esprit, dès ce moment, il est clair que nous allons devoir nous opposer à ce traité, tout le reste passant au second plan. Mon engagement sera total, sauf à me renier et à trahir les idées gaullistes servies depuis si longtemps.

Mais rien ne nous empêche d'entrer dans le jeu du président de la République, afin de le mettre en échec. J'ai la certitude que François Mitterrand ira là où on ne l'attend pas, qu'il choisira la ratification par voie référendaire [3].

1. Lors des élections régionales et cantonales du 9 avril 1992, le PS avait perdu 12 % des voix, l'UPF (RPR-UDF) n'obtenant, piètre résultat, que 32,9 % des suffrages, le Front national 13 %.

2. Lors de la première cohabitation (1986-1988).

3. Interview donnée dans l'émission *7 sur 7*, TF1, 15 décembre 1991.

Si le RPR, Jacques Chirac en tête, prend position contre la révision constitutionnelle et le traité, le « non » peut l'emporter.

Je lui propose donc de saisir l'occasion qui nous est offerte de neutraliser le processus mis en route par le chef de l'État.

Car, dans l'esprit du président de la République, le vote de la réforme constitutionnelle et la ratification du traité mettraient le Parti socialiste et ses alliés en bonne place pour les futures élections législatives.

Mais, *a contrario*, un succès du « non » permettrait d'un seul coup de se débarrasser des adversaires potentiels de Jacques Chirac dans la perspective de l'élection présidentielle : François Mitterrand, Michel Rocard, Jacques Delors et Valéry Giscard d'Estaing, le cas échéant. Nous pouvons donc faire d'une pierre deux coups.

Je conclus ma démonstration d'une phrase lapidaire : « La route sera libre devant toi. »

C'est Édouard Balladur, dont les analyses politiques sont toujours aussi fines, qui me rétorquera : « Nous ne pouvons pas, Charles, nous avons besoin de l'UDF. » Ma réponse sera tout aussi courtoise : « Non, cher Édouard, c'est d'électeurs dont nous avons besoin. »

Une fois encore, le désaccord est total, tant sur le plan politique que sur les choix stratégiques.

Une fois encore, Jacques Chirac et Édouard Balladur oublient qu'il existe plusieurs voies pour construire l'Europe, et que celle que l'on veut nous imposer est la pire puisqu'elle conduira à une Europe fédérale !

Une fois encore, nous, gaullistes, comme d'autres, pensons que l'Europe que l'on nous propose remet directement en cause la souveraineté nationale et l'avenir de la nation.

Mon propos, redevenir gaullistes et dire non à cette Europe qui oublie les nations et les peuples, ne les surprend pas.

Ma proposition non plus, en appeler au peuple et conduire inexorablement le chef de l'État vers le référendum.

Avec Jacques Chirac à notre tête, le « non » sera victorieux, François Mitterrand, désavoué parce qu'il aura été obligé de s'engager à fond, n'aura d'autre solution que de partir : nous aurons gagné trois ans !

Édouard Balladur réplique et argumente longuement. Il est persuadé que le « oui » l'emportera largement et, argument définitif, que Jacques Chirac ne peut pas apparaître comme anti-européen ; nous connaissons l'antienne.

Jacques Chirac a longuement hésité.

J'ai cru qu'il allait faire siennes mon analyse et la stratégie qui en découlait. Il en a été tenté, mais, en réalité, même si rien n'était écrit, un accord tacite le liait à l'UDF.

L'Europe lui était réservée – d'où le choix de Valéry Giscard d'Estaing comme tête de liste aux élections européennes – et, plus tard, la présidentielle serait pour Jacques Chirac…

Rien ne sert d'épiloguer !

Je décide donc de m'associer à la démarche de Philippe Séguin.

Les enjeux ne sont plus les mêmes.

Ce n'est plus la ligne politique du mouvement gaulliste qui est en cause, c'est l'avenir du pays, tout simplement !

Le 2 juin, au lendemain du rejet du traité par le Danemark, François Mitterrand annonce qu'il choisit la voie référendaire pour la ratification du traité de Maastricht [1], passant outre à ses convictions européennes et à son aversion affichée pour cette pratique typiquement gaulliste.

Son objectif est clair : la dislocation de l'opposition,

1. Le 2 juin 1992, les Danois, appelés à se prononcer par référendum, rejettent le traité par 50,7 % des voix. La date du référendum sera fixée en France au 20 septembre.

première étape vers une victoire de son camp aux élections législatives.

Jacques Chirac, pour maintenir une unité de façade, décide que les parlementaires RPR s'abstiendront à Versailles sur le vote concernant la révision constitutionnelle[1].

Cela devient chez lui une habitude ; il est vrai que sur la voie du renoncement seul le premier pas coûte.

Le manque de convictions, la médiocrité de la manœuvre, l'absence de sens politique nous conduisent, Philippe Séguin et moi, à durcir notre discours et à redoubler d'efforts.

Nous enregistrons des soutiens de plus en plus nombreux, notre audience dépasse largement celle du seul mouvement gaulliste.

Soucieux de ne pas apparaître moins européen que ses futurs adversaires, Jacques Chirac se prononce pour le « oui », tout en laissant les membres du RPR libres de se déterminer en leur âme et conscience.

Générosité ou plutôt crainte de voir le contenu du chaudron bouillonnant qu'est devenu le mouvement gaulliste lui sauter au visage[2] ?

Désormais, il faut nous organiser en fonction du référendum à venir. Très vite, le 9 juillet, nous créons le Comité pour le « non » au référendum avec le soutien de quarante-cinq députés et trente sénateurs.

Nous dénonçons la campagne partisane du gouvernement financée sur fonds publics et lançons également une souscription nationale.

1. Le 23 juin 1992.

2. Le 4 juillet 1992, Alain Juppé se prononcera pour le « non ». Le très large soutien des militants du RPR obligera la direction du mouvement à partager en deux son temps de parole, créant ainsi une situation ubuesque (moitié pour les partisans du « oui », moitié pour ceux du « non »).

Philippe Séguin continue son tour de France, et j'entre également dans la bataille. Tous deux, nous sillonnons le pays ; nous recevons le concours de Philippe de Villiers, qui, lui, est membre de l'UDF.

Les foules que nous rencontrons sont toujours plus nombreuses car toutes les catégories sociales se sentent menacées par les conséquences du traité proposé.

L'écho que reçoit notre démarche en province est inversement proportionnel aux pronostics des instituts spécialisés. Nous sentons que la France bouge, et les tenants du « oui » commencent eux aussi à manifester leur inquiétude devant le dynamisme de notre campagne.

L'ensemble des commentateurs attendait le débat télévisé opposant François Mitterrand et Philippe Séguin.

Ce devait être une étape importante dans notre campagne, la désillusion fut grande. Face à un François Mitterrand retors, notre champion semblait retenir ses coups.

Plus le débat avançait, plus nous attendions le moment où il retrouverait son formidable tempérament de débatteur. Las, ce moment ne vint jamais !

Plus tard, nous apprendrions que l'état de santé du chef de l'État avait nécessité l'intervention d'un médecin pendant une suspension du débat.

Philippe Séguin n'avait pas osé porter le fer là où cela pouvait faire mal !

Peu importe ! L'accueil du pays à notre égard était toujours aussi favorable. Le combat que nous menions, comme d'autres, était celui « des nations et des peuples qui ne veulent pas mourir ».

François Mitterrand, toujours aussi magnanime, annonça solennellement rejeter, par avance, toute exploitation partisane du référendum.

De qui une telle idée aurait-elle pu effleurer l'esprit ?

Dans une interview, alors que les sondages indiquaient une légère remontée du « oui », je donnai mon sentiment sur les conséquences à tirer de tout cela.

Il était clair qu'une victoire du « oui » serait un succès personnel pour François Mitterrand, quelle que soit la composition de la cohorte de ceux qui le soutiendraient.

Notre campagne, qui s'était poursuivie avec une ardeur sans cesse renouvelée, trouva son point d'orgue dans une grande réunion publique.

Au Zénith, le 12 septembre, Philippe Séguin, Philippe de Villiers et moi, nous adressâmes à une immense foule, enthousiaste, exubérante, déchaînée, en osmose avec notre slogan de campagne : « Liberté, je chéris ton "non"[1]. »

Du bleu, du blanc, du rouge, partout, des confettis, des canotiers, une atmosphère de liesse, de libération, comme si notre campagne avait tout rendu possible.

Le dynamisme, la volonté, la foi en la France, belle, juste, éternelle, sont de notre côté.

Le forcing fait par les tenants du « oui » pendant les derniers jours de campagne est révélateur de leur désarroi. C'est un déferlement de propagande sur l'ensemble des chaînes de télévision et stations de radio. Quelqu'un arrivant dans notre pays après un long périple pourrait penser que la victoire du « non » va provoquer un cataclysme à tout le moins, si ce n'est la fin du monde.

Nos concitoyens vont-ils se laisser prendre à cette campagne de désinformation qui peut permettre au vote unioniste de prendre un avantage décisif ?

Le « non » peut-il l'emporter ? Rien n'est exclu !

Le 20 septembre au soir, c'est un coup de tonnerre ! Alors que les sondages donnaient le « oui » largement majoritaire, le « non » a failli gagner !

Un peu plus tard, l'analyse des résultats définitifs montrera que le « oui » est en fait minoritaire en France[2].

1. Voir Olivier Biffaud, *Le Monde*, 15 septembre 1992.

2. La question posée aux électeurs était : « Approuvez-vous le projet de loi soumis au peuple français par le président de la République, autorisant la ratification du traité sur l'Union européenne ? »

Suffrages exprimés : 96,61 % ; nuls ou blancs : 3,39 % ; « oui » : 51,04 % ; « non » : 48,95 %. Le « oui » l'emporte de 538 775 voix, alors que 904 451 bulletins blancs ou nuls sont comptabilisés…

Le faible écart ne peut que raviver nos regrets, car il est clair que, si Jacques Chirac avait pris position pour le « non », celui-ci l'aurait emporté grâce à la région Île-de-France.

Eh bien, non ! Le voici dans la charrette des piteux vainqueurs. L'attelage est conduit par François Mitterrand, bouvier matois, moins radieux qu'escompté. Sur les bancs, pêle-mêle, Valéry Giscard d'Estaing, Raymond Barre, Édouard Balladur, Pierre Bérégovoy, la quasi-totalité des dirigeants de l'opposition et du Parti socialiste, un peu en retrait les responsables de plusieurs organisations syndicales [1].

Au milieu d'eux – oui, au milieu d'eux ! – le président du mouvement gaulliste, en mauvais état.

Comme l'aurait dit une de mes aïeules : *« Che vergogna[2] ! »*

Lui qui se targuait, dans la perspective d'une victoire écrasante du « oui », de réunir sous sa houlette la totalité du mouvement et faire oublier les clivages et les divisions, il s'est encore fourvoyé.

Une fois de plus, ses brillants stratèges l'ont conduit à l'échec, ce ne sera pas le dernier.

Et maintenant que peut-il faire ?

La majorité de l'électorat gaulliste s'est prononcée en faveur du « non », et nombre de dirigeants, notamment les plus connus, se sont engagés derrière Philippe Séguin et moi.

Qu'il ne se berce pas trop d'illusions.

Prenant position en faveur du « oui », il a sauvé François Mitterrand, mais surtout il a contribué à la ratification du traité de Maastricht.

---

1. La CFTC, la CFDT, la CGC avaient appelé à voter « oui ».
2. « Quelle honte ! » en langue corse.

Pour qui se réclame du gaullisme, le choix était clair. Quelles qu'en soient les conséquences, il fallait s'engager à fond et combattre ce traité qui conduisait d'une manière irréversible la France vers une Europe fédérale.

Jacques Chirac a privilégié son ambition présidentielle au détriment de l'avenir du pays. Dans cette perspective, il a choisi de faire passer son alliance avec les unionistes de l'opposition avant les idées pour lesquelles nous nous battons depuis toujours.

Cela peut-il encore surprendre ? N'a-t-il pas changé de discours trois fois en deux ans ?

L'intérêt de la France ? Personne n'en parle.

Tout cela laissera des traces.

Comme toujours, après ce qu'il pense avoir été une poussée de fièvre gaulliste, Jacques Chirac demande à l'un de ses clients d'organiser un déjeuner de réconciliation [1].

Une fois de plus, cela sera du temps perdu.

Nous sommes dans deux mondes différents.

La moitié de la France a rejeté le traité de Maastricht, mais lui, incapable d'en tirer quelque enseignement, se cantonne dans un nombrilisme hors de propos.

Mieux, ayant fait passer son futur de présidentiable avant les intérêts du pays, il pense avoir trouvé les raisons de mon engagement.

Il me demande ce que je veux, ce que je cherche.

Sans doute, au fond de lui, regrette-t-il de ne pas me compter au nombre de ses obligés.

En maquignon avisé, Jacques Chirac tente de savoir ce qui pourrait m'intéresser. Changeant de discours, il finit par me livrer le fond de sa pensée : « Si tu es candidat à la présidentielle, tu feras 5 % [2]. »

1. Au sens latin du terme, bien entendu. Ce déjeuner aura lieu à l'hôtel de ville de Paris, en présence de Bernard Pons qui avait servi de truchement.

2. C'est cette crainte qui conduira Jacques Chirac et son entourage

Plutôt que de lui dire son fait, je préfère le ramener une fois de plus au cœur du problème : « D'élection en élection, tu n'as toujours rien compris ! Tu n'es pas confronté à une démangeaison passagère ! Le mal est profond. Je veux que ce mouvement redevienne gaulliste. C'est d'ailleurs ce que veulent les Français. Le pays n'a pas besoin d'une UDF *bis*. Sépare-toi de ceux qui t'entraînent dans cette voie, au premier rang desquels Édouard Balladur. Reprenons notre action et notre marche en avant. La dynamique est créée... »

Peine perdue. Jacques Chirac, auquel j'ai apporté mon soutien enthousiaste, que j'ai contribué à hisser sur le pavois, n'est désormais préoccupé que de lui-même. Je comprends mieux la tristesse et la déception de Pierre et de Marie-France quand ils avaient été confrontés à cette réalité [1].

Je suis, hélas, aujourd'hui dans le même état d'esprit.

Avant que nous nous séparions, il se croit obligé de me faire la leçon comme à un écolier en situation d'échec scolaire : « Édouard nous est bien utile. Tu ne comprendras donc jamais qu'une élection présidentielle se gagne au centre ! »

La caravane continuera d'avancer cahin-caha, les mêmes cornacs, ou d'autres, s'efforçant de faire exécuter les mêmes tours pitoyables à celui qu'ils pensent diriger [2].

J'ai bien envie de lui répondre que ce n'est pas le sujet, mais pour lui ça l'est.

Pourtant, avant de le quitter, je ne peux m'empêcher de

a tout mettre en úuvre pour que je ne sois pas candidat à l'élection présidentielle bien avant 2002. Charles Pasqua candidat, Jacques Chirac aurait été battu, quel que soit le score réalisé.

1. Pierre Juillet et Marie-France Garaud.

2. Ils arriveront même à transformer le succès de 1995 en une défaite que même dans leurs rêves les plus fous des socialistes n'auraient pu espérer. La dissolution de l'Assemblée nationale en 1997 sera leur chef-d'œuvre.

lui livrer le fond de ma pensée : « Tu n'en fais qu'à ta tête, je n'ai donc plus de conseils à te donner. Je n'ai personnellement rien contre Édouard Balladur, mais, vois-tu, nous n'avons pas la même conception du gaullisme. En cas de victoire aux élections législatives, si tu décides de ne pas aller à Matignon et que tu lui demandes de se sacrifier, rappelle-toi bien ce que je te dis aujourd'hui, il finira par être candidat à ta place ! C'est lui qui a envie de l'Élysée, ce n'est pas moi ! Tu es aveugle ! »

Le lendemain, Philippe Séguin et moi réunissons ceux qui nous ont soutenus à la maison des centraliens. Beaucoup de gaullistes historiques sont là ! Maurice Couve de Murville, Jacques Baumel, Robert Galley, Georges Gorce, Yves Guéna, Pierre Mazeaud, Robert-André Vivien, l'amiral Philippe de Gaulle…

Tous savourent le score obtenu par le « non » au référendum ; les militants, les sympathisants et les électeurs qui nous ont soutenus espèrent de leur côté que, forts de ce résultat, nous allons organiser la scission du mouvement.

Tous sont stupéfaits que Jacques Chirac ne tire aucune leçon de ce qui est pour lui, au-delà des apparences, un désaveu, et qu'il ne remette pas en question la ligne et la direction du mouvement.

Notre déception est immense, celle des Français aussi !

Faire exploser le RPR aurait pour conséquence de renforcer l'UDF à quelques mois des élections législatives.

Mais cela pourrait aussi permettre de clarifier la situation, et de faire revenir vers nous les électeurs qui nous ont quittés. Dans cette hypothèse, qui m'aime me suive.

Mais, de toute manière, cela nous conduirait à faire l'impasse sur la victoire lors des élections législatives et à nous préparer d'ores et déjà pour l'élection présidentielle. Avec quel candidat ?

Je ne peux me résoudre à détruire ce que j'ai créé.

Sans doute ai-je eu tort.

Les sondages confirment que les deux personnalités dont les avis ont le plus compté, dans chaque camp, pour les électeurs sont François Mitterrand et Charles Pasqua [1].

Là où l'analyse politique, la réflexion stratégique ont échoué, peut-être l'examen des forces en présence ramènera-t-il Jacques Chirac à la raison.

1. Le choix de Jacques Chirac n'a compté que pour 15 % des électeurs. Chez les électeurs ayant voté « non », mon score est de 39 %. Les deux tiers du mouvement gaulliste et 60 % de notre électorat m'ont suivi.

CHAPITRE 13

Le bal des dupes

La convocation dans l'urgence d'un Conseil national du RPR pour le 23 septembre 1992 – soit trois jours seulement après le référendum, dans le but déclaré de faire renouveler, encore une fois après un échec, le serment d'allégeance au chef défait, est ressentie par beaucoup comme un affront et une insulte.

Plus grave est le refus manifeste de prendre en compte le suffrage universel.

L'appareil du RPR fonctionne désormais comme celui du Parti communiste nord-coréen, le leadership éclairé de Kim Il Sung en moins.

Je refuse de me prêter à cette mascarade. Philippe Séguin et cinquante parlementaires feront de même. Un communiqué de presse permettra, si besoin était, de mettre les points sur les *i*[1].

Cette réunion se déroulera donc dans une atmosphère

1. « Nous estimons donc que la convocation précipitée d'un conseil national du RPR, sur un ordre du jour irréel, n'est pas de nature à répondre aux aspirations exprimées par les Français, et plus particulièrement par nos propres électeurs. Le problème n'est pas de confirmer la légitimité de Jacques Chirac, qui n'a jamais été mise en cause, mais d'arrêter une ligne politique correspondant à l'attente des Français. C'est pourquoi, en accord avec les parlementaires qui ont appelé à voter ìnonî, nous avons estimé inutile de participer à la réunion convoquée par la direction du RPR ce mercredi 23 septembre. »

morose, Jacques Chirac affichant sa tristesse devant notre absence et se faisant confirmer à la tête du RPR.

Chacun a conscience que les dés sont jetés.

Édouard Balladur a agi par conviction, Jacques Chirac par opportunisme. Nous n'avons plus grand-chose en commun.

Quelques jours plus tard, pour me manifester son amitié et sa confiance – dira-t-il –, il demandera à tous les membres du groupe parlementaire RPR du Sénat de voter pour moi à la présidence de cette assemblée.

Il me semble rêver, car tout cela n'a plus d'importance. Je présenterai ma candidature pour le principe [1].

C'est un marathon que nous disputons depuis quelques années. La bataille de Maastricht, car c'est une bataille que nous avons livrée, à peine terminée, voici qu'il nous faut remobiliser nos troupes, malgré les états d'âme des uns et les blessures des autres.

L'opposition doit retrouver un semblant d'unité pour mener campagne. Six mois, six mois seulement, nous séparent des élections législatives.

De l'avis général, elle devrait l'emporter largement.

Mais pour conduire quelle politique ?

Décidés à peser le plus possible, Philippe Séguin et moi continuons à faire entendre notre voix dans le cadre de Demain la France.

Nous remettons en cause la curieuse et constante orthodoxie qui prévaut en France depuis plus de quinze ans et qui a conduit à ériger la rigueur en dogme, alors même que d'autres voies s'offraient au pays. Face au renoncement consensuel, nous proposons une autre logique pour la gestion des affaires publiques.

1. Il était évident qu'après mes prises de position contre la ratification du traité de Maastricht je ne pouvais espérer recueillir les voix centristes. Après un premier tour où le groupe RPR fit bloc derrière moi, rejoint par quelques sénateurs amis (une vingtaine), je me retirai ; c'est un centriste, René Maunoury, qui fut élu.

La réévaluation du mark par rapport au franc, mesure certes spectaculaire, est selon nous nécessaire, sinon suffisante, pour favoriser la reprise économique en faisant baisser les taux d'intérêt.

Nous dénonçons, comme une absurdité, le dogme du franc fort que personne n'ose remettre en cause [1].

La ratification du traité de Maastricht, nous n'avons cessé de le dire, compromet toute politique sociale.

Le pouvoir donné par le même traité à la Banque centrale européenne, l'objectif unique qui lui est assigné – la lutte contre l'inflation –, l'absence de contrepoids du pouvoir politique auront comme conséquence pour la France, ainsi que pour d'autres pays, la limitation du développement économique, l'aggravation du déficit social et l'accroissement de la pauvreté.

Sa renégociation est tout à la fois une nécessité et une priorité car, dès lors que la politique économique de l'Europe sera déterminée *de facto* par les dirigeants des banques centrales et les fonctionnaires de la Commission de Bruxelles, le désastre est programmé. Le renoncement et l'aveuglement de la classe politique le rendent inévitable. L'irresponsabilité des dirigeants de l'opposition et l'attitude de Jacques Chirac en sont la manifestation la plus criante.

Obnubilé qu'il est par l'élection présidentielle, ayant vécu, comme il se complaît à le dire, deux cohabitations [2], il ne souhaite pas diriger le gouvernement.

Le maire de Paris est convaincu que, pour l'emporter, il lui faut être totalement libre. Assumer en même temps la gestion du pays serait un handicap.

Curieuse rhétorique qui laisse à penser que l'action du futur gouvernement est par avance vouée à l'échec.

1. Raymond Barre s'était érigé en gardien du dogme depuis 1976.

2. Avec Valéry Giscard d'Estaing, puis avec François Mitterrand (19861988).

Édouard Balladur a théorisé l'idée d'une cohabitation apaisée – c'est-à-dire une cohabitation dans laquelle le Premier ministre ne saurait être candidat en face du président ! Il se propose donc, si l'on force un peu le trait, de se sacrifier pour le futur candidat officiel de l'opposition. À cela il serait facile de rétorquer que le raisonnement est vicié pour la simple et bonne et raison que François Mitterrand ne se représentera pas !

Si Jacques Chirac acquiesce sans sourciller aux propos de ce cher Édouard, il n'est pas question pour moi d'accepter cette situation sans réagir. La nomination d'Édouard Balladur à Matignon serait une faute ; ni lui ni Jacques Chirac n'ont la grandeur d'âme de certain consul romain[1] !

Tout cela est d'une incohérence totale.

Qui va conduire le RPR et toute l'opposition à la bataille ?

Qui va prétendre incarner l'espérance, la confiance dans la victoire ?

Qui va affirmer sa volonté d'engager le pays dans la voie du redressement ?

Jacques Chirac, bien entendu !

C'est lui que les Français vont mandater pour diriger le gouvernement et la majorité qui sortira des urnes !

Et, pour ce poste, il n'est pas prévu de suppléant !

Assumer ses responsabilités sans attendre, ne pas donner l'impression de déserter le champ de bataille, telles sont depuis toujours les règles, tel est le devoir. Quels que puissent être mes doutes et mes craintes, je suis décidé à ne pas laisser faire les choses sans rien tenter.

Je suis convaincu que l'attitude de Jacques Chirac sera ressentie par notre électorat comme une dérobade et une tromperie. Elle mettra Édouard Balladur en position

1. Lucius Quinctius Cincinnatus (520-430) préférait sa charrue aux fastes consulaires.

favorable. Premier ministre sortant, il apparaîtra comme le candidat naturel de l'opposition. Des indices concordants laissent à penser qu'il prépare sa propre candidature de longue main.

La question n'est donc pas de savoir ce qui serait le plus confortable pour Jacques Chirac mais où se situe l'intérêt du pays.

Mais encore faudrait-il, dans l'hypothèse d'une victoire de l'opposition, que le président de la République l'appelle à constituer le gouvernement.

Les entretiens que j'ai eus en privé avec le chef de l'État depuis 1989 me le donnent à penser.

François Mitterrand, qui avait une certaine estime pour moi, disait que j'étais un « bon républicain », comme si j'avais eu besoin d'un brevet présidentiel pour m'en convaincre !

Les contacts, que mes activités ministérielles avaient rendus nécessaires, s'étaient bien passés[1].

Je lui manifestais toujours le respect dû à sa fonction, mais il sentait bien que, au-delà de tout cela, je demeurais un adversaire résolu. J'éprouvais cependant pour lui de la considération ; son intelligence, sa grande culture, ses connaissances de l'histoire politique étaient incontestables. Ses capacités manœuvrières me fascinaient, les miennes ne le laissaient pas indifférent…

Il devait être un peu las de la fréquentation de ses amis politiques et trouvait plaisir à nos échanges.

Le rituel était toujours le même. Nos rencontres avaient lieu à Louveciennes, le vendredi, après son parcours de golf[2].

1. Lors de la première cohabitation (1986-1988), j'étais ministre de l'Intérieur du gouvernement dirigé par Jacques Chirac.

2. Dans la propriété du Dr Raillard, ami et partenaire du président. Seuls le Dr Raillard et son épouse, qui nous recevaient, et un policier qui m'était attaché connaissaient ces contacts. Le secret fut bien gardé…

Nos déjeuners, en tête à tête, nous permettaient de nous entretenir librement et à bâtons rompus, d'échanger nos points de vue sur nos amis respectifs, sur la situation politique intérieure ou internationale.

Les analyses du président étaient celles d'un homme d'État féru d'Histoire, sans illusions sur les hommes.

Je ne rapporterai qu'une seule anecdote de nos conversations. Elle a trait à Jacques Chirac.

Lors de l'un de nos entretiens, il me dit qu'il considérait que celui-ci avait mûri et qu'il serait probablement prêt pour l'échéance de 1995.

François Mitterrand ne gardait pas un mauvais souvenir de leur cohabitation – et pour cause, l'un ayant roulé l'autre dans la farine – et il était clair qu'il l'appellerait sans problème à constituer le gouvernement si l'opposition l'emportait lors des élections législatives. J'en avais eu l'assurance.

Quant à la présidentielle, alors que pour le PS on parlait beaucoup de Jacques Delors, il me dit un jour : « Allons, que Chirac ne polarise pas son attention sur lui, je suis sûr que Delors ne sera pas candidat. Il ne veut pas être élu, il veut être nommé [1] ! »

Fort de cela, je ne cessai de répéter à tous, pendant les six mois nous séparant des élections législatives, que Jacques Chirac devrait aller à Matignon, car si François Mitterrand l'appelait, il ne pourrait pas se dérober.

Jacques Chirac, comme bien souvent, parut hésiter : son refus d'assumer cette fonction faiblissait.

Édouard Balladur revint alors à la charge, en développant ses arguments habituels et en ajoutant qu'en définitive, si le maire de Paris devait aller à Matignon, lui-même ne participerait pas au gouvernement.

Que Jacques Chirac prenne de la hauteur et se prépare

1. Entretien de l'auteur avec François Mitterrand.

sans aucune contrainte pour l'échéance décisive, lui se dévouerait entre-temps.

Le piège était visible !

Non seulement Jacques Chirac, comme un boxeur qui a trop pris de coups, ne voulut plus rien entendre, mais – peut-être sur les conseils d'Édouard Balladur –, lors d'une réunion publique à Périgueux, peu de temps avant les législatives, il attaqua personnellement François Mitterrand.

Ce dernier me fit savoir que, compte tenu de ses propos, il ne pourrait pas l'appeler à Matignon.

La messe était dite !

Jacques Chirac a poussé Édouard Balladur à Matignon, il le regrettera bien vite.

Mais force est de reconnaître que ce « cher Édouard » a magnifiquement joué.

Jacques Chirac était convaincu d'avoir signé un pacte d'airain avec lui, il me l'a suffisamment dit : « Édouard sera un excellent Premier ministre, mais il ne sait pas se battre. Pendant qu'il gérera, je me préparerai ! »

Le 28 mars 1993, l'opposition remporte une écrasante victoire [1].

Elle paraissait certes prévisible ! Mais quelles en sont les causes réelles ?

La pertinence de notre campagne électorale ? Peut-être.

L'adhésion à nos propositions ? Compte tenu de leur flou, ce n'est pas certain.

Le dynamisme de nos élus, de nos militants ? Sans doute.

La confiance retrouvée de l'électorat de l'opposition en ses dirigeants ? Cela reste à prouver.

1. Élections législatives, 21-28 mars 1993. Résultats en sièges : RPR (et apparentés), 257 ; UDF (et apparentés), 215 ; PS (et apparentés), 57 ; PC (et apparentés), 23 ; République et Liberté, 23 ; non-inscrits, 2. Le PS s'effondre et perd plus de 200 sièges, le RPR confirme sa prééminence au sein de l'opposition en obtenant 242 sièges.

Le rejet de la majorité socialo-centriste ? Probablement.

Qui aurait pu imaginer que cinq ans après la réélection de François Mitterrand les positions du Parti socialiste seraient démantelées, la principale formation de gauche ayant dix fois moins de députés que la nouvelle majorité ?

Comme devait l'écrire un analyste avisé dix ans plus tard, si cette défaite est avant tout celle du Parti socialiste, c'est surtout celle de la morale et du rejet d'une certaine forme de politique, deux mots suffisant, selon lui, à l'expliquer : « reniements et errements »[1].

La stratégie élaborée par François Mitterrand pour éliminer Michel Rocard de la course à la présidentielle de 1995 s'était avérée suicidaire pour les socialistes.

Englués dans une orthodoxie monétaire et économique d'un autre âge, ses Premiers ministres successifs s'étaient comportés en gestionnaires, voulant en cela imiter la droite la plus rétrograde. Le résultat est connu : le chômage atteignit des niveaux insupportables.

Comme d'autres avant lui, comme d'autres après lui, le Parti socialiste s'était tout simplement révélé incapable de répondre aux attentes des Français.

Mais, plus que tout, ce fut le sentiment que ceux qu'ils avaient élus renonçaient qui entraîna le reflux des électeurs.

En joueur d'échecs trop sûr de son talent, François Mitterrand, qui voulait organiser sa succession, avait tué toute espérance à gauche.

Les révélations qui se succédaient à un rythme soutenu sur des affaires réelles ou supposées[2], la guerre incessante

1. Pierre Moscovici, *Un an après*, Grasset, 2003.

2. Elles avaient pour noms Urba-Graco, Pelat, Pechiney, American Can, Triangle. Le flirt poussé de François Mitterrand avec Bernard Tapie joua également un rôle non négligeable.

des héritiers putatifs du chef de l'État allaient aboutir au résultat que l'on connaît.

Au soir des élections législatives, François Mitterrand et le Parti socialiste n'avaient pas rassemblé un cinquième des électeurs, l'ère du socialisme triomphant était révolue !

Pour reprendre les propos du même analyste : « En mars 1993, le vocabulaire le plus rebattu avait un sens : la gauche, le socialisme français étaient bien un champ de ruines. Seul subsistait, assistant à la chute de la maison qu'il avait contribué à bâtir puis à détruire, François Mitterrand à l'Élysée pour deux ans encore, arbitre de la querelle des droites et acteur des convulsions socialistes [1]. »

Jamais majorité de droite n'a été aussi écrasante en France.

Aveugle, pétri de certitudes, Jacques Chirac confirme qu'il n'acceptera pas l'hôtel Matignon.

Le décor et les personnages sont en place.

Le bal des dupes peut commencer !

1. Pierre Moscovici, *Un an après*, *op. cit.*

Chapitre 14

Les trois coups

Certains des acteurs de la tragi-comédie qui se déroulait sous les yeux éberlués des Français depuis bientôt cinq ans avaient espéré que cette échéance électorale serait une étape importante pour la conquête du pouvoir, mais nul n'avait pu prévoir le séisme électoral.

Au sein du Parti socialiste, Michel Rocard avait appelé à la renaissance, souhaitant une révolution dans les mentalités et les comportements, conditions nécessaires, selon lui, au renouveau du parti [1]. Il fut le premier servi.

Au premier tour des éléctions législatives, les socialistes avaient perdu la moitié de leur électorat. Un des fils spirituels de François Mitterrand figurait au nombre des hommes politiques défaits, tout comme Michel Rocard [2].

Le Parti communiste tournait toujours en rond, à la recherche d'une formule politique qui lui permette, dans un premier temps d'enrayer le déclin, et de rebondir, un jour, si cela était possible. Ce ne serait pas pour cette fois.

1. Les commentateurs ne retinrent de son discours (Montlouis-sur-Loire, 17 février 1993) que le terme de *big bang*.

2. Lionel Jospin et Michel Rocard figuraient au nombre des parlementaires socialistes qui ne furent pas réélus (le Parti socialiste ne conserva que 57 sièges, contre 282 lors de la précédente législative).

Du côté du Front national, c'est en termes de voix que l'on raisonnait, sachant par avance que le scrutin majoritaire ne permettrait pas d'avoir d'élus. Croître, encore et toujours, jusqu'à atteindre un poids politique rendant indispensable l'introduction de la proportionnelle, tel était l'objectif.

Les dirigeants de l'UDF avaient espéré que les convulsions dont avait été saisi le RPR lors de la ratification du traité de Maastricht leur profiteraient. Il n'en était rien, bien au contraire. Le RPR, malgré son vague à l'âme, restait la formation la plus importante de la nouvelle majorité.

Tous les autres, Verts, révolutionnaires de tout poil, chasseurs, principaux bénéficiaires de la désaffection de l'électorat envers les partis traditionnels, ne pouvaient qu'être satisfaits.

Jacques Chirac, comme un cheval lancé dans une course d'obstacles, estimait s'être sorti à moindre mal de l'étape Maastricht. Pour la suivante, il comptait utiliser un joker : Édouard Balladur.

À lui et à l'équipe de niais – qu'il aurait largement contribué à constituer – de s'épuiser pendant deux ans au redressement du pays. Il leur prodiguerait recommandations et conseils sur l'art et la manière de le faire, cela allait de soi. Bref, aux autres de mettre les mains dans…

Dans une démarche à la logique implacable, le maire de Paris, qui aurait pu parier politiquement sur le départ de François Mitterrand à l'occasion de la ratification du traité de Maastricht mais ne l'avait pas fait, demandait maintenant, comme d'autres, la démission du chef de l'État[1].

1. François Mitterrand avait répondu par avance à ceux qui demandaient sa démission : « Ce que je peux vous dire, c'est que je n'ai pas l'intention de démissionner si se produisait un changement de

Ayant été un des acteurs majeurs de la première cohabitation, Jacques Chirac refusait la seconde. Ayant conduit l'opposition à la victoire lors de ces élections législatives, même s'il n'était pas le seul, il refusait maintenant le poste de Premier ministre !

Que faire ?

Dans mon esprit, il n'y a pas d'alternative. Il faut se saisir des problèmes, retrouver l'élan gaulliste, à nouveau rassembler le peuple et reprendre notre marche en avant. La décision de Jacques Chirac de ne pas aller à Matignon est, dans ce sens, consternante. Chef de file de l'opposition, il avait le devoir de le faire. Son refus est un renoncement.

Manque de lucidité, manque de courage. Le passé est bien mort.

Durant les quelques jours nous séparant encore du second tour des élections législatives, Édouard Balladur, bien entendu, multiplia les contacts avec Jacques Chirac et Valéry Giscard d'Estaing, tout en se gardant de leur donner une idée précise de ce qu'il préparait s'il était choisi pour occuper l'hôtel Matignon !

Il ne lui fallut pas longtemps pour comprendre que l'ancien président de la République accepterait sans problème le poste de Premier ministre, puis, plus tard, cette hypothèse exclue, d'entrer au gouvernement avec Jacques Chirac, tous deux étant ministres d'État [1].

Édouard Balladur, qui souhaitait que je retrouve mes fonctions antérieures, prit contact assez vite avec moi, me proposant de revenir au ministère de l'Intérieur.

---

majorité comme beaucoup le prévoient au mois de mars, c'est-à-dire s'il y a une majorité de droite. Quelle que soit son ampleur, cela n'a aucune importance, je veux dire, sur ce plan-là [...]. Je dois exécuter le mandat pour lequel j'ai été élu [...]. Une élection législative, ce n'est pas une élection présidentielle » (France 3, 18 février 1993).

1. Valéry Giscard d'Estaing lui tiendra grief de ne pas avoir retenu cette idée farfelue !

Je n'étais pas dupe ! Mon nom serait gage d'une politique de fermeté et garantie de sécurité pour nos concitoyens.

Je ne me sentais pas la vocation à ne m'occuper que de cela, j'avais suffisamment donné. Si certains avaient une vocation de père Fouettard, grand bien leur fasse. Tel n'était pas mon cas.

La conviction que j'avais que les choses pouvaient bouger dans ce pays, pour peu que l'on dispose d'une majorité et que l'on ait la volonté de le faire, s'était trouvée renforcée par les résultats obtenus dans le département des Hauts-de-Seine depuis 1988.

Édouard Balladur, surpris que je n'envisage pas de participer à son gouvernement, était bien ennuyé.

Il ne pouvait être question, cependant, pour moi, d'adopter une attitude identique à celle du président du RPR. Je savais que les idées que je défendais, majoritaires au sein du mouvement gaulliste, étaient partagées par une grande partie des Français.

Il fallait se mettre au travail sans attendre l'échéance de l'élection présidentielle. Nous avions suffisamment perdu de temps !

Je le lui dis sans ambiguïté, ajoutant avec une pointe de malice que, s'il tenait tant à m'avoir dans son gouvernement, un ministère régalien comme celui de la Défense pourrait me convenir [1].

Je lui expliquai que je ne voulais pas limiter mon rôle

1. Édouard Balladur aime ne pas être pris au dépourvu. Bien avant les deux tours des élections législatives, il a réfléchi à la composition de l'équipe qu'il dirigera s'il va à Matignon, ce dont il ne doute pas ! Les approches qu'il a faites avec moi ont été faites avec d'autres. Il avait d'ores et déjà passé des accords pour ce poste, persuadé qu'il était que j'accepterais le ministère de l'Intérieur. Jacques Chirac, qui était toujours convaincu qu'il pouvait tout à la fois être dehors et dedans, multiplia les démarches pour que j'accepte ces fonctions.

à celui de gardien de l'ordre et de la sécurité. Je voulais, si je participais à son gouvernement, y tenir un des premiers rôles, pour lui donner une coloration gaulliste et montrer notre volonté de préparer l'avenir.

Mon souhait était donc d'être responsable de l'aménagement du territoire. Là, je pourrais lutter contre les inégalités, relancer le développement du pays, lui faire retrouver l'espoir et une grande ambition.

Conduire une politique révolutionnaire, provoquer un grand débat national, sans tabou, et dessiner, avec les Français, l'image de la France en 2015, telle était mon ambition.

Édouard Balladur comprit immédiatement l'intérêt de cette démarche qui allait donner à son gouvernement tout à la fois un grand dessein pour l'avenir et le supplément d'âme qui lui faisait défaut[1].

Je lui donnai donc mon accord, à la condition que soit créé un grand ministère de l'Intérieur, auquel seraient adjoints l'Aménagement du territoire et la Population.

J'entendais ainsi renouer avec la vision gaulliste du développement du pays, tout en ayant le contrôle réel de tout ce qui touchait à l'immigration.

Pour des raisons hautement stratégiques, la Population ne put être détachée du ministère des Affaires sociales, son titulaire voyant là un *casus belli*[2].

Dont acte !

Dès le lendemain du scrutin, les choses s'accélèrent.

François Mitterrand appelle Édouard Balladur à former le gouvernement, expliquant qu'il lui paraît « apte à rassembler les différentes composantes de la majorité[3] ».

1. Dès lors que le gouvernement sera constitué, Édouard Balladur s'engagera à fond dans cette politique et son soutien sera sans faille tout au long de cette seconde cohabitation.

2. Mme Simone Veil.

3. Journal de 20 heures, FR2, 29 mars 1993. Pierre Bérégovoy avait remis sa démission le matin même. Cette annonce aurait dû être précédée d'un entretien « confidentiel » entre le président de

Avant qu'Édouard Balladur ne se rende à l'Élysée pour faire connaître ses propositions au président de la République, Jacques Chirac m'appela pour me demander si je connaissais le détail de la répartition des portefeuilles ministériels ! Manifestement, Édouard Balladur ne l'avait pas tenu informé. Décidément, ça commençait vite et fort !

Dire que je fus quelque peu surpris à l'annonce de la composition du gouvernement est un euphémisme.

Un gouvernement resserré, pour plus d'efficacité, quatre ministres d'État censés représenter chacun une formation de l'opposition, un équilibre entre ces formations, tout cela était bel et bon sur le papier [1].

Mais l'examen des forces en présence était révélateur de l'état d'esprit qui avait présidé à sa composition.

Sur quatre ministres d'État, un seul RPR, alors que le mouvement gaulliste était la formation la plus importante de la nouvelle majorité !

Sur vingt-neuf ministres et ministres délégués, seuls treize appartenaient à la famille gaulliste !

Les secrétaires généraux de chacune des formations politiques de la majorité font partie de ce gouvernement.

Pour couronner le tout, alors que le pays s'était profondément divisé – idéologiquement et électoralement parlant – à l'occasion de la ratification du traité de Maastricht, seuls François Fillon et moi représentions un courant d'idées qui avait recueilli près de la moitié des suffrages des Français !

---

la République et le futur Premier ministre. François Mitterrand anticipa l'annonce pour montrer qu'il était maître du jeu, malgré les accords passés entre Hubert Védrine et Nicolas Bazire.

1. Voir annexe 2. Le gouvernement formé par Édouard Balladur le 31 mars 1993 se composait de 23 ministres et 6 ministres délégués. C'était oublier que le RPR seul avait plus de poids que l'ensemble de la nébuleuse centriste de la majorité.

Rien à première vue ne justifiait cette prééminence accordée à l'UDF, sauf à la considérer comme un investissement sur l'avenir destiné à s'attacher la mouvance centriste dans la perspective d'échéances électorales futures…

Cela ne suscita pas de remarque de la part des instances dirigeantes du RPR, Jacques Chirac et Alain Juppé en tête, mais fut ressenti comme un affront par les parlementaires gaullistes.

Édouard Balladur venait de faire la même erreur politique que Michel Rocard. Ce ne serait pas sans conséquences pour l'avenir[1].

Donnant l'impression de privilégier les adversaires de toujours des gaullistes, il allait se trouver rapidement en butte à l'hostilité du groupe RPR à l'Assemblée nationale, son gouvernement – dont je faisais partie – étant brocardé par ceux qui auraient dû le soutenir.

Le moment de l'élection présidentielle venu, cela pèserait en faveur de Jacques Chirac, qui aurait le soutien d'une large majorité des députés RPR, oublieux du fait que cette stratégie était la sienne.

Cependant, la situation à laquelle se trouve confronté le pays est préoccupante.

Malgré – ou en raison – des politiques conduites, les problèmes de fond de la société française demeurent.

Le niveau insupportable atteint par le chômage, la stagnation économique, l'insuffisance des efforts d'assainissement financier, l'accroissement des déficits publics,

1. Comme le nota un commentateur : « Les seuls vrais perdants sont les opposants à Maastricht, dont M. Pasqua rappelait pourtant, il y a peu, qu'ils composent la majorité des électeurs de la droite. Ils ne sont que deux dans le gouvernement : M. Pasqua lui-même et M. François Fillon. Les "rénovateurs" de ce qui était alors l'opposition, au printemps 1989, sont plus nombreux puisqu'ils sont cinq (Bayrou, Bosson, Fillon, Barnier, Carignon)… » (Thierry Bréhier, « Le gouvernement Balladur », *Le Monde*, 1er avril 1993).

l'alourdissement des systèmes de protection sociale ne peuvent être niés.

Les difficultés économiques, quant à elles, ont conduit à la concentration de l'activité dans quelques secteurs privilégiés.

Les métropoles d'équilibre créées autrefois pour limiter le développement de l'Île-de-France ont regroupé autour d'elles les moyens et les activités économiques, et appauvri leur environnement, les départements étant les plus touchés, contrairement à ce qui était attendu.

La décentralisation, qui a confié des pouvoirs considérables à des responsables locaux au détriment des services centraux de l'État, n'a pas tardé à produire des effets pervers. Le transfert des responsabilités, sans les services concourant à leur exercice, a conduit à la création d'administrations supplémentaires et à la constitution de véritables baronnies.

Chacun est à même de comprendre que l'empilement des structures administratives et politiques ainsi que la confusion des responsabilités nuisent *in fine* au développement.

Enfin, le cumul des mandats entre le Parlement et les présidences des régions et des départements ou les mairies des grandes villes gêne le bon fonctionnement des institutions.

Si les pouvoirs excessifs concédés aux responsables locaux peuvent susciter bien des tentations, les partis, de leur côté, ont été incapables de se renouveler et de permettre l'éclosion de jeunes talents.

Le climat dans le pays est donc à la morosité et à la résignation. Le crédit des partis politiques, nul ne peut en douter, est en chute libre.

Ce simple constat aide à comprendre que les élections législatives sont plus la sanction de l'équipe précédente qu'une manifestation de confiance en une équipe nouvelle.

La réunion du gouvernement le 31 mars sera l'occasion pour le Premier ministre d'insister sur l'ampleur de la tâche qui attend la majorité. Accessoirement, cela lui permettra aussi de fixer certaines règles du jeu. Solidarité ministérielle et devoir de réserve dans la perspective de la future élection présidentielle seront les maîtres mots de la nouvelle équipe. Qui aurait pu en douter [1] ?

L'atmosphère régnant lors du premier Conseil des ministres de cette seconde cohabitation, le 2 avril, est assez étrange.

Rentrée des classes pour certains, examen de passage pour les plus jeunes, décontraction ou gravité pour d'autres. J'ai, quant à moi, l'impression de revenir cinq ans en arrière.

Pour Édouard Balladur, bien qu'il affecte de ne rien en laisser paraître, une grande émotion dissimulée derrière une solennité et une onction quelque peu surannées.

Imaginez. Revenir à l'Élysée, en tant que Premier ministre, quelle revanche pour celui que certains des collaborateurs de Georges Pompidou avaient traité avec une condescendance teintée de mépris !

François Mitterrand, lui, semble agacé, irrité même, par les allées et venues des journalistes et des photographes, mais il reste de marbre. Nous échangeons quelques regards.

Ce gouvernement hétéroclite fleurant bon la démocratie chrétienne ne lui inspire, à lui non plus, aucune sympathie. Je n'ai pas grand mal à déchiffrer le message qu'il m'adresse : « Mon pauvre Pasqua ! Vous, dans un tel équipage ! Bon courage… »

Ce Conseil des ministres ne durera pas cinquante minutes, il sera suivi d'un Conseil restreint [2].

1. Il sera demandé aux membres du gouvernement de ne pas prendre position avant le mois de janvier 1995.

2. Consacré à la situation au Rwanda.

Pas de commentaires des ministres dans la cour de l'Élysée, car le Premier ministre entend tout maîtriser.

La photo traditionnelle du gouvernement sera prise sur le perron de l'hôtel Matignon, le président de la République, comme lors de la première cohabitation, ne voulant pas se commettre avec nous !

Mais ce jour serait également une date importante pour nos couleurs, celles du gaullisme.

La veille avait eu lieu la désignation du candidat du RPR pour l'élection à la présidence de l'Assemblée nationale.

J'avais beaucoup insisté pour que Philippe Séguin ne transige pas avec Jacques Chirac. Je savais, nous savions, que la plupart des parlementaires RPR refuseraient la candidature de Bernard Pons qu'il voulait leur imposer comme il l'avait fait pour la reconduction d'Alain Juppé à la direction du mouvement. Point ne fut besoin d'attiser les braises, quelques mots bien sentis suffirent.

Jacques Chirac, connaissant le franc-parler et le caractère de Philippe Séguin, préféra en définitive le voir accéder au « perchoir », la présidence du groupe parlementaire RPR étant dévolue à son concurrent. Les divisions au sein de l'UDF firent le reste. Philippe Séguin fut élu président de l'Assemblée nationale le 2 avril.

Le gouvernement, une fois installé, put enfin se mettre à l'œuvre ! La passation des pouvoirs avec mon prédécesseur [1] s'était faite selon un rituel désormais éprouvé, sans émotion particulière.

Les marques de sympathie des personnels restés en place après mon départ me donnèrent toutefois l'impression qu'une courte parenthèse s'était refermée [2].

1. Paul Quilès.

2. En fait, elle avait duré cinq ans (1988-1993).

La composition de mon cabinet fut rondement menée[1]. Grâce à la présence de ma fidèle assistante, Marie-Hélène Bry, et celle de collaborateurs à la compétence et au dévouement au service public incontestables, la machine put se remettre à fonctionner sans tarder[2].

Cependant nombre de journalistes sursautèrent en raison de l'arrivée dans cette équipe de quelques personnalités dont qu'ils ne s'attendaient pas à trouver autour de moi, compte tenu de leur sensibilité politique ou de leur parcours atypique[3].

1. Grâce à l'aide de Bertrand Landrieu, dont la parfaite connaissance du corps préfectoral fit merveille (il sera directeur de cabinet du président de la République de 1995 à 2002).

2. Le directeur de cabinet sera le préfet Joël Thoraval (il avait succédé à Philippe Massoni, nommé préfet de police de Paris au mois d'avril 1993 et qui, plus tard, rejoindra le cabinet de Jacques Chirac à la présidence de la République). Le préfet Claude Guéant sera directeur adjoint du cabinet (il deviendra secrétaire général de la présidence de la République en 2007). Le préfet Philippe Parent, dont le père fut un des héros de la France libre, prendra, lui, la direction de la DST (il restera en poste jusqu'en août 1997). À la tête de la Police nationale, je nommerai le préfet Édouard Lacroix, à qui je confierai la réorganisation de ce secteur. Pour la composition du cabinet que je dirigeais en tant que ministre d'État (1993-1995), voir l'annexe 3.

3. Qu'on en juge. Tout d'abord Pierre Bordry, UDF, ancien directeur de cabinet du président Poher, serait en charge des libertés publiques ; le conseiller d'État André Damien, maire de Versailles, serait conseiller chargé des cultes (il le restera jusqu'en 1997) ; Patrick Gaubert (il deviendra président de la LICRA en 1999) serait en charge de la lutte contre le racisme, l'antisémitisme et la xénophobie ; Jean-Claude Barreau, ancien du cabinet de François Mitterrand, serait conseiller à l'immigration ; Jacques Voisard, à la sensibilité rocardienne, spécialiste de la décentralisation, serait conseiller à l'aménagement du territoire, tout comme Pierre-Henri Paillet, polytechnicien, proche des radicaux et d'André Rossinot serait en charge de l'aménagement du territoire ; William Abitbol, à l'intelligence vive et à l'humour décapant, serait en charge de l'analyse politique, de la prospective et de la communication ; Bernard

Comme je l'avais fait en 1986, je commence par la visite de tous les services du ministère, avant de recevoir leurs directeurs, ce qui est l'occasion de faire un point rapide. Je confirme à tous mon implication directe dans l'animation de cette maison et les objectifs à atteindre. Était-ce la peine de le préciser ?

Ma nomination est certes destinée à rassurer les Français et à redonner le moral aux services de police. Je devrai donc, dans ce domaine, prendre des mesures immédiates pour confirmer le changement de politique et la reprise en main.

Mais je n'entends pas me laisser cantonner à ces problèmes. Je veux faire de la politique et imprimer ma marque sur l'avenir en faisant adopter rapidement un certain nombre de textes législatifs.

L'ampleur des tâches qui nous attendent en découragerait plus d'un car, depuis 1988, aucune réforme d'envergure n'a été conduite.

Tout est à faire : réformer et moderniser la police, mener la même action à la sécurité civile, engager l'étude et la présentation des textes législatifs réformant le Code de la nationalité, les conditions d'entrée et de séjour des étrangers en France, les reconduites à la frontière.

À tout cela vont venir s'ajouter l'aménagement du territoire et ce qui en découle, la définition d'un plan de reconquête du territoire national, des réformes touchant l'organisation administrative, les relations des collectivités entre elles et avec l'État, la réforme de leurs finances et de la fiscalité.

Enfin, et ce n'est pas la moindre de mes préoccupations, il convient d'essayer de trouver une solution au problème corse.

Guillet, diplomate de carrière, de retour à la tête de la cellule diplomatique, et Daniel Léandri, fonctionnaire de police, officieusement en charge des syndicats de police et de la Corse, compléteraient ce cabinet.

Bref, c'est là l'amorce d'une révolution. Cela suffirait à occuper à plein temps plusieurs ministères. Je suis décidé à m'y consacrer, car c'est de là que peut et que doit venir la modernisation de notre pays.

Cette démarche, je la conduirai dans un contexte politique caractérisé par la détérioration des rapports entre Édouard Balladur et Jacques Chirac, qui passeront très vite de la répartition des tâches à la compétition feutrée, puis ouverte. Les choses vont se dégrader plus vite qu'on pouvait l'imaginer, Jacques Chirac ayant du mal à intégrer qu'il s'est lui-même mis hors jeu pour plus de deux ans !

La déclaration de politique générale du Premier ministre, le 8 avril 1993, devant l'Assemblée nationale allait en être l'illustration.

Lors de l'un des premiers déjeuners des responsables de la majorité à l'hôtel Matignon, le Premier ministre émit l'idée d'engager la responsabilité de son gouvernement à cette occasion.

En vieux routiers de la politique, Valéry Giscard d'Estaing et Jacques Chirac firent chorus, pour lui expliquer la bouche en cœur combien cette initiative serait inopportune. Leur sincérité et leur désintéressement faisaient plaisir à voir.

Ils étaient tout simplement pathétiques.

Devant les parlementaires, Édouard Balladur brossa un tableau sans complaisance de la situation du pays : « La France doit faire face à une situation économique et sociale plus grave qu'aucune de celles qu'elle a connues depuis une quarantaine d'années, lorsqu'elle eut surmonté les conséquences de la guerre [1]. »

1. Déclaration de politique générale de M. Édouard Balladur, Premier ministre, 8 avril 1993. Elle sera suivie par une déclaration de politique générale devant le Sénat, le 15 avril 1993.

Expliquant que la situation était plus grave qu'elle ne l'avait jamais été, insistant sur la baisse de la production, sur la croissance du chômage au-delà de trois millions de personnes, sur l'explosion des déficits publics et sociaux, sur les menaces qui pesaient sur notre monnaie, sur les négociations du GATT qui, mal engagées, faisaient peser des menaces graves sur nos intérêts agricoles et industriels, sur la crise morale, la prolifération des affaires, le conflit ouvert entre l'État et une partie du corps judiciaire, il précisa que l'action du gouvernement s'inscrirait dans une législature de cinq ans.

L'objectif en serait ambitieux : « Affermir l'État républicain, assainir notre économie pour développer l'emploi, garantir les solidarités essentielles à notre société, mieux assurer la place de la France en Europe et dans le monde. »

L'Assemblée nationale approuva à une très large majorité cette déclaration [1].

Ce vote favorable, massif, libérait le Premier ministre de l'influence réelle ou supposée des deux compères de toujours, Valéry Giscard d'Estaing et Jacques Chirac.

Nommé Premier ministre par un président de la République qui y était contraint, Édouard Balladur venait avec finesse d'annuler ce handicap en devenant le leader de la majorité.

Peu de commentateurs relevèrent dans sa déclaration ces quelques mots qui valaient plus qu'une longue explication : « C'est cela le choix du gouvernement et son appel à la nouvelle majorité : le choix du courage. C'est parce que la situation est grave que nous avons décidé, malgré les risques que cela peut comporter, d'assumer la charge du pouvoir. »

Je ne pus m'empêcher de sourire.

1. Par 457 voix contre 81 et 2 abstentions.

Quinze jours avaient suffi pour faire voler en éclats le pacte d'airain liant Jacques Chirac et Édouard Balladur.

Courage, lâcheté…

Tout était dit.

Chapitre 15

État de grâce

Tout gouvernement nouvellement formé bénéficie, dit-on, d'un état de grâce, période pendant laquelle il lui est beaucoup pardonné.

Édouard Balladur ayant placé au premier rang de ses préoccupations le « raffermissement de l'État républicain », il était clair que j'allais une fois de plus me retrouver au cœur de la mêlée.

Peut-être en bénéficierais-je moi-même ?

La prise en compte du besoin de sécurité des Français étant une des priorités du gouvernement, des mesures rapides doivent être prises afin de permettre le renforcement des effectifs sur le terrain. Le redéploiement des forces de l'ordre, le recrutement d'employés administratifs afin de pouvoir affecter à des tâches prioritaires les milliers de gardiens utilisés à cet effet, l'accroissement de personnel dans le cadre du service national et, enfin, l'affectation de compagnies de CRS dans les grands centres et les quartiers sensibles doivent montrer à nos concitoyens que leurs préoccupations sont prises en compte.

Pour illustrer tout cela et mobiliser les énergies de tous, je décide de réunir sept cents commissaires de police qui dirigent les services actifs.

Mais comme cela a déjà été écrit, rien n'est simple pour un ministre de l'Intérieur !

Ne voilà-t-il pas que trois drames viennent jeter le

trouble, au moment même où notre tâche essentielle est de motiver les uns, de donner confiance aux autres [1].

La presse de gauche se déchaîne une fois de plus contre moi, dans un *remake* de ce que j'avais eu à subir quelques années auparavant.

Je ne suis pas plus disposé à l'accepter aujourd'hui qu'hier, car la tonalité de certains articles constitue une véritable provocation [2].

Bien des années plus tôt, dans un contexte très particulier, j'avais été amené à dire : « Je couvrirai les forces de l'ordre [3]. »

Dans mon esprit, il s'agissait ni plus ni moins que de montrer ma détermination à assumer mes responsabilités. S'agissant de dysfonctionnements dans les services dépendant du ministère de l'Intérieur, ou de comportements répréhensibles, j'entendais être aussi intransigeant qu'envers les délinquants et les fauteurs de troubles.

Alors que mes services préparent une réunion destinée à faire comprendre aux uns et aux autres le fond de ma pensée, ne voilà-t-il pas qu'au conseil national du RPR, le 23 avril, Alain Juppé et – oh, surprise ! – Philippe Séguin célèbrent les mérites de Jacques Chirac, organisateur de la victoire aux législatives, mobilisant les militants jusqu'à la bataille finale qui aura lieu en 1995 !

Le gouvernement constitué par Édouard Balladur n'est

1. Trois décès mettant en cause l'action des services de police.

2. « Quelques centaines de "casseurs" inorganisés, quelques petites bandes en errance dans l'ennui d'un week-end pascal, quelques dizaines de vitrines brisées et pillées ne font pas une émeute. Ainsi dans la France de 1993 peut-on assassiner un jeune ouvrier qui volait des pneus à Chambéry, un jeune Zaïrois qui volait des cartouches de cigarettes à Paris et un jeune lycéen d'origine algérienne qui participait à un rodéo à Wattrelos, sans que la colère explose » (Edwy Plenel, « La nouvelle politique de sécurité de Charles Pasqua et les réserves de François Mitterrand. L'eau et le feu », *Le Monde*, 16 avril 1993).

3. Voir Charles Pasqua, *Ce que je sais*, t. I : *Les Atrides*, *op. cit.*

qu'un gouvernement de transition, tel est le discours officiel des dirigeants du mouvement gaulliste[1].

Belle manière de ramener le calme et la sérénité.

Peu de temps après, je fus informé du décès de Pierre Bérégovoy.

Selon les services concernés, il ne faisait guère de doutes que l'ancien Premier ministre avait mis fin à ses jours[2].

L'émotion soulevée dans le pays par cette triste nouvelle fut considérable.

Pierre Bérégovoy n'avait été ni un affairiste ni un homme d'apparences. Il avait consacré sa vie à une idée, le socialisme, et à un homme, François Mitterrand.

Pourtant, lorsque Paris commença à bruire de rumeurs le concernant, il ne se trouva pas grand monde pour lui tendre la main.

Rumeurs sournoises, perverses, le plus souvent alimentées et nourries par ceux-là mêmes qui ne savent rien, mais qui font mine de tout connaître.

Rumeurs reprises, analysées dans les gazettes et les médias en termes alambiqués ne permettant pas d'engager des poursuites judiciaires.

Admirable langue française, admirable législation, dans laquelle le conditionnel permet de dire et surtout d'écrire n'importe quoi, « aurait », « pourrait », « devrait », « proche de » devenant des auxiliaires au service de la diffamation et de la démolition.

Trop de liberté tue la liberté, dit-on.

Jamais adage ne m'avait paru aussi vrai.

Mes services m'assurèrent que, depuis la défaite de la gauche aux élections législatives, le président de la République et les principaux dirigeants du Parti socialiste

1. Pour eux, il ne faisait aucun doute que son entente avec Jacques Chirac était parfaite. Nous savons ce qu'il en était réellement.

2. Le 1er mai 1993 à Nevers, ville dont il était maire.

avaient coupé tout contact avec Pierre Bérégovoy. L'ancien Premier ministre n'avait pu supporter, semble-t-il, d'être abandonné et rejeté.

François Mitterrand, lors des obsèques à Nevers, utilisa la formule que chacun connaît[1].

Pour sa famille, que je reçus personnellement au ministère de l'Intérieur, il ne faisait aucun doute que son abandon par sa famille politique était à l'origine du drame.

Elle souhaitait par-dessus tout que l'on fasse litière des élucubrations tendant à accréditer la thèse de l'assassinat. Je leur confirmai que l'enquête conduite sur ce décès ne laissait aucun doute sur le suicide.

Je n'eus pas à forcer ma nature pour manifester ma sympathie.

Celle que j'avais eue pour le Premier ministre disparu était réelle. C'était un homme bon et un honnête homme. Notre dernier contact avait concerné l'implantation du Grand Stade. Il n'était pas favorable à Nanterre mais s'était montré, lors de notre rencontre, amical et chaleureux.

Tel était le souvenir que je gardais de lui.

La place Beauvau ne laisse pas beaucoup de temps pour l'introspection et la contemplation.

Les commissaires de police réunis à la Défense quelques semaines plus tard[2] le comprirent aisément en m'entendant leur dire, puisqu'il fallait faire de l'analyse de texte, que non seulement les personnels ne seraient pas couverts automatiquement en cas de « bavures », mais si nécessaire sanctionnés.

Pour clore le chapitre, je leur précisai qu'« entre le laxisme et l'État policier il y a tout simplement l'État républicain ». L'opinion publique rassurée, une fois

1. Il dénonça « ceux qui ont cru bon de livrer aux chiens l'honneur d'un homme ».

2. Le 10 mai 1993.

cette reprise en main effectuée, la police renforcée sur le terrain, et mieux acceptée, les résultats devraient être au rendez-vous.

Édouard Balladur, décidément présent sur tous les fronts, présenta le même jour un train de mesures, première étape de son plan de redressement économique[1].

Voilà plusieurs mois que Philippe Séguin et moi avions tiré la sonnette d'alarme devant le danger que représentait l'alignement de la politique monétaire de notre pays sur celle de l'Allemagne, alors même que les deux pays se trouvaient dans des situations radicalement différentes.

Devant financer sa réunification, c'est-à-dire la remise à niveau de l'ancienne RDA dans tous les domaines, l'Allemagne était confrontée à un problème d'inflation et d'emballement de son économie ; cela la conduisait à pratiquer des taux d'intérêt élevés.

La France se trouvait dans un état de stagnation économique, provoqué en grande partie par le chômage.

Nous n'avions cessé de dire que vouloir continuer à accrocher le franc au mark était une erreur, et que seule une baisse des taux d'intérêt permettrait de relancer l'économie. En vain.

Alain Madelin[2], dans un passé récent avait, lui, attiré d'une manière formelle l'attention du Premier ministre et de son aréopage d'experts sur les dangers que faisait courir cette politique à notre économie, allant jusqu'à préconiser une baisse brutale et rapide des taux d'intérêt sitôt le gouvernement constitué afin de relancer l'économie.

Mais, pour la gauche comme pour une partie de la

1. Il était intervenu le même jour devant les commissaires de police réunis à la Défense.

2. Ministre des Entreprises et du Développement économique (1993-1995), puis ministre de l'Économie et des Finances dans le gouvernement Juppé (1995-1997).

droite, il ne pouvait être question de remettre en cause la sacro-sainte doctrine du franc fort.

François Mitterrand, nous le savons, avait choisi une fois pour toutes d'accrocher la France à l'Allemagne, de peur de la voir s'imaginer un autre destin.

À l'UDF, tout se passait comme si les séides de l'Europe fédérale avaient décidé de s'en remettre à la technocratie bruxelloise et aux technocrates hexagonaux.

La volonté politique s'était effacée derrière le dogme, et ceux qui le combattaient faisaient figure d'ignares.

Il n'y eut aucune concertation sur le sujet au sein du gouvernement, Édouard Balladur s'enfermant dans une analyse qui reposait sur des prémisses erronées. Contrairement à ce qu'affirmaient ceux qui le conseillaient, c'est par une relance de la consommation que le redémarrage de l'économie pourrait se faire, la diminution des déficits sociaux devant suivre. La diminution des taux d'intérêt n'était en rien une hérésie, bien au contraire. Les limites de l'action gouvernementale étaient donc affichées, la polémique qui en découlait ne cesserait pas jusqu'en 1997.

Édouard Balladur fit donc le choix de tenter de diminuer le déficit budgétaire et de ramener à l'équilibre les déficits sociaux, tout en tentant de relancer l'activité économique par le biais d'un allégement des charges [1].

N'étant pas faiseur de miracles, l'augmentation de la contribution sociale généralisée (plus que doublée) et l'augmentation des taxes sur les produits pétroliers et les alcools étaient les seuls moyens dont il disposait à court terme.

1. Tout cela avait été détaillé dans une interview accordée par Édouard Balladur à un magazine de la presse économique (Gilles Le Gendre, Henri Gibier et Gérard Moatti, « Édouard Balladur : la relance mais dans la rigueur », *L'Expansion*, 19 novembre 1992).

L'aide à la création d'emplois constituait le second volet de ce train de mesures, plus de 12 milliards de francs y étant affectés.

Ce plan était, en fait, la première étape de la mise en œuvre d'une politique économique définie par Édouard Balladur et quelques experts, issus pour la plupart d'entre eux de l'Inspection des finances, par eux seuls, et sur laquelle il entendait garder la haute main [1].

Certes, comme l'avait dit le Premier ministre, l'action gouvernementale s'inscrivait dans le cadre de la législature (cinq ans), et les mesures adoptées devaient être remises en perspective.

Bien sûr, les choix du Premier ministre visaient en réalité, sans le dire ouvertement, à poursuivre la réforme fiscale entamée par Michel Rocard, notamment par la création de la contribution sociale généralisée.

Comme l'écrivit un journaliste de la presse économique : « Remise en cause de certains acquis sociaux pour responsabiliser les Français, relèvement de l'impôt direct pour financer la baisse de l'impôt indirect et encourager l'emploi, tels sont les ressorts cachés du plan Balladur [2]. »

Le résultat obtenu fut quelque peu différent de celui escompté par le Premier ministre.

Parlementaires de l'opposition et organisations syndicales réagirent à l'unisson, voyant dans les mesures annoncées un tour de vis social.

Plus grave, les parlementaires de la majorité marquèrent leur scepticisme et leur réserve, c'est un euphémisme.

Tous s'en tinrent à la réalité des mesures sans en

1. Il résultait des réflexions d'une cellule informelle mise en place depuis longtemps. Voir Gilles Le Gendre, Henri Gibier et Gérard Moatti, « Édouard Balladur : la relance mais dans la rigueur », art. cit.

2. Jean Boissonnat, « Philosophie du plan Balladur », *L'Expansion*, 19 mai 1993.

chercher réellement la finalité et le déficit de communication fit le reste.

Les auteurs de ce mirobolant plan avaient tout simplement oublié que ce n'était pas d'économie et de finances, concepts abstraits et désincarnés, qu'il s'agissait, mais de la France. Et que, au-delà, c'est pour résoudre les problèmes des Français que nous avions été élus.

Les cours d'économie politique, de finances publiques, les graphiques et les courbes avaient donc peu de chances d'être compris par nos concitoyens et la représentation nationale. Les meilleurs économistes de France en avaient fait la cruelle expérience bien des années auparavant[1].

« Tout change, rien ne change, prenez garde à vous ! » Tel était en substance le message relayé par les parlementaires de la majorité.

Seuls comptaient, pour eux, l'emploi, la protection sociale, le pouvoir d'achat, la sécurité.

L'état de grâce était fini, il avait duré cinq semaines.

Ayant demandé et obtenu un portefeuille ministériel aux responsabilités élargies, je me devais d'assumer les engagements pris devant mes concitoyens et rester vigilant.

Au-delà de l'aspect législatif, réglementaire, prospectif, je savais aussi que le ministère de l'Intérieur ne tolère aucun relâchement.

L'explosion d'une bombe le 10 mai, dans un parking souterrain situé près de la mairie de Neuilly, ne fut pas prise au sérieux par les services de police, d'autant que la signature, « HB », ne correspondait à aucune organisation ou mouvement terroriste connus.

Trois jours plus tard, un homme armé d'un revolver, une volumineuse ceinture à la taille, s'introduit dans une école maternelle à Neuilly[2].

1. Valéry Giscard d'Estaing et Raymond Barre.

2. Le 13 mai 1993 à 9h30. Il s'agit de l'école Commandant-

S'étant installé dans une salle de classe, au milieu d'une vingtaine de bambins, il fait parvenir à la directrice de l'établissement un message dactylographié indiquant qu'il s'agit d'une prise d'otages, et se concluant par ces mots : « Évitez une tragédie. »

S'identifiant lui-même comme HB, « *Human Bomb* », il fait savoir que sa ceinture est garnie d'explosifs ; il en disposera d'autres en différents endroits de la salle de classe, gardant en main une télécommande.

L'explosion du 10 mai était donc le prélude à cette prise d'otages qui, quarante-huit heures durant, allait mobiliser notre volonté et nos énergies.

Le fait que les otages soient de très jeunes enfants [1] provoque dans le pays une émotion considérable, qui franchira même nos frontières.

Pendant deux jours, le preneur d'otages ne communiquera que par textes, ne voulant pas prendre le risque d'être identifié par sa voix.

La ville de Neuilly, choisie pour cible, a valeur de symbole : elle a pour maire Nicolas Sarkozy, ministre du Budget et porte-parole du gouvernement. J'y réside également.

Je décide de créer une cellule de crise au ministère de l'Intérieur, fais isoler l'école et envoie sur place sans tarder le RAID [2].

Les instructions que je lui ai données sont claires ; elles visent en priorité à garantir la vie des enfants et

Charcot. Une abondante littérature, d'inégale facture, a été consacrée à cette prise d'otages, j'y renvoie les lecteurs.

1. Vingt et un enfants, âgés de deux à quatre ans.

2. Recherche Assistance Intervention Dissuasion, unité d'intervention de la Police nationale, créée en 1985, dotée de moyens et de personnels hors du commun, apte à faire face à toutes les situations de crise, dont les prises d'otages. En 1993, le RAID était commandé par le commissaire divisionnaire Bayon.

de l'institutrice stagiaire qui se trouve face au preneur d'otages [1].

Au fil des heures, le preneur d'otages accepte de libérer quelques enfants, après que Nicolas Sarkozy, qui fait preuve d'un courage incontestable, est intervenu directement auprès de lui et a tenté de négocier.

Les demandes du preneur d'otages sont extravagantes : sur un plan financier, il veut 100 millions de francs (15 millions d'euros) en diverses devises et en petites coupures ; sur un plan pratique, il veut partir en emmenant des enfants en otages.

Mais nous avons également en face de nous un manipulateur, qui entend se servir des médias [2].

Il sait que cette affaire de prise d'otages d'enfants dans une école maternelle a soulevé une énorme émotion dans le monde entier et que l'ensemble des organes de presse suit heure par heure l'évolution de la situation.

À l'ensemble des intervenants je précise mes instructions : tout faire pour qu'il laisse les enfants ; s'il veut partir, nous lui fournirons une voiture, et des parents d'enfants – ce seront en fait des policiers volontaires – l'accompagneront pour garantir sa sécurité.

Je pense, par ailleurs, que cet homme pourrait être sensible à la présence et à l'intervention du procureur de la République [3], qui pourrait lui garantir la vie sauve. Ce dernier se rendra auprès de lui à deux reprises, sur ma demande.

1. Le sang-froid de Laurence Dreyfus, qui n'envisagea pas un seul instant de laisser les enfants, comme celui d'Évelyne Lambert, capitaine des pompiers de Paris, qui lui apporta aide et assistance, nous émerveillèrent tous.

2. Grâce à un poste de télévision, il suit en direct les informations diffusées par les différentes chaînes. De la même manière, il écoute les principales stations de radio.

3. M. Lyon-Caen, procureur près le tribunal d'instance de Nanterre.

Dans le même temps, le RAID, qui a mis en place des dispositifs d'écoute et de surveillance permettant de suivre à chaque instant ce qui se passe dans cette salle de classe, me confirme la réalité de la présence d'explosifs. L'examen des faits et gestes du preneur d'otages, l'analyse vocale ne laissent aucun doute sur sa capacité à les actionner, fût-ce au prix de sa propre vie.

La situation est compliquée par le fait que nos spécialistes se plaignent de l'omniprésence du maire de Neuilly, qui est aussi ministre.

Pour avoir déjà connu ce type de situation, je sais que les policiers en charge de cette affaire ne doivent pas avoir de pression sur leurs épaules.

Nicolas est courageux, très motivé, mais il faut qu'il se retire et laisse travailler les gens du RAID.

Hasard de la vie, le preneur d'otages nous facilite les choses en déclarant qu'il ne veut plus le voir pour une sombre histoire de rançon[1] !

La seconde journée de cette prise d'otages va être longue, très longue. L'homme, qui n'a pas dormi, peut à tout instant faire une fausse manœuvre et déclencher une tragédie.

Espoir d'une solution négociée, puis raidissement, nous passons par des moments difficiles.

La nuit venant, ses propos sont à certains moments incohérents. Les risques devenant considérables, le « patron » du RAID me demande l'autorisation d'intervenir. Toutes les dispositions sont prises pour sauver les enfants.

1. Il reprochait en fait au ministre du Budget de ne pas avoir apporté le montant demandé. HB ne s'était tout simplement pas rendu compte du volume que représentaient 100 millions de francs en petites coupures. Il était matériellement impossible à Nicolas Sarkozy de réunir en aussi peu de temps un tel volume de billets de banque.

Comme toujours en pareilles circonstances, c'est en mon âme et conscience que je prends cette décision.

Je sais qu'en cas d'échec je serai seul.

Si nous réussissons, par contre, nombreux seront ceux qui voleront au secours de notre succès.

L'autorisation est donnée au « patron » du RAID, après un dernier point le samedi au petit matin. Dans son esprit, comme dans le mien, les choses sont on ne peut plus claires : il ne devra prendre aucun risque avec le preneur d'otages.

Opérant à 7 h 30, les policiers délivrent les enfants. Le preneur d'otages est neutralisé. Ils étaient en situation de légitime défense.

Ce long cauchemar est terminé.

« Force est restée à la loi », devais-je déclarer.

Nous avions tout fait pour qu'Éric Schmidt, *alias* HB, se rende ; à la réflexion, je crois qu'il avait choisi cette fin, c'était de sa part une forme de suicide. Je le regrette mais j'assume, comme j'aurais assumé, seul, l'échec.

Je reçois les félicitations du président de la République[1].

Éric Schmidt n'avait pas de casier judiciaire. C'était un ancien sous-officier, ce qui explique sa compétence en matière d'explosifs ; il avait créé deux sociétés d'informatique qui avaient fait faillite, c'était un blessé de la vie.

Nicolas Sarkozy, compte tenu de son attitude et de la couverture médiatique réservée à cet événement, bénéficiera désormais d'une importante notoriété.

La venue du Premier ministre sur les lieux de la prise d'otages, l'attitude de certains membres du gouvernement m'agacèrent.

Comme tout cela était facile !

1. Les qualités exceptionnelles et le courage dont firent preuve Laurence Dreyfus et Évelyne Lambert furent distingués ; toutes deux seront promues dans l'ordre de la Légion d'honneur.

Ces interventions, décidées en dernier ressort, et se concluant par mort d'homme, ne laissent pas dans mon esprit la moindre place à un show médiatique[1].

Un enfant l'aurait compris : il fallait bien se raccrocher au ministre de l'Intérieur, aucune embellie n'étant à attendre dans d'autres secteurs.

Je n'eus pas à insister beaucoup pour que tous intègrent le fait que cela n'était pas un jeu, et qu'il ne pouvait y avoir qu'un seul ministre de l'Intérieur.

Ainsi va la vie.

Mais le temps des polémiques va venir, avec ma mise en cause ainsi que celle des policiers par quelques éléments d'extrême gauche, des responsables du Syndicat de la magistrature et quelques belles âmes.

Il faudra plus de deux ans pour que la justice reconnaisse que nous avions agi conformément à la loi !

Il est bien regrettable qu'aucun de ceux qui ont porté les accusations que l'on sait ne se soit trouvé face à un forcené ! Je ne doute pas qu'ils auraient souhaité notre intervention !

Ces événements à peine terminés, je peux reprendre le cours normal de mes activités.

Mon premier passage place Beauvau m'avait ouvert les yeux sur les déséquilibres du territoire, sur les conséquences néfastes pour l'avenir du pays d'une absence de politique cohérente et de la disparition de la volonté nationale qu'aurait dû incarner l'État.

Il suffisait de regarder une carte de France pour comprendre que, sauf volonté politique, les deux tiers du pays resteraient à l'écart du développement, que celui-ci concernerait surtout l'axe lotharingien[2], et que la construction

1. Sur ce sujet, lire l'article d'une sobriété toute professionnelle de Lucien Degoy, « L'angoisse a pris fin, des petites filles, les yeux bouffis de sommeil, qui surgissent », *L'Humanité*, 17 mai 1993.

2. L'axe lotharingien est un axe nord-sud, suivant approximativement

européenne ne ferait qu'amplifier cela. L'absence de toute liaison entre le nord et le sud de l'Europe à travers le grand ouest de la France ne pourrait qu'aggraver le problème.

Dans le même temps, la désertification de l'espace rural au profit des concentrations urbaines apparaissait inéluctable.

En 1992, j'avais longuement expliqué la nécessité de réunifier la France.

Deux France, avais-je écrit, coexistaient, l'une libérale qui a fait siennes les valeurs anglo-saxonnes, américaines surtout, de l'individualisme et du profit, l'autre, qu'elle regarde avec condescendance, voire mépris, attachée aux valeurs latines, plus collectives, plus traditionnelles [1].

Une évolution inexorable éloignant peu à peu les Français les uns des autres, seule une autre politique permettrait de ressouder les différentes composantes du pays.

Le sacro-saint principe républicain de l'égalité débouchait sur l'injustice et l'absurdité.

J'avais la certitude qu'il était possible de mettre un terme à ce désordre, pour peu qu'on le veuille.

La seule façon de le faire serait d'ouvrir un grand débat, de donner la parole au peuple, en réintroduisant la démocratie directe confisquée par la démocratie parlementaire.

C'est à ce prix qu'il serait possible de redonner confiance à nos concitoyens et d'obtenir leur adhésion.

Ma conviction était que la reconquête du territoire était la dernière chance de la France [2].

---

la frontière de la Lotharingie ou, plus sommairement, le cheminement Rhin-Rhône.

1. Voir Charles Pasqua, *Que demande le peuple…*, *op. cit.*

2. J'avais réussi à la faire partager à Édouard Balladur ; je ne suis pas certain qu'il ait mesuré ce dans quoi il s'engageait.

CHAPITRE 16

Aménager le territoire

Dans sa déclaration de politique générale devant l'Assemblée nationale, le 8 avril, Édouard Balladur avait souligné l'importance qu'il attachait à la politique d'aménagement du territoire et à l'ouverture d'un débat dans tout le pays [1].

La loi que nous présenterions le moment venu serait donc la conséquence et la conclusion de ce grand débat national que je me propose de conduire pendant un an dans toutes les régions de France.

Dans mon esprit, il serait essentiel que le Premier ministre s'y associe, afin de montrer aux Français l'importance que cette politique revêtait à ses yeux !

J'entendais conduire, à l'échelle du pays, la même action que celle qui m'avait permis, après une large concertation, de faire adopter la charte de développement des Hauts-de-Seine qui définissait les priorités pour les vingt ans à venir.

Pour mettre en chantier cette politique, j'appelai à mon cabinet un jeune polytechnicien qui avait été le coordonnateur de cette action dans ce département, et un spécialiste reconnu de la décentralisation. L'un venait de l'UDF, l'autre était rocardien, seules m'intéressaient les compétences [2].

1. Voir annexe 4.
2. Pierre-Henri Paillet fut nommé délégué général à l'Aménagement

Afin de lancer au plus vite le débat sur l'aménagement du territoire, je décidai de visiter les vingt-deux régions sans tarder, le Premier ministre et certains membres du gouvernement devant m'accompagner au gré de ces déplacements.

C'est au cours de la première de ces visites que doivent être présentées les grandes lignes de la politique de reconquête du territoire destinée à dessiner la France des vingt prochaines années, telle que je l'imagine.

Ma décision de le faire en Corse en effraye plus d'un.

C'est la terre de mes ancêtres et, même si j'habite « sur le continent », selon l'expression consacrée, j'ai avec l'île des liens fusionnels.

De mes compatriotes j'apprécie le caractère et les qualités. J'en connais aussi les défauts qui les rendent quelquefois insupportables à ceux qui ne les connaissent pas autant que moi.

Je souffre plus que d'autres de voir cette île dériver vers la violence et la délinquance, tandis que beaucoup de ses enfants perdent leur temps en affrontements stériles. Désillusions et occasions de développement perdues semblent être devenues la règle.

Les tentatives conduites au cours de ces trente dernières années par tous les gouvernements, qu'ils soient de gauche ou de droite, ont échoué à assainir le climat. Tout, ou presque, a été essayé.

L'état des lieux est relativement simple à faire : la revendication nationaliste d'indépendance est plus que largement minoritaire, la violence a été combattue par tous les gouvernements, mais elle demeure présente ; les projets de solution politique, quant à eux, n'ont débouché sur aucune avancée.

---

du territoire par le Premier ministre ; Jacques Voisard intégra mon cabinet.

Quelle meilleure pierre de touche pour mes méthodes et mes idées ?

Le dernier statut dont l'île a été dotée a institué une Assemblée de Corse et un exécutif [1].

Soucieux de ne pas perdre de temps, j'ai choisi de m'en accommoder bien que ne l'approuvant pas.

Ma stratégie est simple : essayer de mettre mes compatriotes, amis ou adversaires politiques, au pied du mur.

C'est à la définition d'un projet économique de reconquête du territoire que je vais me consacrer prioritairement, car je suis persuadé que là est la solution.

Un certain nombre de contacts, d'entrevues et de conversations [2] avec les responsables politiques et économiques de l'île, avec certains responsables nationalistes également, ont précédé mon déplacement [3].

Au fil de ces discussions, l'implantation d'une mission économique dans l'île apparut très vite comme une nécessité. Mon objectif étant de voir un projet de développement de l'île adopté par l'Assemblée de Corse avant la fin du mois de septembre, pour des raisons budgétaires, ce serait chose faite en quelques semaines [4].

Ayant incarné par le passé une politique sécuritaire

1. Le statut élaboré par Pierre Joxe fut adopté en 1991, après que la notion de « peuple corse » eut été jugée inconstitutionnelle.

2. Ces rencontres et ces entretiens ont eu lieu au ministère de l'Intérieur.

3. 16-18 mai 1993. C'est le 16 mai que je me rends à Ajaccio, accompagné, entre autres, par mon directeur de cabinet, Joël Thoraval, ancien préfet de Corse, et par Pierre-Étienne Bisch, adjoint du directeur général des collectivités locales au ministère de l'Intérieur.

4. La responsabilité en sera confiée à Pierre-Étienne Bisch, homme sérieux et compétent qui fera siennes mes idées et mes convictions.

caractérisée par une grande fermeté [1], je sais que tous les Corses m'attendent avec curiosité.

Quelle va être la tonalité des propos de Charles Pasqua ?

A-t-il changé ?

La belle affaire, nous avons tous changé !

Si ma venue suscite intérêt et sympathie dans l'île, la position que j'occupe dans le gouvernement me donne aux yeux de ses habitants des responsabilités particulières. Je vais donc essayer de fédérer les bonnes volontés.

Concertation, tel avait été le maître mot ayant présidé à l'organisation du programme de cette visite.

Dialogue, tel serait celui de la journée du 18 mai consacrée pour l'essentiel à l'Assemblée de Corse.

Alors que la matinée sera dévolue à la séance publique, je consacrerai l'après-midi à recevoir les représentants de chacun des groupes de l'Assemblée, nationalistes y compris. Chacune des sensibilités pourra donc s'exprimer, pour la plus grande satisfaction de tous.

Les interventions du président de l'Assemblée, comme celles du président de l'exécutif, étaient attendues avec impatience car elles allaient donner la tonalité des débats [2].

Tous les deux allaient marquer leur satisfaction de voir s'instaurer un vrai débat, le président de l'Assemblée insistant avec force sur le fait que « les Corses en ont assez que l'on décide à leur place. Nous avons hérité d'un statut que nous n'avions pas réclamé. Soyez assuré, dit-il, de la volonté de toute notre assemblée de travailler en plein accord avec vous ».

Le président de l'exécutif, quant à lui, rappela et précisa les principales revendications économiques des élus, se

1. Lors de la première cohabitation (1986-1988).

2. Jean-Paul de Rocca-Serra était président de l'Assemblée de Corse, alors que Jean Baggioni présidait l'exécutif.

déclarant prêt à organiser la coopération avec les services de l'État.

Je n'en demandais pas plus.

Le moment étant venu pour moi de m'adresser à l'Assemblée de Corse, j'allais pouvoir le faire dans un climat apaisé, je le sentais, et avec une écoute très forte.

D'entrée de jeu, je tiens à dire que je ne suis pas seulement le ministre de l'ordre public, mais aussi celui qui vient tenter d'ouvrir les portes de l'avenir. Je souligne avec force que, si je suis au milieu des élus, c'est pour exposer les grandes lignes de la démarche du gouvernement en ce qui concerne l'aménagement du territoire et l'avenir de l'île.

Mon intervention s'articulera autour des mots suivants : « dialoguer », « convaincre », « rassembler » et « agir ».

La restauration de la cohésion nationale constituant le ressort de mon action, mes auditeurs n'ont aucun mal à comprendre pourquoi j'ai choisi la Corse pour exposer mes objectifs et ma méthode.

J'explique à tous que je souhaite qu'un dialogue s'instaure, directement, entre le gouvernement et l'Assemblée qui représente désormais les intérêts de la Corse tout entière.

Dès lors qu'il s'agit de commencer à imaginer et à dessiner la Corse de demain, l'Assemblée doit devenir le partenaire et l'interlocuteur naturel de l'État pour tout ce qui touche à l'avenir de l'île.

À elle d'élaborer, toutes sensibilités réunies, un projet susceptible de rassembler tous les Corses, autant que faire se peut, car l'État ne décidera pas à leur place.

Je me dois de leur rappeler que, certes la Corse a ses spécificités, mais que beaucoup des difficultés rencontrées ici sont identiques à celles d'autres régions.

Tous les Français souffrent peu ou prou de la crise économique et des conséquences de choix politiques inadaptés.

Partout se développent et se concentrent le chômage, l'exclusion et l'insécurité tandis que dans le même temps des régions entières se désertifient.

La politique d'aménagement du territoire que je veux réhabiliter à l'échelle de l'ensemble de la nation, comme la politique de sécurité que j'ai définie, relève partout du même esprit. J'entends faire retrouver au pays une cohésion qui n'existe plus.

La féroce compétition économique dans laquelle sont engagés les pays de l'Union européenne laissera peu d'avenir et peu d'espérance, en effet, à ceux qui choisiront de se diviser, quand les autres avanceront unis et solidaires.

Afin de ne pas décevoir mes interlocuteurs, je leur rappelai ce qui me paraissait être un préalable : le rétablissement de l'ordre républicain.

Bien qu'il s'agisse là d'une prérogative de l'État, je demandai à chacun de me faire part de ses réflexions et de ses propositions, tout en leur exposant le fruit de mes réflexions.

Le fait que la loi républicaine soit ignorée par certains, le développement de la corruption, le mélange des genres entre criminalité, délinquance et violence politique sont devenus, nul ne peut l'ignorer, un handicap insurmontable pour le développement de l'île.

Dès lors que j'entends engager une action en profondeur, la lutte contre la criminalité organisée, d'où qu'elle vienne, y compris celle contre la corruption et le détournement des fonds publics, sera donc renforcée.

Je confirme à tous que, à partir de ce postulat, l'État est prêt à se réinvestir dans le développement de la Corse et à aider l'Assemblée à faire de l'île un modèle [1].

1. Dans le grand débat national sur l'aménagement du territoire qui débute au Sénat et qui se poursuivra à l'Assemblée nationale, puis à l'occasion d'un Comité interministériel d'aménagement du

Le retard économique dont souffre la Corse est, en effet, incontestable, les études de la DATAR, comme celles du Plan, le confirment.

Les raisons de ce retard, insécurité croissante qui décourage l'investissement, insularité, dépendance pour une grande partie de son approvisionnement, étroitesse du marché intérieur, justifient la solidarité financière de la communauté nationale.

Comme dans la majeure partie de notre pays, une part de plus en plus large de la population se concentre sur une portion étroite de son territoire, tandis que les zones rurales se désertifient.

J'essaye de leur faire comprendre que le moment est venu pour la Corse de se projeter dans l'avenir et que l'État est prêt à l'aider, à court, à moyen et à long terme, tel est le message que je leur adresse.

Mes services ont préparé à l'intention de mes compatriotes insulaires un calendrier précis, car le temps nous est compté si nous voulons que leurs propositions pour les cinq ans qui viennent soient inscrites dans la préparation du XIe Plan et du « Paquet Delors II »[1].

Comme les problèmes que la Corse rencontre sont les mêmes que ceux d'autres régions enclavées ou déshéritées, le diagnostic et les solutions auront valeur d'exemple.

Les clés de la reconquête du territoire sont partout les mêmes.

L'amélioration des communications, comme le renforcement des capacités en télécommunications, l'amélioration des liaisons maritimes et aériennes, le maintien des services publics, pour faire obstacle à la désertification,

---

territoire, puis au Conseil économique et social, enfin avec l'ensemble des collectivités territoriales, régionales, départementales et locales, j'ai l'intention de faire de la Corse un des exemples de ce que j'ai appelé la reconquête du territoire.

1. La date butoir est le 30 septembre 1993.

tout comme la sauvegarde et le développement de l'agriculture, seront au cœur du débat.

Le soutien à l'implantation d'activités nouvelles, dans le domaine de la recherche, de la technologie, d'industries légères, fait partie de la même stratégie de développement [1].

C'est un véritable catalogue de mesures ou de pistes à suivre que les services de l'État ont préparé en un temps record [2].

Je confirme, enfin, la volonté de l'État de trouver une solution à des problèmes spécifiques à la Corse.

Que ce soit sur le statut fiscal de l'île alors dans l'impasse, l'éligibilité aux possibilités les plus favorables de financement ouvertes par la Communauté européenne, le maintien du régime spécifique en matière de taux de TVA, l'engagement du gouvernement sera total.

Sur le plan culturel, enfin, si l'identité de la Corse doit être respectée, son statut ne lui permet pas de déroger aux principes d'égalité des citoyens devant la loi, ni aux principes de valeur constitutionnelle.

S'agissant de l'enseignement de la langue corse, la position du gouvernement est claire : il doit être encouragé et soutenu davantage, mais il ne saurait en aucune façon être rendu obligatoire. L'a-t-il d'ailleurs jamais été ?

Après mon intervention, peu de réserves, aucune hostilité, quelques interrogations, de la part des présidents des différents groupes politiques.

Décidément le climat a bien changé !

1. La mise en place effective du Comité de coordination et de développement industriel de la Corse doit permettre de définir une dizaine de projets industriels, en partenariat avec les sociétés nationales et les entreprises publiques.

2. Cela va de l'équipement hydraulique à la promotion d'un « label Corse » de qualité européenne, au développement des marchés de gros, à la modernisation de la pêche, à la relance de l'aquaculture, etc.

Toute l'après-midi durant, je recevrai individuellement chacune des délégations [1].

À l'issue de ces entretiens, un sentiment de large accord se confirme. Il reste quelques questions, certes, mais, chacun en est conscient, la balle est dans le camp insulaire.

Le bilan de ces journées ?

Comme l'écrira un chroniqueur en conclusion d'un article consacré à ce déplacement :

« M. Pasqua peut finalement s'estimer satisfait de son retour dans l'île. La coalition majoritaire à l'Assemblée de Corse, regroupant le RPR, l'UDF et les radicaux de gauche, s'est aujourd'hui décidée à jouer le jeu des nouvelles institutions du statut Joxe. La gauche territoriale, essentiellement communiste, ne rejette rien en bloc et insiste sur la nécessité de mesures à prendre en faveur du développement industriel et de la création d'emplois. La minorité nationaliste, surprise par le discours d'un M. Pasqua plus ministre de l'Aménagement du territoire que ministre de l'Intérieur, ne peut pas opposer un refus catégorique.

« "Chacun doit faire sa part du chemin", commente Pierre Poggioli, un élu nationaliste dissident, tandis que le Mouvement pour l'autodétermination (MPA), deuxième groupe nationaliste à l'Assemblée de Corse, semble adopter une position d'attente constructive. En revanche, les représentants de Corsica Nazione, coalition regroupant

1. J'ai reçu ces délégations en compagnie de mon directeur de cabinet, Joël Thoraval, ancien préfet de la région Corse, et de Pierre-Étienne Bisch. Je pense que celui-ci me sera précieux. Il est rompu à l'étude des problèmes des collectivités locales ; c'est un esprit ouvert, mais il a le sens des responsabilités et il ne s'en laissera pas conter. Son contact avec mes compatriotes est bon et ceux-ci l'apprécient déjà. J'annoncerai, dès mon retour, sa nomination au cabinet, auprès de Joël Thoraval, comme chargé de mission pour la Corse, et il partagera son temps entre Paris et Ajaccio.

les nationalistes durs d'A Cuncolta et les autonomistes de l'Union du peuple corse (UPC) d'Edmond Siméoni, opposent des réserves contraintes, conscients que, pour un temps, la balle est dans leur camp [1]. »

Oui, je suis satisfait.

La charge de ministre de l'Aménagement du territoire, que j'assumais en sus de l'Intérieur, avait largement inspiré la politique que j'entendais conduire en Corse.

Loin des débats politico-philosophiques pratiqués depuis vingt ans et qui ne débouchaient sur rien, j'avais pris acte du nouveau statut de l'île.

J'étais convaincu que les querelles doctrinales disparaîtraient dès lors que l'on étudierait – ensemble [2] – un plan de développement.

J'avais choisi cette démarche car elle allait me permettre, ainsi qu'à mes collaborateurs, de rencontrer les nationalistes, y compris les plus durs, et de les amener à participer à l'élaboration d'un plan d'avenir [3].

Ainsi pensais-je leur faire réintégrer la vie politique.

J'avais déclaré que c'était aux Corses de définir eux-mêmes leur choix d'avenir, le gouvernement étant prêt à les y aider.

Ce qui apparaissait à beaucoup comme un défi – la fixation d'une date butoir au 30 septembre 1993 pour

1. Michel Codaccioni, « La visite du ministre de l'Intérieur à Ajaccio. M. Pasqua veut faire de la Corse "un exemple" de la reconquête du territoire », *Le Monde*, 19 mai 1993.

2. L'Assemblée et l'exécutif de Corse, ainsi que le gouvernement.

3. Ce fut notamment le cas de Dominique Santoni. Pendant ces deux années, les règlements de comptes entre nationalistes cessèrent pratiquement. Cette trêve de fait durera même après mon départ pendant six mois, mais le nouveau gouvernement ne saura pas mettre à profit cette période. Les choses se dérégleront à nouveau, et les assassinats des responsables des différentes factions tourneront à l'hécatombe.

l'adoption et la remise de ce plan au gouvernement – fut relevé.

Le plan de développement régional, document à long terme précisant la vision qu'avait la Corse de son avenir, me fut remis en temps et heure.

Ce plan, qui était le résultat des travaux de tous les groupes de l'Assemblée de Corse, fut adopté, sans opposition, malgré quelques réserves.

La qualité et la tonalité de ce document de référence, qui précisait la vision que les Corses eux-mêmes avaient de leur avenir, symbolisaient le rassemblement des bonnes volontés [1].

Le gouvernement tint ses engagements, dotant la Corse d'un contrat de plan conséquent en sus d'un plan routier au titre de l'État [2].

J'éprouvais certes une grande satisfaction, mais elle était doublée d'une certaine fierté. La Corse, que certains se complaisaient à dénigrer, avait montré la voie au pays tout entier.

Notre action au niveau de l'Union européenne nous permit aussi d'obtenir le rattachement de la Corse – une nouvelle fois – aux zones européennes dites de l'« objectif 1 », ce qui permit de concentrer sur ce territoire toute la palette des concours financiers relevant des différents programmes communautaires.

Enfin, après plusieurs mois de vifs échanges avec la Commission de Bruxelles pour en faire admettre le principe par les autres États de l'Union européenne, la Corse bénéficierait désormais d'un statut fiscal régional qu'elle attendait depuis vingt ans.

Édouard Balladur, sur ce dossier comme sur les autres,

1. Décidé à faire avancer ce dossier, je me rendis une dizaine de fois dans l'île entre 1993 et 1995.

2. L'enveloppe du contrat de plan était de 680 millions de francs, tandis que celle du plan routier était de 250 millions de francs.

me laissa les coudées franches. Mieux, bien que ne comprenant pas spécialement l'état d'esprit de mes compatriotes corses, il ne me ménagea ni son soutien ni son appui.

À ce jour, aucun gouvernement n'a fait mieux !

Aujourd'hui me revient en mémoire un dîner organisé par un responsable agricole en mon honneur, dans une ferme située à une vingtaine de kilomètres d'Ajaccio, à l'issue de ces journées de mai 1993.

Au grand étonnement de mes accompagnateurs, cette visite est privée. Elle ne figure pas dans le programme et nous nous y rendons sans escorte policière particulière.

Arrivés sur place, nous y rencontrons plusieurs dizaines de personnes ; nous faisons honneur au jambon, aux saucissons, à l'*embrucciatu*, aux chevreaux rôtis. Je retrouve les saveurs de mon enfance.

La conversation est générale et très libre. Plusieurs nationalistes sont présents. Ils ne sont pas les moins cordiaux.

Le préfet, qui est en Corse depuis peu, est intéressé par la conversation qu'il a avec un jeune berger d'une trentaine d'années, qui lui explique qu'il est licencié ès lettres, mais qu'il a choisi d'être berger. Il l'est depuis peu car avant il n'était pas libre.

Le préfet le trouve très sympathique, très au fait des problèmes corses et très positif à mon égard ! Il m'en parle et est intéressé à savoir pourquoi il n'était pas libre auparavant. Comme je le sais, je lui explique qu'il purgeait une peine de plusieurs années de prison pour divers attentats à l'explosif !

Ainsi est la Corse, ainsi sont les Corses… compliqués, capables du meilleur comme du pire.

Ce berger, cet homme de lettres, deviendra un de mes plus fidèles soutiens !

Comme toujours cela finira par des chants, et notamment par un *lamentu* qui nous émouvra tous.

C'est l'histoire de Finidori, un chien de chasse au courage exceptionnel, plusieurs fois blessé par des sangliers, et qui a finalement trouvé la mort dans une chasse homérique. Nous reprenons en chœur le refrain : *« E cosi e mortu Finidori ! »*

Nous partageons la même émotion au récit de son courage.

Voilà la Corse éternelle. Celle-là ne changera jamais.

Faisons appel à son cœur ! Là est le chemin de l'avenir.

CHAPITRE 17

Petites brouilles entre amis

Le plan de redressement économique présenté par le Premier ministre en même temps que le collectif budgétaire avait suscité un véritable tollé de la part des syndicats et du patronat, ainsi que de vives critiques de la part de la majorité parlementaire.

Tous lui reprochaient de privilégier l'assainissement des finances publiques au détriment de la relance de la croissance.

Cela amena le Premier ministre à présenter un plan complémentaire visant à favoriser la croissance, le 25 mai. Le plan « Balladur II », comme on l'appela, prévoyait un certain nombre de mesures financées par un emprunt national de 40 milliards de francs [1].

Très vite, le lendemain, le gouvernement adoptait le projet de loi de privatisation. Les sociétés privatisables appartenant au secteur privé concurrentiel sont Renault, Aérospatiale, Air France, la banque Hervet, la BNP, la Caisse centrale de réassurance, Bull, la Compagnie générale maritime, le Crédit lyonnais, Pechiney, Rhône-Poulenc, AGF, Gan, UAP, Seita, Thomson, Usinor, Sacilor et la Caisse nationale de prévoyance.

En juin, l'Assemblée nationale adoptait la réforme du

1. Cet emprunt remportera un vif succès et rapportera 100 milliards.

Code de la nationalité que le Sénat avait votée en 1990[1]. Cette réforme, qui fixait de nouvelles conditions à l'obtention de la nationalité, était une étape capitale pour la politique que j'entendais conduire.

Le programme se déroulait sans embûches, les différents projets de loi du gouvernement étaient adoptés sans grands problèmes et le calme régnait dans le pays.

Cependant, le climat n'était pas au beau fixe.

Pas de réunion des groupes parlementaires RPR sans une pique à l'égard de la politique suivie par le gouvernement, pas de débat parlementaire sans accrochage avec l'un ou l'autre de ses membres.

Pour couronner le tout, deux ministres du gouvernement écrivirent au Premier ministre pour lui faire part des problèmes de conscience que soulevait chez les centristes un amendement déposé par un parlementaire RPR, dans le cadre du débat parlementaire concernant la loi sur l'immigration[2].

Intervenant lors d'un colloque, Philippe Séguin se livra, avec son talent habituel, à une critique incisive des politiques économiques conduites dans les pays industrialisés, dans lesquels « la préoccupation de l'emploi demeure seconde dans les choix qui sont effectués, reléguée qu'elle est après la défense de la monnaie, la réduction des déficits publics, le productivisme ou la promotion du libre-échange ».

J'aurais pu écrire ces lignes.

Il devait enchaîner : « Nous vivons depuis trop longtemps un véritable Munich social. Nous retrouvons sur la question du chômage tous les éléments qui firent conjuguer en 1938 la déroute diplomatique et le déshonneur :

1. Texte présenté par le garde des Sceaux, Pierre Méhaignerie.

2. Le garde des Sceaux, Pierre Méhaignerie, et la ministre des Affaires sociales, Simone Veil. L'amendement avait été déposé par Alain Marsaud.

aveuglement sur la nature du péril, absence de lucidité et de courage, cécité volontaire, silence gêné, indifférence polie à l'égard de générations d'exclus… »[1].

Comme il est facile de l'imaginer, les commentateurs ne retinrent que le terme de « Munich social ».

Pour Édouard Balladur, c'en fut trop ! Dans son esprit, il ne faisait aucun doute que cette expression concernait sa politique, et que Jacques Chirac était l'inspirateur de cette attaque en règle.

Il est vrai que le maire de Paris avait cru bon de relever devant plusieurs membres du gouvernement et dirigeants du RPR la trop grande conciliation qui caractérisait les relations d'Édouard Balladur avec François Mitterrand, regrettant qu'il n'y ait pas une franche rupture avec la politique de Pierre Bérégovoy.

Le Premier ministre intervint fermement auprès de Jacques Chirac, afin que tout cela cesse, sans grand succès à vrai dire.

Le mal étant fait, certains journalistes pronostiquaient un peu vite que les prochains mois ne seraient pas roses pour Édouard Balladur, Philippe Séguin incarnant l'avenir : « Car la seule opposition crédible au Premier ministre se situe maintenant dans sa propre majorité, voire dans son gouvernement (Charles Pasqua n'avait-il pas formé il y a peu un tandem avec Philippe Séguin ?). La marge de manœuvre d'Édouard Balladur s'est donc rétrécie, il lui faudra tout à la fois s'opposer et composer, et surtout obtenir une rapide baisse des taux[2]. »

Quelques semaines plus tard, excédé par les appels téléphoniques incessants du maire de Paris, Édouard Bal-

1. Forum du futur, 16 juin 1993. Lire Michèle Lécluse, « Chômage : Philippe Séguin dénonce un véritable Munich social », *L'Expansion*, 17 juin 1993.

2. François Lenglet, « Séguin contre Balladur », *ibid.*, 1er juillet 1993.

ladur ne le prendrait plus au téléphone et le ferait même déconnecter du réseau interministériel auquel il aurait été « raccordé sans son accord ».

Peu de temps après, sur un ton chattemite, il m'avouerait prendre peine à voir « ce pauvre Chirac s'agiter bien inutilement ».

Pour ma part, je travaillais sur trois fronts simultanément – sécurité, immigration, aménagement du territoire – et j'entendais mener à leur terme les réformes que j'avais engagées.

S'agissant de l'immigration, le texte présenté en Conseil des ministres le 2 juin devait être soumis à l'approbation du Parlement le plus rapidement possible [1].

En ce qui concerne l'aménagement du territoire, j'étais à la fois engagé dans un travail de longue haleine et dans une course contre la montre.

Dans le même temps, je souhaitais que le texte législatif soit adopté au plus tôt, afin que nous puissions entrer dans une phase d'exécution avant l'élection présidentielle de 1995.

Le Premier ministre avait autant que moi la volonté de mener ce chantier à son terme, jamais majorité n'avait été aussi importante, ce serait donc maintenant ou jamais.

Je savais que rien de bon ne pourrait se faire sans l'adhésion de tous, cela passerait donc par un débat de fond au niveau régional.

1. « Le 2 juin 1993, présentation en Conseil des ministres d'un projet de loi relatif à la maîtrise de l'immigration et aux conditions d'entrée, d'accueil et de séjour des étrangers en France. Le projet vise notamment à compléter la loi pour consacrer les droits des étrangers, assurer l'intégration réelle des familles étrangères, lutter contre les détournements de procédure en matière d'entrée et de séjour sur le territoire, et combattre l'immigration irrégulière (refus de la délivrance d'une carte de résident à un étudiant, à un étranger polygame ou à son épouse » (www.vie.publique.fr).

Sur un plan pratique, j'entendais confier l'organisation des débats aux préfets de région.

J'en attendais beaucoup, et, effectivement, tous s'y investirent avec ardeur, démentant les craintes exprimées autour de moi par certains [1].

Dans chacune des régions seraient donc conviés à y participer les parlementaires, les membres du Conseil régional, ceux du Conseil économique et social régional, les représentants des forces syndicales, les présidents des Conseils généraux. Pour la première fois les représentants de l'ensemble des forces politiques, économiques et sociales du pays siégeraient ensemble [2] !

Rapidement relayé par les médias locaux et nationaux, le débat sur l'aménagement du territoire prit son envol.

Mais c'est à Mende, au mois de juillet, que fut réellement donné le coup d'envoi de ce débat national.

Édouard Balladur, qui présidait le premier Comité interministériel d'aménagement du territoire, confirma les grands axes de la politique à conduire, insistant notamment sur les relations financières futures entre l'État et les régions [3] !

Pour ma part, j'émis l'idée que la future loi d'orientation soit soumise au référendum. Ne serait-ce pas le meilleur moyen de mobiliser les Français ?

1. Le fait que la plupart d'entre eux avaient été nommés par des gouvernements de gauche en était la cause première. Je n'en avais naturellement tenu aucun compte, car c'était méconnaître leur sens de l'État.

2. Formidable exemple de l'existence de féodalités et de chapelles, tout autant que preuve de l'incapacité à s'affranchir des structures et transcender les clivages.

3. Le 18 juillet 1993, réunion à Mende (Lozère) du premier Comité interministériel d'aménagement du territoire (CIAT) du gouvernement Balladur. Voir Thierry Bréhier, « La réunion du Comité interministériel d'aménagement du territoire à Mende. Le retour d'une priorité gaulliste », *Le Monde*, 13 juillet 1993.

Le temps nous ayant manqué dans ce déplacement, le Premier ministre instaura une règle, un seul plat pour le déjeuner, efficacité et gain de temps obligent !

Cela me fit sourire.

À Dieu ne plaise ! Cela ajouterait des détails pittoresques à nos déplacements.

À la révolution des esprits et des habitudes à laquelle nous nous attelions, ne voilà-t-il pas qu'Édouard Balladur voulait ajouter une révolution gastronomique.

Autant étais-je confiant sur notre capacité à conduire la première, autant étais-je sceptique sur l'adhésion des participants à la seconde.

Je n'eus pas à attendre longtemps.

Dans l'avion qui nous ramenait à Paris, les récriminations et gémissements de mes collègues – dix-sept d'entre eux avaient participé à ce Comité interministériel – faisaient pitié à entendre.

Levés à point d'heure, le ventre creux, même les plus raisonnables se surprenaient à essayer de soudoyer le personnel de bord, espérant obtenir en retour biscuits, cacahuètes ou crackers. Peine perdue !

C'est alors que, tel un magicien, je fis apparaître un sac de provisions de bouche que j'avais demandé au préfet de faire préparer.

Pain de campagne, fromages, cochonnailles artisanales, produits du terroir redonnèrent à mes collègues moral et foi en l'aménagement du territoire.

Le Premier ministre et Simone Veil ne furent pas les derniers à reprendre espoir. Certains disent même, goguenards, qu'ils assumèrent avec courage et abnégation le rôle de goûteurs.

Jamais ministre de l'Intérieur ne fut aussi populaire que moi à cet instant.

L'habitude de s'en remettre à Charles Pasqua pour régler également ce genre de problèmes fut bientôt prise.

Mais la marotte d'Édouard Balladur allait quelquefois provoquer gêne et embarras.

C'est ainsi que, lors d'un déplacement dans le Nord, il s'adressa au préfet, sur un ton tout à la fois doux et sans appel : « Ne pensez-vous pas, monsieur le préfet, que nous pourrions, compte tenu de l'heure, supprimer un plat ? »

Le préfet, se demandant où tout cela aller l'amener, mit quelques secondes avant de répondre *mezza voce*, imaginant qu'une mutation allait suivre : « Mais il n'y a qu'un plat, monsieur le Premier ministre, un *waterzooï*... »

Ce jour-là, réellement, nous l'avons échappé belle !

Mais la période n'est pas propice à la détente et aux vacances. La polémique sur la politique économique et financière avait rebondi, la Banque de France ayant finalement baissé les taux d'intérêt, mais trop tard[1].

La grande affaire va être la crise monétaire, qui touchera la France au début du mois d'août[2].

La politique suivie depuis plusieurs années par les autorités allemandes qui ont refusé de réévaluer le mark, et celle des gouvernements européens qui n'ont pas voulu devant cet état de fait déprécier leurs propres monnaies en sont la cause essentielle[3].

Le maintien de taux d'intérêt élevés, pour rester

1. Le 21 juin 1993.

2. Le 2 août 1993.

3. S'agissant des relations franco-allemandes, l'attitude de nos dirigeants, au premier rang desquels François Mitterrand, tournait à l'aveuglement. Les préoccupations premières du chancelier et de la classe politique allemande avaient trait à la réunification. Mais l'Allemagne avait encore apporté la preuve de sa volonté de faire cavalier seul lors de la crise yougoslave, en décidant unilatéralement de reconnaître la Slovénie et la Croatie en 1992. Une reconnaissance de fait de la Bosnie devait suivre, en dehors de toute concertation avec ses partenaires européens.

accrochés au mark, a eu pour conséquence la déflation, la stagnation, voire la récession, puis le chômage.

Les marchés financiers vont tenter d'obtenir ce que les gouvernements se refusent à faire, le réajustement des parités monétaires. Le moyen en sera la spéculation financière.

Confrontées à ces attaques au mois de septembre 1992, la Grande-Bretagne et l'Italie avaient choisi de sortir du système monétaire européen.

Au mois d'août 1993, c'est au tour de l'Espagne, de l'Irlande, du Portugal d'en faire de même.

L'abandon d'un système de parités trop rigide est la seule issue, Édouard Balladur s'en fera l'ardent avocat [1].

Jacques Chirac assurant ce dernier de son entier soutien, l'union sacrée se fera autour de la défense du franc.

Malgré cela, la méfiance s'est installée et rien ne sera plus comme avant entre les « amis de trente ans ».

L'adoption, le 13 juillet, de la loi concernant les refus d'entrée sur le territoire, la rétention administrative des étrangers en situation irrégulière en cas d'urgence absolue ou de menaces à l'ordre public et les mesures de reconduite à la frontière des étrangers sans pièces d'identité, puis, le 10 août, de la loi permettant de multiplier les contrôles d'identité dans les zones frontalières, préparées par mes services, furent un signal fort en direction des Français.

J'avais accepté de faire partie de ce gouvernement pour faire bouger les choses, démonstration était faite que je tenais mes engagements.

Le 13 août, le Conseil constitutionnel censura plusieurs dispositions de la loi relative à la maîtrise de l'immigration et aux conditions d'entrée, d'accueil et de séjour des étrangers en France, qui transcrivait en droit

1. Les marges de fluctuation des monnaies passeront de 2,5 % à 15 % (à la hausse ou à la baisse).

interne la convention de Schengen ratifiée par la France en juin 1991[1].

La règle prévue dans cette convention stipulait qu'un seul État est responsable du traitement du droit d'asile. Toute demande doit être présentée dans le premier État, lié par la convention de Schengen, où le demandeur entre. Il s'agissait d'éviter les demandes multiples ou successives permettant de se maintenir sur le territoire d'un des pays signataires de la Convention.

La décision du Conseil constitutionnel avait pour conséquence que toute personne persécutée pour son action en faveur de la liberté devait être accueillie en France et son dossier instruit dans notre pays.

Nous étions les seuls dans ce cas.

La menace d'avoir à traiter toutes les demandes de droit d'asile rejetées par les autres États était réelle, le fait de devenir un pays d'appel une certitude.

Cette décision est une décision politique, je n'hésite d'ailleurs pas à le dire haut et fort, décidé que je suis à mettre les uns et les autres en face de leurs responsabilités : « Le Conseil constitutionnel n'est pas une instance infaillible. C'est le secret de Polichinelle que de dire qu'il

1. Loi dite du 24 août 1993 (date de sa promulgation), mais votée en dernière lecture le 13 juillet 1993. Décision du Conseil constitutionnel n° 93-325 du 13 août 1993. « Le Conseil constitutionnel déclare non conformes à la Constitution plusieurs dispositions de ce texte (l'automaticité de l'interdiction du territoire pendant un an pour toute personne reconduite à la frontière ; l'interdiction pour les étudiants étrangers de faire venir en France leur famille ; la possibilité de mettre en rétention administrative pour trois mois un étranger ne possédant pas les documents permettant de le renvoyer dans son pays ; le droit pour le procureur de la République d'autoriser un maire à surseoir à un mariage) et émet des "réserves d'interprétation" en matière de droit d'asile et de contrôle des titres de séjour des étrangers par la police sur dix dispositions de la loi » (www.vie.publique.fr., www.conseil-constitutionnel.fr/decision/1993/93325dc).

y a au Conseil constitutionnel des gens qui ont un engagement politique, tout le monde le sait, et que cet engagement politique, majoritairement, n'est pas celui qui correspond à la majorité d'aujourd'hui[1]... »

Plus que tout autre, je savais que nous ne pouvions pas prendre cela à la légère, risquant des conséquences catastrophiques à bref délai.

Seule une révision de la Constitution nous permettrait de contourner la difficulté. Obstacle de taille, l'accord du président de la République serait nécessaire[2].

J'alertai le Premier ministre. François Mitterrand, consulté, lui fit part de ses réticences.

J'ai pour ma part l'impression que nous allons entrer à brève échéance dans une période de turbulences, car la décision du Conseil constitutionnel, tout comme les états d'âme du président de la République, sont politique[3].

Pourtant, considérant que tout cela n'est pas l'essentiel, l'entourage du Premier ministre se félicite de sa bonne tenue dans les sondages. Ses conseillers de longue date[4] ne se cachent plus de le pousser à être candidat à la présidentielle.

Édouard Balladur, de son côté, ne dit rien.

Je trouve cela d'une légèreté coupable.

Qui peut raisonnablement imaginer que François

1. Charles Pasqua, Agence France-Presse, 15 août 1993. Le président du Conseil constitutionnel, Robert Badinter, fut ulcéré par mes propos.

2. L'article 89 de la Constitution stipule que l'initiative de la révision de la Constitution appartient concurremment au président de la République sur proposition du Premier ministre et aux membres du Parlement.

3. Le refus de François Mitterrand, le 3 juin, d'inscrire la proposition de loi visant à permettre aux collectivités locales de subventionner certains établissements privés sous contrat avait été la première manifestation de sa volonté de rester dans le jeu.

4. Nicolas Bazire et Nicolas Sarkozy.

Mitterrand et le Parti socialiste aient décidé d'accepter par avance la défaite de leur candidat à la prochaine élection présidentielle ?

Qui peut être assez aveugle pour ne pas voir que le réservoir des voix de gauche pour une élection présidentielle avoisine au premier tour 30 % ?

Mon analyse est toujours la même : tout faire pour qu'un seul candidat représente la majorité en 1995 et qu'il porte les couleurs du gaullisme.

Dans cette perspective, une règle : ne pas renouer avec les luttes fratricides du passé ; une seule stratégie : conduire une politique fidèle aux principes pour lesquels nous nous battons depuis si longtemps.

Et réussir !

C'est pour cela que nous avons été élus. Nous avons moins de deux ans pour le faire.

À l'université d'été du RPR, qui se déroule à la rentrée [1], Édouard Balladur a envoyé un message aux jeunes militants les invitant à se méfier des démagogues !

La voix de Philippe Séguin, qui appelle Jacques Chirac à lancer la bataille de la présidentielle, résonne comme une réponse.

Alain Juppé et moi, une fois n'est pas coutume, nous efforçons de ramener un peu de sérénité. Je ne suis pas sûr que nous y soyons parvenus [2].

Mais il nous faut maintenant reprendre le lancement du débat sur l'aménagement du territoire.

Le Premier ministre a parfaitement compris la nécessité de réunifier le territoire, de lutter contre les déséquilibres et les inégalités qui se développent.

De même a-t-il perçu l'importance pour la France, mais

1. Université d'été du RPR, Strasbourg, 4-5 septembre 1993.

2. Olivier Biffaud, « Jacques Chirac et les siens. Encouragé par M. Séguin, le président du RPR est gêné par la popularité de M. Balladur », *Le Monde*, 7 septembre 1993.

aussi pour lui-même, du grand débat que j'ai commencé à conduire dans le pays.

Nous allons labourer profond et rencontrer tous les responsables politiques nationaux chez eux, ainsi que ceux du monde économique, social, professionnel. Vingt-deux régions à visiter, vingt-deux débats, du jamais vu !

Pour animer ce débat, l'encadrer, le relancer, nous avons besoin du corps préfectoral, auquel il faut rendre l'estime de lui-même et de l'État. Je vais m'y employer, mais je souhaite que chacun soit conscient de l'engagement personnel du Premier ministre.

Devant l'ensemble du corps préfectoral réuni le 7 septembre, le Premier ministre déclare : « La politique d'aménagement du territoire doit dessiner la France telle que nous la souhaitons et non comme l'aboutissement d'évolutions subies. »

Pour ma part, après avoir demandé aux préfets leur engagement personnel pour soutenir le débat qui est lancé, je rappelle que celui-ci doit être conduit sans tarder. Tout peut être réexaminé, contesté, j'en attends un grand bouillonnement des idées [1].

Le président Mitterrand, de son côté, manifeste son accord sur mon projet : « En même temps que la France prend sa place dans l'Union européenne, elle doit veiller à ce que chaque partie de son territoire soit mise en valeur », dira-t-il.

Officiellement, donc, président, gouvernement, majorité et, dans une certaine mesure, opposition, tout le monde est favorable à la relance de l'aménagement du territoire.

Un déplacement en Corse [2], du président de la République, du Premier ministre et de nombreux membres

1. Nous rencontrerons un peu plus tard les 270 sous-préfets d'arrondissement réunis pour la première fois dans l'histoire de la République.

2. Le 9 septembre 1993.

du gouvernement, à l'occasion du cinquantième anniversaire de la libération de l'île, devait être l'occasion de manifester cette unanimité.

Jacques Chirac, exaspéré de ne plus être aux affaires, s'impatiente. Il en viendrait même à s'étonner que la Constitution n'ait pas prévu de statut particulier pour le maire de Paris.

Des échos qui me parviennent, je conclus qu'il commence à s'inquiéter, même s'il ne veut rien en laisser paraître, de la popularité croissante du Premier ministre tant dans l'opinion publique qu'auprès des parlementaires.

L'avis rendu par le Conseil d'État le 23 septembre, stipulant que seule une révision de la Constitution permettrait à la France d'appliquer la convention de Schengen comme les autres États, vient conforter mon analyse. Le président de la République n'a plus le choix. Le gouvernement a repris la main [1].

Cependant, les journées parlementaires qui se tiennent fin septembre [2] à La Rochelle vont se transformer en un drame kafkaïen, à moins que ce ne soit une comédie à l'italienne !

Jacques Chirac confirme l'entente avec Édouard Balladur, « un ami de trente ans », entente dont il a fixé les règles du jeu il y a longtemps, rappelle-t-il ! L'imagination, l'audace, le courage sont pour le président du RPR à l'horizon de 1995, l'expédition des affaires courantes étant dévolue à son cher Édouard.

L'assistance a envie de se pincer ! Lui-même y croit-il encore ? L'accueil réservé par les parlementaires du RPR au discours du Premier ministre l'a glacé [3]...

1. François Mitterrand avait fini par accepter l'idée d'Édouard Balladur de saisir le Conseil d'État du problème posé par la décision du Conseil constitutionnel du 13 août 1993.

2. 25-26 septembre 1993.

3. Hervé Algalarrondo, « Les métamorphoses d'un Premier

Une série de photos prises sur le front de mer sera l'illustration de ce désamour. Édouard et Jacques côte à côte, s'ignorant ostensiblement. Désastreux !

Un observateur crut bon d'écrire : « Balladur III est un présidentiable manifestement troublé par la perspective d'un éventuel destin national [1] [...] »

Erreur ! Le trouble est chez Jacques Chirac.

Même affaibli par la maladie, il ne pouvait être question pour François Mitterrand de se désintéresser de l'élection présidentielle.

Soucieux sans doute de clarifier la situation au sein de la majorité, il crut bon de préciser que le Premier ministre était « un homme d'État [2] ».

Les propos de Michel Rocard sur la rénovation du Parti socialiste l'ayant enthousiasmé, il ne put s'empêcher d'ajouter que ce dernier avait certes les qualités nécessaires pour le diriger, mais qu'il « faudrait un miracle » pour qu'il soit élu lors de l'élection présidentielle [3].

Le président de la République avait retrouvé quelque allant, ses propos sur la situation sociale le confirmèrent.

Quant à moi, les états d'âme des uns et des autres ne constituent pas ma préoccupation du moment.

Je suis tendu vers un seul but, tenir mes engagements vis-à-vis des Français dans les domaines dont j'ai la charge.

François Mitterrand avait fait de la construction européenne l'objectif majeur de son second septennat, faute de projet politique et de majorité. Il lui était donc difficile de

---

ministre. Comment règne Balladur », *Le Nouvel Observateur*, 14 octobre 1993.

1. *Ibid.*

2. François Mitterrand, *L'Heure de vérité*, FR2, 25 octobre 1993.

3. Michel Rocard avait été élu premier secrétaire du Parti socialiste quelques jours auparavant.

s'opposer à une révision constitutionnelle dont le but était de permettre l'application des accords de Schengen.

Le 19 novembre, à Versailles, le Premier ministre rappela devant le Parlement, réuni en congrès à cet effet, que nul n'avait autant de légitimité que le pouvoir constituant pour dire quelle devait être la bonne lecture d'un principe constitutionnel [1].

Le Conseil constitutionnel était désavoué par le pouvoir constituant. Chacun était remis à sa place ! C'était la première fois, depuis 1958, qu'à la suite d'un conflit de ce type la pré-éminence du pouvoir constituant et sa souveraineté étaient confirmées ! Le président du Conseil constitutionnel [2] n'apprécia que modérément cette leçon !

Pour moi, l'essentiel est ailleurs.

Cette réforme va permettre l'adoption par le Parlement du texte législatif définitif sur l'immigration et le droit d'asile [3].

Les obstacles ont été multiples, je n'ai pas cédé.

1. Le Premier ministre déclara : « Pour la première fois dans notre histoire, le pouvoir constituant se réunit pour permettre le vote et la promulgation d'une disposition législative censurée par le Conseil constitutionnel… »

2. Robert Badinter.

3. Adoption dans la nuit du 25 au 26 novembre par l'Assemblée nationale, le 15 décembre par le Sénat. Voir chapitre 18.

CHAPITRE 18

Turbulences

Un mois plus tard, si l'on en croit les sondages, la gauche n'existe plus.

Édouard Balladur est considéré par tous les experts et les Français – disent-ils – comme le candidat naturel de la majorité à l'élection présidentielle. Il lui suffira de se laisser glisser du fauteuil de Premier ministre à celui de président. On ne parle plus de Jacques Chirac.

Quant à moi, je suis dans une situation étrange.

Je n'avais aucune affinité politique avec Édouard Balladur, mais ces quelques mois m'ont permis de mieux le connaître. Il a le sens de l'État, ce qui est de plus en plus rare, cependant sur bien des points nos différences demeurent !

Je m'entends bien avec lui, et lui, manifestement, m'apprécie. Il le fait savoir, tout en se gardant bien d'interférer dans les domaines qui me sont dévolus. Cependant, je ne suis pas dupe.

L'idée lancée voilà six mois de renouer avec l'idée gaulliste d'aménagement du territoire a fait son chemin.

Nul ne conteste que préparer la France de 2015 soit le grand dessein de ce gouvernement.

Les voyages en province destinés à ouvrir ce grand débat, prélude à un changement des méthodes et des mentalités, permettent de renouer les liens qui s'étaient distendus.

Le Premier ministre, pourtant peu friand de ce genre d'exercice, se surprend à y prendre goût.

La presse quotidienne se fait largement l'écho des idées développées lors de nos déplacements. Les choses peuvent changer, tout le monde semble s'en convaincre !

Les journalistes paraissent avoir oublié que je suis ministre de l'Intérieur – l'aménagement du territoire occupe tous les esprits – et me considèrent comme un vice-Premier ministre.

Pourtant, certains jours, je ne peux m'empêcher de penser que c'est Jacques Chirac qui devrait être auprès de moi. Oui, auprès de moi. Vingt ans de combats politiques ne s'effacent pas d'un trait de plume.

Au sein de la majorité, l'UDF ne pourrait être plus satisfaite du ton et de la méthode Balladur. L'hypothèque Chirac semble définitivement levée.

Mes jeunes collègues du gouvernement, hypnotisés par les sondages et les articles laudateurs, se projettent déjà au lendemain de l'élection présidentielle.

Mais un mal implacable continue de ronger le cœur et l'esprit du pays, le chômage. Contre lui, compte tenu de mes fonctions gouvernementales, je ne peux rien faire.

Mais dormez, braves gens, tout est calme !

Le vaste programme législatif dans lequel j'étais directement impliqué, le temps et l'énergie consacrés à sa mise en œuvre ne m'avaient jamais fait perdre de vue ma fonction première, ministre de l'Intérieur.

Directement en charge de la sécurité des Français, j'avais demandé, dès mon retour place Beauvau, à l'ensemble des services placés sous mon autorité de renforcer leur vigilance.

La période d'incertitudes qui s'était ouverte avec l'éclatement de la Yougoslavie, sur fond de conflits ethniques et religieux, l'engagement de nos forces armées sur un certain nombre de théâtres d'opérations ne permettaient pas de baisser la garde.

Mais c'est l'évolution de la situation en Algérie qui me paraissait la plus préoccupante.

Depuis le coup d'État militaire de 1992, le pays semble engagé dans une spirale infernale.

Le passage à la clandestinité de certains membres du Front islamique du salut, leur décision de s'engager dans la lutte armée en réplique à l'annulation des élections et à l'arrestation des cadres du mouvement et d'un grand nombre de militants vont précipiter les choses.

Enlèvements, assassinats se succèdent sans que rien ni personne ne paraisse pouvoir y mettre un terme.

Je ne voulais pas que le terrorisme franchisse la Méditerranée, ni que notre pays se transforme en base arrière pour les intégristes musulmans [1].

La position de principe prise par François Mitterrand, qui avait déclaré que l'on devait respecter le verdict des urnes, avait créé dès l'origine une certaine ambiguïté.

Le Quai d'Orsay lui-même était partagé entre les légalistes, qui s'en tenaient à cette position, et les pragmatiques, qui considéraient que la création en Algérie d'un État fondé sur un islam intégriste était un danger pour le Maghreb tout entier.

Un certain nombre d'associations avaient profité de ce flottement pour s'implanter sur le territoire national.

L'importance de la communauté algérienne en France était un élément à prendre en compte dans nos réflexions.

La nomination d'Alain Juppé au Quai d'Orsay avait permis de ramener un peu d'ordre, la lutte contre l'extrémisme religieux semblant lui paraître nécessaire.

Dès le mois de juin 1993, je fis interdire une publication de la Fraternité algérienne en France. Distribuée à la sortie des mosquées, elle appelait à la solidarité

1. Quelques dizaines d'années auparavant, les réseaux de soutien au FLN avaient été extrêmement actifs sur notre territoire.

avec les « combattants » algériens et faisait un compte rendu régulier des combats qui se déroulaient en Algérie [1].

Ma perception des choses était que nos services devaient continuer leur travail de surveillance et de renseignement, mais qu'à un moment ou à un autre il nous faudrait agir.

Cela nous permettrait d'avoir une vision plus claire de ce qui se passait réellement sur le territoire national, et calmerait les velléités de ceux qui doutaient peut-être de notre détermination.

L'assassinat de deux de nos concitoyens au mois d'août 1993, l'enlèvement de trois membres du personnel du consulat de France à Alger vont me conduire, avec l'accord du Premier ministre, à mener une action d'envergure [2].

Au lendemain de leur libération, j'avais délivré un avertissement aux Algériens installés en France et se réclamant du Front islamique du salut : « Ils doivent respecter nos lois. Ils n'ont pas à conduire sur notre territoire une action politique qui va à l'encontre des intérêts du gouvernement français. Ils seraient bien inspirés d'entendre l'avertissement que je leur délivre. Pour le reste, l'avenir dira si nous devons aller plus loin. Si c'est nécessaire, nous le ferons [3]. »

Peu de temps après, une vaste opération de police devait conduire à l'interpellation de plusieurs dizaines de personnes se réclamant de la Fraternité algérienne en

1. Ce bulletin, *Critère*, devait renaître de ses cendres sous d'autres noms, tels que *Résistance*, *Étendard*, et être interdit à plusieurs reprises.

2. Deux géomètres français ont été assassinés à Aïn-Temouchent, en Oranie. Jean-Claude et Michèle Thévenot et Alain Fressier, qui font partie du personnel du consulat de France à Alger, sont enlevés le 24 octobre 1993.

3. Bernard Philippe, « L'enquête sur l'enlèvement des trois Français en Algérie », *Le Monde*, 10 novembre 1993.

France, comme d'organisations proches du Parti des travailleurs du Kurdistan[1].

Le message du gouvernement était clair.

Comme je le confirmais à la représentation nationale, puis dans les colonnes d'un quotidien du soir, l'islam n'était pas en cause, c'est « une religion qui a sa place dans notre pays ».

Je précisais encore : « L'essentiel est que la France n'acceptera plus sur son sol d'activité de quelque organisation que ce soit de nature à nuire à ses intérêts ou qui soit contraire à ses lois... »[2].

L'expulsion de l'imam turc de Nantua, comme le fait que l'un des fondateurs du FIS, l'imam Abdelaki Sahraoui, ne soit pas inquiété, venaient confirmer mes propos[3].

Cette opération nous apporta la preuve que, dans sa très grande majorité, la communauté algérienne de France n'entendait pas s'impliquer dans l'aide apportée aux intégristes en Algérie.

Cette opération volontairement médiatisée fut en règle générale accueillie favorablement.

Seul le Front national crut bon de se distinguer.

Quelques-uns tentèrent aussi de déclencher une polémique sur le soutien inconditionnel du gouvernement aux militaires algériens, sans grand succès.

Le Quai d'Orsay, de son côté, ne put s'empêcher de manifester une certaine aigreur en distillant quelques commentaires sur le fait que, si les opérations de police étaient bien du ressort du ministère de l'Intérieur, « le ministère

1. Le 9 novembre 1993. Diverses associations inféodées à ce mouvement furent dissoutes le 30 novembre 1993.

2. Jacques de Barrin, Olivier Biffaud, Edwy Plenel, « Un entretien avec Charles Pasqua... », *Le Monde*, 17 novembre 1993.

3. L'imam Abdelaki Sahraoui ne s'était jamais départi d'une attitude modérée depuis son entrée sur le territoire national. Il serait assassiné à Paris, dans la salle de prières de la mosquée de la rue Myrha, dans le 18e arrondissement, le 17 juillet 1995.

des Affaires étrangères peut avoir ses propres vues sur la manière de la conduire [une politique de fermeté], ne serait-ce que parce qu'il a directement en charge la sécurité de la communauté française en Algérie [1] ».

J'aurais pu renverser le propos.

Sans aucun doute, nous avions de beaux jours devant nous ! Alors que la situation sociale s'était tendue depuis la fin du mois d'octobre, notamment en raison du plan de redressement que la direction d'Air France souhaitait appliquer [2], tout semblait être rentré dans l'ordre. Deux initiatives du gouvernement allaient, cependant, mettre le feu aux poudres.

Pendant la campagne électorale, certains membres de l'UDF et du RPR avaient pris l'engagement de modifier la loi dite « loi Falloux » afin de rétablir l'égalité entre l'enseignement privé et l'enseignement public [3].

Très tôt, le ministre de l'Éducation nationale [4] manifesta son intention de revoir ce texte.

François Mitterrand ayant refusé d'inscrire à l'ordre du jour de l'Assemblée nationale une proposition de loi allant dans ce sens, le Premier ministre refusa de se satisfaire de cet état de fait [5].

1. Patrick Jarreau, « L'opération de police dans les milieux islamistes algériens. Charles Pasqua en première ligne », *Le Monde*, 12 novembre 1993.

2. La suppression de 4 000 emplois était envisagée.

3. La loi Falloux (du nom du ministre de l'Instruction publique qui en avait été l'initiateur), qui avait été adoptée en 1850, organisait les rapports entre l'enseignement public et l'enseignement catholique. Modifiée à plusieurs reprises, elle faisait cependant figure de « tables de la loi » pour de nombreuses organisations syndicales de l'enseignement. Cette loi fixait le plafond des subventions que les collectivités locales peuvent accorder au titre de l'investissement aux établissements privés ; elles ne pouvaient dépasser 10 %.

4. François Bayrou.

5. Le 30 juin, François Mitterrand avait refusé d'inscrire à l'ordre du jour de l'Assemblée nationale la proposition de Bruno Bourg-Broc,

La représentation nationale ainsi que le gouvernement étaient soumis à de fortes pressions de la part des associations, mais également de la hiérarchie catholique.

Ayant encore en mémoire la mobilisation en faveur de l'école libre qui avait suivi le faux pas de la majorité socialo-communiste en 1984, je n'avais aucun doute sur la capacité des partis de gauche, des organisations syndicales et des associations de parents d'élèves de mobiliser l'opinion publique sur le thème de la défense de la laïcité.

L'expérience prouvait que tout ce qui touchait à l'éducation et à la laïcité était hautement sensible.

Je mis le Premier ministre en garde, mais il était décidé à aller de l'avant, François Bayrou s'employant à le conforter dans cette démarche.

Ils convinrent tous deux d'utiliser un subterfuge pour modifier la loi Falloux, le prétexte étant l'état de vétusté de certains établissements de l'enseignement privé et la nécessité de les remettre à niveau [1].

Édouard Balladur fit inscrire le texte à l'ordre du jour du Sénat le 14 décembre au matin, pour un examen l'après-midi [2].

Le résultat fut celui auquel je m'attendais, des protestations dans tout le pays, un appel à la grève et à manifester à Paris le 17 décembre.

François Mitterrand ne pouvait laisser passer une telle opportunité. Comme par le passé, il reçut une délégation et se déclara surpris et offusqué.

---

député RPR de la Marne. Le débat s'était éternisé, seule restait la possibilité d'une session extraordinaire.

1. Un rapport remis par le doyen Vedel à François Bayrou soulignait, entre autres, l'état déplorable dans lequel se trouvaient certains locaux.

2. Le 15 décembre 1993, lors d'une séance de nuit.

L'agitation allait se développer, elle ne s'arrêterait pas.

Un second texte revêtait aux yeux d'Édouard Balladur une importance capitale.

Il portait création d'un contrat d'insertion professionnelle (CIP), prévoyant de rémunérer les jeunes de moins de vingt-cinq ans à 80 % du SMIC, l'objectif étant de faciliter l'accès à un premier emploi.

Ce contrat, par dérision, fut immédiatement débaptisé : il devint le « SMIC jeunes ».

Ces deux textes, que le Premier ministre considérait comme indispensables, vont mettre le feu aux poudres et ressusciter la gauche, je le sais !

En cette fin d'année 1993, la vie étant un éternel recommencement, tout est prêt pour mobiliser les syndicats et les jeunes, et relancer l'agitation.

C'est le moment choisi par Simone Veil et François Léotard pour lancer l'idée – quelle surprise ! – d'une candidature d'Édouard Balladur à l'élection présidentielle.

Le tumulte est immédiat dans les rangs de l'UDF comme dans ceux du RPR, d'autant que, quelques jours auparavant, Valéry Giscard d'Estaing et Jacques Chirac s'étaient faits les porte-parole de leurs groupes parlementaires respectifs, pour apporter leur soutien au Premier ministre alors engagé dans le cadre des négociations sur le GATT[1].

Interpellé par les députés RPR, Édouard Balladur ne put que leur dire qu'il demanderait aux membres du gouvernement de ne plus « s'exprimer sur le sujet jusqu'à la fin de l'année 1994 ». Un peu court.

Ses interlocuteurs furent interloqués par la défausse.

Soucieux de faire cesser le tumulte et de mettre tout

1. Le 15 décembre 1993, le Premier ministre avait obtenu un vote de confiance de l'Assemblée nationale sur l'ensemble de sa politique (seuls 14 parlementaires de la majorité la lui avaient refusée).

le monde en face de ses responsabilités, ma réponse tint en un mot : « Primaires »[1].

Certains membres du gouvernement, certains parlementaires, les proches conseillers du Premier ministre, Édouard Balladur lui-même, ont en permanence les yeux fixés sur la courbe des sondages.

Certes, en cette fin d'année une majorité de Français lui fait confiance[2].

Certes, une majorité de jeunes voit en lui un homme d'avenir. Mais l'étude n'a-t-elle pas été réalisée avant l'adoption des textes législatifs contestés[3] ?

Sous le charme, les médias eux-mêmes, à de très rares exceptions, enchaînent reportage sur reportage, décrivant en termes élogieux, voire dithyrambiques la méthode du Premier ministre et l'ambiance régnant à l'Hôtel Matignon.

Mais pour le reste ?

La tonalité de mes déplacements en province est sensiblement différente.

Si la méthode Balladur recueille l'approbation d'une grande partie de mes interlocuteurs, beaucoup d'entre eux se montrent nettement plus sceptiques quant à la réussite du plan économique qui a déjà été amendé à trois reprises.

Même son de cloche chez les sympathisants de Demain la France.

Aucune trace d'optimisme chez les chefs d'entreprise, alors même que la reprise de l'activité économique devait être au rendez-vous[4].

1. « La situation dans la majorité après les déclarations de Mme Veil et de M. Léotard », *Le Monde*, 23 décembre 1993.

2. La cote de confiance d'Édouard Balladur s'établit à 65 % au 31 décembre 1993 (Baromètre Sofres-*Figaro-Magazine*).

3. 52 %. SCP Communication, 3 décembre 1993 ; étude réalisée du 5 au 12 novembre 1993.

4. L'examen *a posteriori* des statistiques disponibles est révélateur de cet état d'esprit. Pour une majorité de chefs d'entreprise (53 %),

Les statistiques concernant le chômage sont désastreuses, aucune décrue n'a été constatée, contrairement à ce qui était escompté[1] !

Même chez ceux qui comprennent qu'une remise à plat des comptes sociaux était nécessaire, l'inquiétude est perceptible.

Pire encore, les différents plans économiques n'ont pas redonné confiance aux chefs d'entreprise, qui étaient les premiers concernés par nombre de mesures.

Ma conclusion est simple.

La volonté du Premier ministre de réformer le pays est incontestable. Sa méthode, éviter tout choc frontal et tout conflit ouvert, lui a jusqu'à présent réussi et lui permet de caracoler en tête des sondages.

Mais la situation économique du pays ne s'améliorant pas, l'optimisme ambiant ne me paraît pas justifié.

Les collaborateurs d'Édouard Balladur, ses conseillers proches ainsi que nombre de chroniqueurs sont sur un nuage[2]. Devrais-je plutôt dire dans les nuages ?

Le Premier ministre, son directeur de cabinet et le ministre du Budget, auxquels il accorde une grande confiance, forment en quelque sorte un triumvirat[3].

---

le résultat de leurs entreprises s'est dégradé. Majoritairement toujours, la tendance est à la stabilité des emplois et des investissements. L'action du gouvernement ne leur apparaît pas de nature à améliorer la situation de l'emploi (66 %), ni leur compétitivité à l'international (47 %), leurs prévisions de croissance pour 1994 sont comprises entre 0 et 1 %. Une majorité d'entre eux enfin (76 %) prévoit une augmentation sensible du chômage pour 1994. Pour 34 % des chefs d'entreprise le chômage s'établira entre 3 et 3,5 millions de demandeurs d'emploi, pour 42 % d'entre eux la prévision s'établit entre 3,5 et 4 millions (Sofres pour *Le Figaro*-RMC-BMC, 7-13 février 2003).

1. 3 188 000 demandeurs d'emploi au 31 décembre 1993 (source INSEE).

2. Le *Financial Times* désigne Édouard Balladur homme de l'année.

3. Nicolas Bazire et Nicolas Sarkozy. Rien de bien nouveau, en fait, car tous deux ont assisté Édouard Balladur dans ses réflexions

C'est ce triumvirat qui réfléchit et prépare les décisions, les grandes comme les petites, dans l'ombre comme dans la lumière.

Quelquefois François Léotard, que le Premier ministre aime bien, se joint à eux. Ils ont au moins un point commun, leur « affection » pour Jacques Chirac.

Compte tenu de mon influence dans le gouvernement et de mon audience dans le pays, Édouard Balladur souhaiterait m'associer à leurs réflexions. Malheureusement, le temps me fait défaut…

Leur jeunesse et leur fougue d'alors les conduisent quelquefois à prendre leurs désirs pour des réalités.

Ainsi en fut-il du mirage des contrats saoudiens.

La situation économique de notre pays était incertaine. Des contrats mirobolants étaient en gestation depuis longtemps, très longtemps.

Édouard Balladur, décidé à relancer tout cela et espérant la signature rapide d'accords commerciaux, envoya tout d'abord son directeur de cabinet en Arabie Saoudite.

Le roi Fahd le reçut aimablement, quoi qu'il pût penser de l'envoi d'un jeune homme auprès de lui.

Les espérances semblaient se confirmer, la qualité de l'accueil, ainsi que celle du thé servi l'attestaient…

Un déplacement officiel fut donc conseillé au Premier ministre. Par qui ? Cela est de peu d'importance.

Il fut rapidement mis sur pied, un grand succès commercial devant suivre, à n'en pas douter[1].

Le ministre de la Défense et Thomson espéraient bien signer le contrat de protection des frontières du royaume. Comme le ministre des Affaires étrangères, ceux de la Défense, du Commerce, de l'Économie, je fus invité à y

---

et ses consultations pendant les mois qui ont précédé les élections législatives.

1. Une lettre d'intention avait été signée pendant la première cohabitation. Depuis, rien ne s'était passé sur un plan politique.

participer compte tenu de l'excellence de mes rapports avec la famille royale.

Cela me toucha d'autant plus profondément que j'avais dégagé le ministère de l'Intérieur de toute négociation ou de toute initiative, au grand dam de certains [1].

Je décidai de ne pas participer à ce voyage, d'autant que mon collègue et ami le prince Naïef Bin Abdulaziz Al Saoud, ministre de l'Intérieur, était absent du royaume. Tout cela était étonnant, la protection des frontières dépendant directement de lui.

François Léotard vint me voir pour me manifester une « amitié » dont je n'avais jamais douté. Il se voulut rassurant : « Charles, me dit-il, je veillerai à défendre tes intérêts. »

Je faillis éclater, me retins, puis lui souhaitai un bon voyage. Ces gens étaient bien étonnants.

Organisé sous les meilleurs auspices, le voyage d'Édouard Balladur [2], qu'accompagnaient près de quatre-vingts personnes, dont de très nombreux journalistes et hommes d'affaires, fut un fiasco complet.

Aucun contrat ne fut signé. Cet échec retentissant fut passé sous silence grâce à la complaisance des médias mis en condition ! Il y avait bien longtemps, en ce qui me concernait, que je ne croyais plus aux mirages.

Comme je ne voulais pas être associé à cette fausse manœuvre, je décidai d'aller voir le prince Naïef qui chassait dans le désert saharien pendant que cette délégation se rendait en Arabie Saoudite.

1. Je devais apprendre plus tard que les dirigeants de la Sofremi avaient malgré tout essayé de s'immiscer dans les pourparlers en Arabie Saoudite. Ce contrat mythique était connu sous le nom de MIKSA *(Ministery of Interior Kingdom of Saudi Arabia)*.

2. 8-9 janvier 1994, déplacement d'Édouard Balladur en Arabie Saoudite.

C'est à bord d'un avion du GLAM[1] que je me rendis à Laâyoune[2], où m'attendait son fils.

Il me conduisit à un camp provisoire que le ministre avait fait dresser cent kilomètres plus avant pour me recevoir.

Me recevant entouré de quarante chefs de tribus, les plus importantes du royaume, il me dit avec sourire et gravité combien il regrettait que je n'aie pas participé à ce voyage car le roi, son frère, aurait été heureux de me voir.

Je lui répondis, usant des mêmes circonlocutions, que cela m'avait été impossible puisque lui-même, ministre de l'Intérieur, n'était pas dans le royaume, mais surtout, puisqu'il me considérait comme son frère, comment aurais-je pu me rendre dans son pays alors que mon frère en était absent ?

Après ces préliminaires, nous eûmes un entretien sur les affaires générales, le terrorisme, les islamistes radicaux. Il ne me parla pas des contrats pendants, j'en fis de même !

Un grand dîner eut ensuite lieu sous la tente.

Ce qui intéressa au plus haut point les nobles fils du désert, c'est de savoir qu'en Corse, pendant les vacances scolaires, je gardais les chèvres du troupeau familial avec mes cousins.

Tous les détails les intéressaient. À quelle heure les

1. Groupe de liaisons aériennes ministérielles. L'utilisation des avions du GLAM avait fait l'objet d'une note de l'Hôtel Matignon. Tout déplacement devait faire l'objet d'une demande auprès du chef de cabinet du Premier ministre, qui seul était habilité à l'autoriser. La demande devait mentionner la destination, le motif du déplacement, le nombre de participants. Ces démarches se faisaient de chef de cabinet à chef de cabinet.

2. Laâyoune est une ville du Sahara espagnol, qui a été pendant de longues années le théâtre de combats entre le front Polisario, soutenu par l'Algérie, et l'armée marocaine.

faisait-on sortir de l'enclos, quelle liberté avaient-elles, comment les chiens qui les gardaient étaient-ils ?

Émerveillés par le fait que nous guidions les chiens de la voix pour les rassembler, du haut d'un rocher, ils me demandèrent de leur apprendre nos vocalises !

La conversation rebondit de l'un à l'autre pendant des heures. Tout fut passé en revue, de la qualité du lait au lait caillé que ma tante nous obligeait à boire le matin.

Ils comprenaient maintenant pourquoi le prince Naïef disait que j'étais son frère.

Il me fallut encore détailler les qualités de ces chèvres de race. Pouvait-on faire des tapis de bonne qualité et des cordes avec leur poil ? Pour les tapis je ne savais pas, mais pour les cordes j'en avais la certitude, mon grand-père en tressait !

Ils finirent par se concerter, puis la question qui leur brûlait les lèvres fusa : « La Corse permettrait-elle au royaume d'importer ces chèvres exceptionnelles ? »

Je me mis à rire sous cape en pensant que ce contrat-là, lui, était tangible et en imaginant la réaction du Premier ministre. Le président de la République, quant à lui, s'en amuserait, j'en étais sûr.

Nous n'allâmes pas plus loin, mais je voyais bien qu'à leurs yeux j'avais acquis une autre dimension : mon expérience de berger corse valait plus pour eux qu'un diplôme d'Harvard. Je les quittai avec force effusions.

Rentré à Paris, j'eus droit aux commentaires acerbes de notre ministre des Affaires étrangères [1], qui me dit qu'en atterrissant avec un avion aux couleurs françaises à Laâyoune, j'avais failli créer un incident diplomatique.

Failli seulement ? J'étais rassuré.

Devais-je lui expliquer ce qu'étaient mes relations avec les autorités algériennes ou le roi du Maroc ?

Tout cela n'était probablement qu'une manifestation

1. Alain Juppé.

de mauvaise humeur, conséquence prévisible du voyage touristique du gouvernement !

Comment avaient-ils pu oublier un seul instant que le royaume vivait sous la *pax americana*, et que les contrats commerciaux les plus importants étaient réservés aux Anglo-Saxons désormais solidement implantés dans le pays ?

Quelle naïveté et quelle méconnaissance des réalités !

Et le Quai d'Orsay dans tout cela, que faisait-il donc ?

La France s'était tout simplement ridiculisée [1].

Mais il était écrit que l'ennui ne serait jamais au rendez-vous dans ce gouvernement.

1. Voir Thierry Bréhier, « La visite du Premier ministre à Riad. M. Balladur a obtenu de maigres résultats en Arabie Saoudite », *Le Monde*, 11 janvier 1994. Jacques Chirac succéda à François Mitterrand. Deux mandats présidentiels durant, de nombreuses missions se succédèrent en Arabie Saoudite. Quatorze ans après, le contrat MIKSA n'a toujours pas été signé.

Chapitre 19

Tourmente

Peu de temps après son arrivée à l'Hôtel Matignon, le Premier ministre fut saisi d'un dossier éminemment sensible. L'avenir de la zone franc et du franc CFA en était le sujet.

Dire qu'Édouard Balladur n'a pas la fibre africaine n'est pas lui faire injure.

La réduction des déficits, la lutte contre le chômage et la mise en place de réformes étaient, chacun le sait, les préoccupations premières du Premier ministre.

Le problème qui lui fut soumis était à la fois technique et financier, aucun doute n'était permis.

Pour reprendre la définition de la Banque de France, « la zone franc constitue un espace économique et monétaire sans équivalent dans le monde. Cet ensemble, formé d'États et de territoires parfois très différents les uns des autres, est issu de l'évolution et des transformations de l'ancien empire colonial français. Après l'accession à l'indépendance, la plupart des nouveaux États ont choisi de rester dans un ensemble homogène dont le cadre institutionnel a été rénové et qui a été structuré par un système de change commun ».

Le franc CFA était, en 1994, la monnaie de quatorze États regroupés sous la tutelle de deux entités différentes, la Banque centrale des États de l'Afrique de l'Ouest (BCEAO) et la Banque des États de l'Afrique centrale (BEAC)[1].

Ces deux banques avaient le privilège d'émettre monnaie sur le territoire de leurs unions respectives.

Les principes de coopération entre la France et les pays de la zone franc (PAZF) étaient la garantie illimitée du Trésor français, la fixité des parités, la libre transférabilité et la centralisation des réserves de change (auprès du Trésor français à hauteur de 65 %).

La parité entre le franc et le franc CFA avait été fixée en 1959[2].

Le cycle baissier, dans lequel était entré le cours des matières premières dont les pays appartenant à la zone étaient principalement exportateurs, et la baisse du dollar avaient entraîné à partir de 1985 une dégradation des économies des pays membres, leur taux de croissance étant quasiment nul.

La chute des recettes se traduisit par un accroissement des déficits, encore aggravé pour certains pays par un recours à l'emprunt.

Mis sous pression par le Fonds monétaire international, qui voulait voir les pays de la zone franc mener une politique d'ajustement, les chefs d'États[3]

1. En 1994, la BCEAO était la banque centrale des pays suivants : Bénin, Burkina Faso, Côte d'Ivoire, Mali, Niger, Sénégal et Togo. La BEAC était la banque centrale des pays suivants : Cameroun, Centrafrique, Congo-Brazzaville, Gabon et Tchad. Ces États seraient rejoints par la Guinée-Bissau, la Guinée équatoriale et les Comores. Le franc CFA, à l'origine monnaie unique commune aux possessions françaises du continent africain et de l'océan Indien, était devenu franc des Communautés françaises d'Afrique en 1958, puis franc de la Communauté financière africaine. Sur la situation actuelle de cette zone, voir la note d'information de la Banque de France n° 127, « La zone franc ». Voir annexes.

2. Elle s'établissait à 1 FCFA pour 0,02 FF.

3. Le Bénin et le Burkina Faso étaient les seuls pays à parvenir, tant bien que mal, à tenir leurs engagements vis-à-vis des autorités financières.

concernés ne voyaient d'issue que dans l'aide de la France.

La Banque mondiale de son côté décida de suspendre tout financement en direction de ces pays tant que la situation ne serait pas assainie.

Ainsi que devait le rappeler une journaliste, « [...] en 1992, puis en 1993, Paris a versé plus de 4 milliards de francs – dont environ les deux tiers pour la Côte d'Ivoire et le Cameroun – afin pour l'essentiel de rembourser des arriérés de dettes au FMI et à la Banque mondiale [1]... ».

Mieux, le FMI et la Banque mondiale mirent la France en face de ses responsabilités. Autorité financière de tutelle et soutien financier des pays en difficulté, à ses gouvernants d'inciter les chefs d'État africains à mettre un peu d'ordre dans la maison.

Une fuite massive des capitaux, qui étaient, rappelons-le, convertibles, conduisit tout d'abord la Banque de France à suspendre le change physique du franc CFA sur le territoire national, puis, quelques semaines plus tard, à instaurer un contrôle préalable sur tout transfert.

Pour le Premier ministre, les choses étaient claires, il était hors de question, au moment où la France se trouvait dans une situation difficile, d'encourager le laisser-aller général [2].

C'est dans ce contexte que fut publié, dans *Le Monde* sous la signature d'Édouard Balladur, un point de vue qui avait valeur d'avertissement, voire d'ultimatum : « Seuls les pays qui auront engagé avec courage une indispensable politique de redressement pourront désormais compter sur un soutien durable de la France [3]... »

1. Marie-Pierre Subtil, *Le Monde*, 20 janvier 1994.
2. L'Europe se trouvait confrontée à une crise financière majeure.
3. Édouard Balladur, « La France et l'Afrique. Une solidarité exigeante », *Le Monde*, 23 septembre 1993.

Le Premier ministre avait le courage de porter le fer là où d'autres s'étaient refusés à le faire.

D'alternative, il n'y en avait pas ! Tout au moins, c'est ce que l'on nous affirma...

Notre pays, confronté à une crise financière majeure, n'avait aucune marge de manœuvre. Il faudrait donc en passer par une dévaluation du franc CFA. Seule capable de rétablir la compétitivité des économies des pays concernés, elle était aussi le préalable au rétablissement des concours du FMI et de la Banque mondiale.

Les brillants technocrates du ministère des Finances le lui avaient expliqué, certains des cadres du ministère de la Coopération, par lassitude ou pour ne pas apparaître comme des fossiles vivants, avaient fini par s'en faire les avocats.

Les chefs d'État des pays concernés n'y étaient pas favorables, d'une part car personne ne savait où tout cela allait réellement conduire, d'autre part parce qu'ils étaient certains que cela se traduirait par des problèmes sociaux.

Confrontés à tant de beaux esprits, seuls Omar Bongo, Abdou Diouf et le président Houphouët-Boigny manifestèrent leur ferme opposition.

François Mitterrand, qui avait une claire vision de la situation politique sur le continent, tarda à se rallier à cette solution. Il se résolut à le faire, car il n'y en avait pas d'autre à cet instant.

Ce fut une nouvelle désillusion pour ses pairs du continent africain.

Ne leur avait-il pas donné des assurances quelques années plus tôt en leur déclarant : « Je crois que l'on peut considérer que cette zone franc est un facteur de stabilité pour l'Afrique noire. Je crois que les pays qui participent y sont très attachés. Eh bien, la France aussi. Périodiquement, l'idée d'une dévaluation du franc CFA est relancée par de grandes institutions internationales. On dit que vous y êtes hostiles, moi aussi. Cela ne réglerait aucune de vos difficultés. Je crains que cela ne puisse aboutir qu'à alourdir les charges de vos dettes et à renchérir vos importations [1]… » ?

Pierre Messmer, qui connaissait l'Afrique depuis plus de cinquante ans, encouragea et soutint le Premier ministre, usant de son autorité morale autant qu'il le put. J'en fis autant, car nous partagions le même point de vue. J'expliquai à mes interlocuteurs que cette dévaluation, qui était devenue inéluctable, était une chance pour reconstruire notre coopération.

Un des chefs d'État de la zone me répondit : « Vous nous jetez dans les bras des Américains. »

Cela confirmait ce que nous savions tous deux, à savoir que les positions prises tant par le FMI que par la Banque mondiale n'étaient pas dénuées d'arrière-pensées.

Elles étaient en fait directement inspirées par l'administration américaine, qui, depuis le milieu des années 1980, redoublait d'efforts afin de réduire l'influence française sur le continent africain, au moment où certains dans notre pays rêvaient d'en partir.

Les ressorts comme les arguments étaient toujours les mêmes.

L'heure était au libéralisme, les pays africains devaient donc abaisser leurs barrières douanières, ce qui profiterait à leur économie, il n'était pas permis d'en douter.

Les faibles disparaîtraient, les forts deviendraient plus forts pour le plus grand profit de l'économie de marché.

Que cela entraîne la disparition de la riziculture ici ou là n'était pas grave, nous expliquait-on ! L'Asie et, accessoirement, la Californie approvisionneraient les marchés locaux.

1. François Mitterrand, 16e Conférence des chefs d'État de France et d'Afrique, La Baule, 20 juin 1990.

La filière coton serait-elle gravement menacée ? Les agriculteurs se tourneraient vers d'autres cultures pour leur plus grand profit, c'était la loi du marché.

La production sucrière, génératrice d'emplois, risquait-elle de ne plus être compétitive en face d'importations de sucre subventionné à la production comme à l'exportation ? Le consommateur y trouverait son compte.

Les caisses de péréquation ? Des survivances d'un autre âge, vouées à s'évanouir !

La libanisation des économies du continent, c'est-à-dire la mise en place de circuits commerciaux s'affranchissant de toute règle réglementaire ou fiscale, aboutirait-elle à accroître la pression fiscale sur les entreprises ayant pignon sur rue ? La preuve du dynamisme de l'économie.

Depuis des années, nous n'avions cessé d'attirer l'attention des dirigeants de notre pays, quels qu'ils soient, sur l'offensive en cours, en vain.

De Dakar, de Pointe-Noire, de Libreville, les mêmes informations remontaient vers nous.

L'Amérique était là, consciente qu'un énorme marché allait s'ouvrir à terme, peu importait le pouvoir d'achat du moment des populations des pays concernés. Mais, surtout, l'administration américaine avait conscience que des matières premières de toute sorte, pétrole, uranium, manganèse, se trouvaient à portée de bateau de la côte Est des États-Unis.

Les subsides de toute nature déversés par l'Arabie Saoudite directement ou au travers d'organisations caritatives pour la propagation de l'islam aboutissaient à la construction de mosquées et d'écoles islamiques à travers le continent. Pourtant personne ne se posait de questions.

L'arrivée progressive d'Églises évangéliques américaines aux ressources apparemment inépuisables ne dérangeait pas grand monde à Paris. Leur discours, organisé la plupart du temps autour des thèmes favoris du Département d'État ou de l'Intelligence US – « déficit démocratique », « atteinte aux droits de l'homme », « corruption » –, ne faisait sourciller personne.

Le fait que la presse anglo-saxonne reprenne fidèlement cette argumentation était bien entendu un hasard.

Le résultat ne se fit pas attendre. Il devint de bon ton de considérer que les anciennes colonies françaises étaient finalement un repaire de dictateurs, piètres gestionnaires, et la zone franc une survivance d'un passé colonial.

De fait, personne dans les allées du pouvoir n'avait envie de se mobiliser pour l'Afrique, personne ne croyait plus à l'avenir de ce continent.

C'est dans ce contexte qu'intervint la dévaluation du franc CFA au mois de janvier 1994[1].

Les mesures d'accompagnement prises par la France à cette occasion étaient importantes : 25 milliards de francs d'annulation de dettes, 4 milliards d'aide budgétaire pour l'année 1994.

Mais de refondation de la politique de coopération, il n'y en eut point !

Le FMI s'engageait à hauteur de 10 milliards de francs sur deux ans, la Banque mondiale pour 9 milliards de francs[2].

Les résultats de cette dévaluation sont controversés. Certes, la croissance repartit dans les pays de la zone franc, mais le cours des matières premières était à nouveau dans un cycle haussier.

La remise à plat des finances publiques se fit, plus ou moins bien, mais la valeur de la dette des pays libellée en francs fut doublée.

La baisse du pouvoir d'achat, le renchérissement des produits importés furent immédiats.

1. Dakar, 11-12 janvier 1994. Le franc CFA fut dévalué de 50 %.

2. Communication du Conseil des ministres du 2 février 1994.

Mais cette dévaluation marqua surtout une double rupture.

Les pays africains comprirent qu'un ressort était cassé, et que leurs rapports avec la France s'étaient banalisés [1].

Rupture aussi au sein de la majorité, et plus particulièrement au sein du RPR, car Jacques Chirac s'était violemment opposé au principe même de la dévaluation, tout en s'abstenant de toute proposition concrète.

Ayant réuni autour de lui les intervenants gaullistes de jadis, il tenta jusqu'au dernier moment d'y faire obstacle.

Mais chacun comprenait que cela était plus une posture destinée à montrer aux dirigeants de l'Afrique francophone où étaient leurs vrais amis qu'autre chose.

De nouvelle politique de coopération, il n'en fut plus question, malgré un voyage ultérieur d'Édouard Balladur en Afrique francophone [2].

Quelques années plus tard, le ministère de la Coopération n'existerait plus.

Mais, au-delà de son opposition sur le fond à Édouard Balladur, le ralliement du ministre de la Coopération aux thèses du Premier ministre, après celui du ministre du Budget, apparut à Jacques Chirac comme une provocation [3].

Le point de non-retour était atteint, je le compris.

Les relations sociales étaient tout aussi tendues que celles régnant dans la majorité.

L'atonie politique – où est l'opposition ? – va conduire à des manifestations et à des affrontements violents.

1. Voir Louis et Francis Dominici, *France-Afrique. Échecs et renouveau*, L'Harmattan, 2005.

2. Édouard Balladur se rendit au Sénégal, en Côte d'Ivoire et au Gabon au mois de juillet 1994, pour constater les effets de la dévaluation.

3. Michel Roussin, ministre de la Coopération, avait été un des plus fidèles collaborateurs de Jacques Chirac à la mairie de Paris.

Tout commence par une nouvelle grève d'Air France qui touche tous les aéroports parisiens. Nos craintes de voir se déclencher un mouvement social de grande ampleur s'avèrent cependant infondées.

Ce n'est que partie remise.

Comme si cela ne suffisait pas, le Conseil constitutionnel censura, le 14 janvier, la disposition principale du texte amendant la loi Falloux. Il n'en fallut pas plus pour relancer l'agitation, les manifestations contre cette loi permettant à la gauche de relever la tête.

Puis, à l'occasion de la visite que le Premier ministre et moi effectuons en Bretagne, le 2 février 1994, dans le cadre de l'aménagement du territoire, des incidents extrêmement violents mettent aux prises un grand nombre de pêcheurs bretons – surexcités par la crise de la pêche et la surdité des instances européennes – et les forces de l'ordre, CRS et gendarmes mobiles.

Tout ministre de l'Intérieur craint les manifestations de pêcheurs car elles sont toujours violentes et souvent incontrôlables !

Celles-ci vont être si graves qu'elles nous feront craindre le pire. Certains pêcheurs n'hésiteront pas à tirer des fusées de détresse sur les forces de l'ordre.

Celles-ci, bien que très durement agressées, feront preuve d'un sang-froid exemplaire. Aucune bavure malgré la gravité des affrontements, qui se solderont par plus de cent blessés, dont plus d'une dizaine gravement atteints, chez les forces de l'ordre [1].

Rien ne peut excuser de tels agissements, l'intempérance de quelques-uns aggravant les choses.

Le point d'orgue de ces manifestations inacceptables sera atteint le lendemain avec l'incendie du parlement de Bretagne [2].

1. CRS et gendarmes mobiles.
2. Le 5 février, une fusée tirée par des pêcheurs atterrit dans les

Les manifestations contre la loi Falloux ont continué. Le relais va bientôt être repris par les jeunes.

Le 23 février, les décrets d'application concernant le CIP sont publiés.

La présentation qui est faite de cette mesure par les syndicats mobilise les jeunes. Alors qu'elle devrait leur faciliter l'accès à l'emploi, elle est présentée comme une embauche au rabais. Elle les stigmatise. Des manifestations imposantes se déroulent un peu partout en France, mais surtout à Paris.

Je sens le Premier ministre inquiet. Je le suis aussi car le développement de manifestations sur une longue période nous fait courir un risque énorme.

J'en ai fait la cruelle expérience en 1986, où il avait fallu attendre vingt jours de manifestations violentes, un décès, avant que le texte contesté ne soit retiré[1].

Nous sommes dans une situation identique.

Le problème est devenu passionnel. Quels que soient nos arguments, ils ne seront pas entendus.

Les manifestations durent depuis un mois. C'est miracle qu'il n'y ait pas eu de drame !

Le 30 mars, le Premier ministre se décide enfin à retirer le texte. Le pire a été évité, malgré la naïveté de l'un, l'inconséquence des autres.

Quoi qu'en pensent quelques « jusqu'au-boutistes » de l'Assemblée nationale, la retraite fait partie de l'art militaire.

Dans mon bureau, place Beauvau, je peux enfin me détendre et sourire.

---

combles. Conséquence : destruction de cet édifice multiséculaire ! Triste illustration de l'irresponsabilité des hommes… Condamnant ces incidents, j'adresserai mes compliments aux CRS et aux gendarmes mobiles. Par leur discipline, leur fermeté, leur courage, ils ont évité le pire.

1. Jacques Chirac, alors Premier ministre, et René Maunoury, ministre de l'Enseignement, s'étaient refusés à écouter mes avertissements.

La raison ? Un succès électoral, tout bonnement !

Des élections partielles ?

Pas du tout ! Des législatives !

Allez, écoutez plutôt !

En 1993, dans les derniers jours de mars, j'avais reçu la visite du principal conseiller de Silvio Berlusconi.

Ce dernier, inquiet des attaques incessantes des partis politiques contre son groupe qui était en position dominante en Italie, craignant que, nouvelles élections obligent, l'adoption d'une nouvelle législation entraîne son démantèlement, souhaitait avoir mon avis.

À ma connaissance, les deux principales formations politiques de la péninsule étaient en pleine déliquescence. Le Parti socialiste et la Démocratie chrétienne étaient en train de littéralement se dissoudre, minés par les compromissions et épuisés par les coups de boutoir des magistrats de l'opération *Mani pulite*[1].

Aucune d'entre elles ne pouvait prétendre incarner l'avenir.

Sous forme de boutade, je suggérai donc de répliquer à leurs adversaires sur leur propre terrain, celui du combat politique.

Je n'eus pas beaucoup de peine à les convaincre, chacun comprenant les avantages d'une telle initiative.

Cette idée au départ farfelue fit son chemin.

Compte tenu de mon expérience, ils me demandèrent de les aider.

C'est ainsi que je mis à leur disposition deux de mes collaborateurs et conseillers, qui partirent en Italie[2].

Les sondages et les études furent menés tambour battant. Ils confirmèrent que l'attente était grande en Italie, où le paysage politique était figé depuis la fin de la Seconde Guerre mondiale.

1. Opération « Mains propres ».
2. William Abitbol et Jean-Jacques Guillet.

Forts de notre expérience en France, ils aidèrent à porter le projet d'un parti.

Conçu et lancé avec des moyens importants, et le support logistique du groupe de presse du *Cavaliere*, c'est en fait un nouveau parti qui fut porté sur les fonts baptismaux [1].

Forza Italia était née, je pouvais en revendiquer une part de paternité [2] !

Mais le mieux était à venir.

Silvio Berlusconi venait de remporter les élections législatives.

Je me mis à rire : je venais donc de remporter de nouvelles élections législatives, mais en Italie cette fois.

Par chance, certain ministre des Affaires étrangères n'en sut rien. Il aurait pu en conclure que je me comportais en ministre de l'Intérieur et de l'Extérieur.

Imaginez la suite.

Petites causes, grands effets !

Les occasions de sourire n'étaient pas très nombreuses en vérité.

Même si le Premier ministre avait repris à son compte le projet de loi sur l'aménagement du territoire que j'avais établi, son côté révolutionnaire, notamment par la remise en cause des avantages acquis, des féodalités, par de nouveaux mécanismes à imaginer dans la fiscalité nationale et locale, en gênait plus d'un.

1. Le premier club Forza Italia fut créé le 29 juin 1993 ; suivrait, le 25 novembre 1993, l'association nationale des clubs Forza Italia. Le 26 janvier 1994, Silvio Berlusconi prononçait le discours fondateur de Forza Italia. Le 6 février, enfin, se tint à Rome la convention de Forza Italia, au cours de laquelle il prononça son premier discours de leader politique : « Notre pays a besoin de confiance et d'espoir. » Les élections législatives furent remportées par le parti de Silvio Berlusconi (27-28 mars 1994), Forza Italia devenant la formation politique la plus importante d'Italie, avec 21 % des voix (www.forzaitalia.it).

2. Angelo Codignoni en devint la cheville ouvrière.

Tout cela avançait cahin-caha, les tentatives pour vider le projet de son contenu se multipliant.

À croire que personne ne comprenait que c'était sans doute la dernière chance pour le pays avant la fusion dans un magma européen, étape ultime avant la décomposition.

Le grand débat que j'ai souhaité mener sans tabou sur l'ensemble du territoire bat son plein[1].

Le Premier ministre s'est rendu personnellement dans dix régions pour le conduire, tandis que je visitais chacune des assemblées régionales.

L'intérêt manifesté par l'ensemble des forces économiques, sociales et politiques qui y ont participé est attesté par l'énorme quantité de documents qui ont été remis à la DATAR[2].

Trois idées-forces vont émerger de la synthèse qu'elle va en faire : une France plus équilibrée et plus solidaire, la croissance au service de l'emploi, la France au cœur de l'Europe.

Je vais maintenant me consacrer à la rédaction du projet de loi que le gouvernement devrait adopter en juin et le Parlement avant la fin de l'année. Il dessinera l'image de la France que nous voulons dans vingt ans !

Je ne doute pas de rencontrer beaucoup d'embûches sur cette route. Mes collaborateurs sont inquiets, car notre démarche dérange. La remise en cause de l'organisation territoriale, des structures politiques, et par conséquent des nouvelles baronnies, suscite beaucoup d'oppositions.

Je suis sans illusions !

Si je suis ouvert à toutes les propositions, je ne transigerai pas, notamment sur les mesures fiscales dérogatoires

1. La première phase s'est déroulée d'octobre 1993 à mars 1994.

2. Plus d'un million de pages.

prévues en faveur de certains territoires afin de lutter contre les inégalités du développement.

Eh oui ! Ce sera une révolution.

Le développement harmonieux du pays et la répartition plus juste de la croissance et de la richesse sont à ce prix.

La somme d'efforts consentis par tous, à tous les niveaux, est telle – la conviction que nous avons que cette démarche unique est également une chance unique pour notre pays – que quelquefois je me surprends à penser que je préférerais quitter le gouvernement plutôt que d'accepter que ce plan soit remis en question ou édulcoré.

Les événements vont se charger de mettre mes convictions à l'épreuve, car les services du ministère du Budget multiplient les remises en cause et ne cessent de susciter des problèmes.

Cela, je ne peux le tolérer. Je ne supporte pas que des fonctionnaires, quels que soient leurs titres et leurs grades, s'opposent au pouvoir politique. Je ne l'accepterai jamais. Le monde est devenu fou !

Je rends donc visite au Premier ministre et lui rappelle une anecdote datant de l'époque à laquelle il était ministre d'État. Invité à l'Hôtel Matignon par Jacques Chirac, alors Premier ministre, pour participer à une réunion budgétaire concernant le ministère de l'Intérieur, j'avais appris qu'une vingtaine de fonctionnaires allaient siéger avec nous. J'avais donc décidé de regagner la place Beauvau, ayant mieux à faire.

Jacques Chirac m'avait rattrapé :

« Tu ne peux pas faire ça.

– Eh bien, lui avais-je dit, oui, je le fais. J'accepte naturellement ton arbitrage, celui du ministre d'État, ministre des Finances, mais nul autre. »

J'avais eu satisfaction.

Je l'informe donc des difficultés qui nous sont faites par le ministère du Budget et, finalement, mets ma démission dans la balance ! Car ma décision est prise : je préfère me retirer de ce gouvernement.

Le 7 avril, les arbitrages qu'il rend me donnent entière satisfaction, y compris en matière financière, en dépit de l'opposition du ministère du Budget, hostile aux péréquations fiscales envisagées [1].

Le projet de loi que le Premier ministre et moi-même portons [2] me conforte dans l'idée que la révolution que j'ai voulue est en marche !

De mon point de vue, il ne s'agit pas de laisser le marché décider seul du visage de la France, c'est à l'État de corriger la dérive actuelle et les risques à terme [3].

Pour moi, le vrai problème est simple : y aura-t-il encore en 2015 une France au sens où nous l'entendons et cette France sera-t-elle encore une république ?

N'aura-t-elle pas plutôt disparu au profit d'un espace non identifié, où cohabiteront tant bien que mal des communautés de plus en plus antagonistes ?

1. Nicolas Sarkozy, ministre du Budget et porte-parole du gouvernement, déclare officiellement : « Rien ne s'oppose désormais à ce qu'il y ait une grande loi sur l'aménagement du territoire. »

2. Le 11 mars 1993.

3. Ce texte sera présenté par Daniel Hüffel, ministre délégué à l'Aménagement du territoire, à Strasbourg, à ses collègues européens. Ils se montreront très intéressés, certains voudront même s'inspirer de sa philosophie et de ses objectifs. Nous n'en attendions pas tant.

CHAPITRE 20

Justice, enfin

Voilà plus d'un an que le gouvernement d'Édouard Balladur assume la conduite des affaires de la France.

La cohabitation a trouvé sa vitesse de croisière, l'autorité du Premier ministre s'est affirmée, l'hostilité de moins en moins feutrée de la direction du RPR aussi.

Chacun a conscience que la rupture entre Jacques Chirac et Édouard Balladur est inévitable, sinon déjà consommée.

Le gouvernement au cours de cette première année a été confronté à des épreuves de toute nature, il les a cependant surmontées.

Alors même que la Commission de Bruxelles avait outrepassé ses responsabilités et mis en péril nos intérêts, l'implication personnelle du Premier ministre dans les négociations du GATT avait permis de résoudre cette crise au mieux des intérêts de l'Union européenne et des nôtres.

La menace enfin prise au sérieux de faire jouer le compromis de Luxembourg, et donc d'empêcher tout accord, avait eu un effet dissuasif.

Cela avait aussi été l'occasion de rétablir l'équilibre normal des pouvoirs au sein de la Communauté [1]. Ainsi la technocratie bruxelloise était-elle recadrée.

1. La Commission de Bruxelles a certes le pouvoir de négocier, mais la ratification desdits accords est de la seule compétence du Conseil européen.

En France même, nous sortons de trois mois d'affrontements, de grandes manifestations de rue et de violences auxquelles il a fallu faire face. La grève générale d'Air France, le rejet de la modification de la loi Falloux, le rejet du CIP, la contestation animée par les syndicats ont redonné quelques couleurs à la gauche, bien absente jusque-là.

Quant à moi, non seulement j'ai apporté tout mon soutien au Premier ministre, mais j'ai réussi à éviter que ces manifestations ne dégénèrent.

Ces difficultés ne semblent pas avoir réellement entamé la confiance des Français dans le gouvernement.

La cacophonie régnant au sein de la majorité s'est traduite par une légère poussée du Parti socialiste à l'occasion des élections cantonales, au mois de mars 1994[1].

Mais la politique n'a pas perdu ses droits.

Trois sujets dominent les débats dans le pays et dans la presse.

La sécurité des Français, avec une interrogation : les lois présentées ou votées suffiront-elles à faire face aux risques d'une immigration incontrôlée en provenance des pays du Maghreb, compte tenu des événements qui se déroulent en Algérie ?

L'aménagement du territoire : la reconquête est-elle possible, et comment ?

L'élection présidentielle, enfin, avec la mise en route du processus des primaires, qui semble avoir perdu de son attrait aux yeux des dirigeants des partis de la majorité.

Je dois donc m'investir à fond dans ces différents débats. Pour ce qui est de leur sécurité, de la lutte contre le terrorisme, de la maîtrise de l'immigration, les Français me font confiance.

1. 20-27 mars 1994. La majorité perd 3 Conseils généraux (Dordogne, Gironde, Réunion).

Mais si la législation qui a été adoptée renforce les moyens dont nous disposons, encore faut-il que les juges ne tentent pas de la détourner parce qu'elle leur semble trop sévère, ou, plus grave encore, tentent de la modifier par la création d'une jurisprudence.

Dès lors qu'il n'y a pas dans notre Constitution de pouvoir judiciaire, mais une autorité judiciaire, le souverain est et reste le peuple ! C'est bien en son nom que la loi est votée par ses représentants au Parlement.

Dès lors, ces dérives sont inacceptables [1].

Il me reste à obtenir des moyens supplémentaires pour le ministère de l'Intérieur. Le Premier ministre approuve ma démarche.

La réforme de la police étant maintenant ma priorité, je présenterai avant l'été un projet de loi sur les orientations et la programmation en matière de sécurité.

Entre-temps, j'ai renforcé, une fois encore, le contrôle sur les milieux islamistes.

Les prêches des imams radicaux sont écoutés avec soin.

Nos instructions sont claires : tout étranger qui conspire contre la République ou s'oppose à nos lois a vocation à être expulsé [2].

Mais la liberté de culte reste la règle dans notre pays, personne ne peut en douter.

Mes relations avec le roi Hassan II, souverain du royaume chérifien et commandeur des croyants, sont cordiales et empreintes d'une grande confiance. J'ai pour lui considération et respect.

Lui-même avait été très touché par le fait que, lors de mon premier voyage au Maroc en ma qualité de ministre

1. J'écris au garde des Sceaux, Pierre Méhaignerie, pour que le rappel de ce principe essentiel soit fait aux magistrats.

2. J'ai expliqué les grandes lignes de cette politique dans une interview, le 15 avril, au *Figaro*.

de l'Intérieur, je sois allé me recueillir, avant toute chose, sur la tombe de son père. Ce geste m'était apparu naturel, feu Mohamed V ayant été fait compagnon de la Libération par le général de Gaulle, pour son engagement pendant la Seconde Guerre mondiale [1].

Plus tard, ma famille avait tenu à verser son obole pour la construction de la grande mosquée de Casablanca.

Je l'avais rencontré souvent ; il savait qu'il pouvait faire appel à moi en toutes circonstances et que mon écoute ne lui ferait pas défaut.

Je ne fus pas autrement étonné lorsqu'un jour je reçus une communication téléphonique du directeur de son cabinet militaire qui me demandait si je pouvais venir à Rabat dans la soirée car « Sa Majesté voulait me voir ».

Sur ma réponse affirmative, il me demande de garder ce voyage confidentiel et d'atterrir sur une base militaire, ce que je fais. Je compris dans l'instant que ce souci de confidentialité concernait le gouvernement marocain.

À mon arrivée je fus conduit chez le prince Mohamed, le futur souverain Mohamed VI, que je connaissais et avec lequel je devisai pendant une heure. Manifestement, ma visite le prenait au dépourvu. Je compris que Sa Majesté Hassan II avait souhaité que je puisse converser à bâtons rompus avec lui. Je me rendis ensuite au palais royal, où le roi me reçut vers 22 heures. Notre entretien, en tête à

1. Cette visite devint un rituel pour les ministres français. Mohamed V, Mohamed Ben Youssef (1909-1961), avait par son courage permis de sauver la communauté juive du Maroc. Militant sans relâche en faveur de l'indépendance du Maroc, il avait été déposé et contraint à l'exil. Principal artisan de l'indépendance, il devait régner de 1956 à 1961, date à laquelle son fils, le prince Moulay Hassan (1929-1999), lui succéda (il prit le nom d'Hassan II). Hassan II, très tôt associé par son père à son action politique, s'impliqua lui-même dans la lutte pour l'indépendance. Il connaîtra aux côtés de son père l'exil, puis le retour triomphal et l'instauration de la monarchie.

tête, porta sur la situation et l'avenir du royaume, qui le préoccupaient. Il voulait faciliter la transition de son vivant autant que possible, et dans cette optique faire participer les socialistes au gouvernement. Il pensait que cela serait plus facile pour lui que pour son successeur.

Comment forger le caractère de la génération montante et la préparer à ses futures fonctions ? Sa succession, les moyens de la garantir constituaient en fait le fil conducteur de cet entretien.

Mais la question essentielle porta sur la confiance qu'il pouvait accorder dans cette perspective à mon homologue marocain [1]. Ma réponse fut franche et sans détour.

Mon opinion rejoignait la sienne.

Nous reparlâmes de l'Histoire et des exemples que l'on pouvait y trouver. Nous nous quittâmes sur une note relativement optimiste.

Un dîner m'attendait avec le prince héritier, son frère, le prince Moulay Rachid, le ministre de l'Intérieur, surpris – c'est le moins que l'on puisse dire – de ma présence en ces lieux, ainsi que quelques personnalités marocaines.

C'est au petit matin que je regagnai la France. Cette entrevue avait suscité en moi bien des interrogations. Il me faudrait attendre quelque temps pour avoir les réponses.

De retour à Paris, j'avais l'impression de réintégrer une autre planète, un autre monde. La pause avait été de courte durée. Tout recommençait. Élection présidentielle, textes législatifs, primaires.

En 1993, à la veille des élections législatives, tout le monde ou presque dans l'opposition était convaincu que la victoire à l'élection présidentielle ne pourrait être obtenue que si elle présentait un candidat unique.

1. Driss Basri (1938-2007) resta ministre de l'Intérieur du royaume chérifien de 1979 à 1999, année de l'accession au trône de Mohamed VI, durant laquelle il fut mis fin à ses fonctions.

Dans cette perspective, le principe des primaires avait été adopté, il était même un des éléments essentiels de la plate-forme commune de l'opposition.

Si les convictions des dirigeants de la majorité faseyent alors au gré des sondages, les miennes restent intactes.

J'adresse donc aux dirigeants des partis politiques un texte portant sur l'organisation des primaires et leur réglementation, tenant compte des observations que pourrait nous faire le Conseil constitutionnel, le cas échéant.

La loi que je me propose de mettre en place devra s'articuler de manière à donner satisfaction aussi bien à la majorité qu'à l'opposition ; elle devra, bien entendu, permettre la mise à disposition des organisateurs, quels qu'ils soient, de tous les moyens du code électoral.

Est-ce possible ? La réponse, sans aucun doute, est oui [1].

Rien ne l'empêche, il suffit de le vouloir.

La différence essentielle de ce système par rapport à l'actuel réside dans l'élargissement du corps électoral aux électeurs de chacun des partis.

L'opinion, si j'en crois les sondages, est très favorable à l'organisation de primaires. Je pense que les parlementaires le seront aussi, car cela leur évitera d'être écartelés et d'avoir à faire un choix cornélien.

Mais le président de la République acceptera-t-il un tel projet de loi ? Je l'ignore, mais j'en doute tant les pressions des partis de droite comme de gauche visent à maintenir le système actuel, et à confisquer le choix des candidats.

Si tel est le cas, le RPR et l'UDF auront renié leur parole !

1. Afin de ne laisser prise à aucune contestation, ces primaires devront se dérouler le même jour dans l'ensemble de la France et ne pas se télescoper avec l'organisation de l'élection présidentielle elle-même. Il faudra donc qu'elles interviennent deux mois au moins avant cette dernière.

Édouard Balladur et Jacques Chirac m'avaient donné leur accord sur ce système. À la fin des fins, nous verrons bien ce qu'ils décideront. Je maintiens donc ce projet, attendant les observations et les contre-propositions éventuelles.

De son côté, malgré le scepticisme de François Mitterrand, Édouard Balladur fait voter une loi de programmation militaire concernant la période 1995-2000.

Elle prévoit une enveloppe de 613 milliards de francs pour l'équipement, des crédits importants étant consacrés à la recherche et notamment à la simulation concernant l'arme atomique.

Le président, quelques mois plus tôt, s'était déclaré hostile à la reprise des essais nucléaires. Édouard Balladur avait essayé de le faire changer d'avis, sans y parvenir. Cela avait alimenté les désaccords avec Jacques Chirac, qui prétendait que le Premier ministre pouvait décider seul de la reprise des essais nucléaires et se passer de l'accord du président. C'était totalement faux ; jamais les responsables militaires n'auraient accepté de passer outre.

L'obstination de Jacques Chirac dans cette affaire avait ulcéré le Premier ministre.

Décidément, l'entente ne régnait plus ; la polémique était de plus en plus fréquente.

Tandis que Philippe Séguin propose d'organiser un référendum sur l'emploi – pourquoi pas, mais sur quel point précis – et que François Bayrou présente un nouveau contrat pour l'école, l'INSEE établit sa prévision de croissance pour 1994 à un peu moins de 2 % [1].

Manifestement, les mesures contenues dans les différents plans économiques d'Édouard Balladur n'ont pas encore produit leurs effets. Le Premier ministre, quant à lui, espère une amélioration sur le front du chômage pour la fin de l'année.

1. 1,8 % exactement.

Et la politique dans tout cela ?

Michel Rocard, qui avait sacrifié ses ambitions à François Mitterrand par le passé, est décidé à être le candidat des socialistes à l'élection présidentielle de 1995 [1].

Pour beaucoup les élections européennes ressemblent à un tour de chauffe avant les échéances futures.

Mais rien ne se passe comme prévu. L'essentiel de la campagne électorale est consacré à la Bosnie et à l'embargo sur les armements. Un certain nombre de figures du Parti socialiste [2] signent une déclaration sur ce sujet qui ne peut que gêner le premier secrétaire.

François Mitterrand, de son côté, poursuit un « flirt semi-clandestin » avec Bernard Tapie, comme le souligne *Le Monde* [3].

Hélas pour Michel Rocard, le redressement entrevu lors des élections cantonales ne se confirme pas.

Ces élections tournent à la débâcle pour les grands partis, tandis que les listes protestataires tirent leur épingle du jeu [4].

C'en est fait des espérances de l'ancien Premier ministre : le travail de sape du président de la République a porté ses fruits [5].

1. En 1981, Michel Rocard s'était effacé derrière François Mitterrand.

2. Roland Dumas, Louis Mermaz, Philippe Marchand, Louis Mexandeau, etc.

3. Agathe Logeart, « M. Rocard affiche sa sérénité », *Le Monde*, 29 mai 1994.

4. Élections européennes du 12 juin 1994 : Union UDF-RPR (Dominique Baudis), 25,58 % ; Europe solidaire (Michel Rocard), 14,49 % ; Majorité pour l'autre Europe (Philippe de Villiers), 12,34 % ; Énergie radicale (Bernard Tapie), 12,01 % ; Contre l'Europe de Maastricht (Jean-Marie Le Pen), 10,52 % ; PCF (Francis Wurtz), 6,89 %.

5. Mis en minorité le 19 juin 1994, il démissionne et est remplacé par Henri Emmanuelli. Comment s'en étonner ? François Mitterrand n'avait-il pas déclaré, au mois de novembre, à *L'Heure*

Peut-être cela ne va-t-il pas faciliter les choses pour le Parti socialiste, mais il n'est pas hors jeu pour autant, car l'éviction de Michel Rocard au mois de juin ouvre la porte à une candidature de Jacques Delors.

L'optimisme de mes jeunes collègues fait plaisir à voir. Pour eux, l'élection présidentielle est « déjà pliée », Édouard Balladur n'aura même pas à faire campagne.

Je ne partage pas cet optimisme.

Certes, les choses se présentent assez bien pour lui, mais je connais trop Jacques Chirac pour imaginer un seul instant qu'il ne va pas se battre pour « son boulot de dans deux ans », pour reprendre une expression qui fait la joie des Français.

De plus, le potentiel de voix de gauche demeure intact.

Libre à eux de s'enthousiasmer, je n'interviendrai qu'à mon heure dans ce débat, et certainement pas avant le mois de janvier.

Malgré ces soubresauts, le travail gouvernemental se poursuit.

Les premiers contrats de plan entre l'État et les régions sont signés [1].

Comme prévu, le Conseil des ministres adopte le 15 juin le projet de loi sur le développement du territoire. C'est un grand jour pour moi, et, je le crois, un jour important pour la France.

---

de vérité, qu'Édouard Balladur avait « l'étoffe d'un chef d'État » et que Michel Rocard était « un bon premier secrétaire » ?

1. Pour la période 1994-1998. La priorité donnée par le gouvernement à l'aménagement du territoire induit une augmentation de plus de 30 % en métropole, le doublement de la part de l'État pour l'outre-mer. Au total, les crédits consacrés à l'investissement, toutes origines confondues, y compris les fonds européens, mobiliseront 250 milliards de francs. L'État, en ce qui le concerne, a modulé les crédits entre les régions pour manifester la solidarité nationale. Progressivement mes idées font leur chemin.

À l'ouverture de la discussion parlementaire, le 6 juillet, le Premier ministre souligne qu'il s'agit de l'un des projets les plus ambitieux de la législature en raison de son caractère stratégique et de son importance sur le long terme. Il précise que Charles Pasqua veut mettre fin aux menaces de fracture qui pèsent sur le développement des régions à cause d'une trop grande inégalité de richesses et qu'il se propose d'entreprendre une « reconquête » du territoire.

Si cet objectif recueille une très large adhésion, les opposants au projet lui reprochent d'être trop timide et d'avoir introduit trop de concessions par rapport aux ambitions initiales.

Peut-être, mais cette loi-cadre, si imparfaite soit-elle, jette les bases des réformes indispensables ; mieux, elle les permet.

Après quelques hésitations et des débats internes, dès lors que le Premier ministre a fait sienne cette démarche, tout le monde s'y est rallié [1].

Le fait que les critiques incessantes et variées dont ce texte est l'objet proviennent principalement des élus de la majorité conduira Édouard Balladur à intervenir personnellement et à mettre tout son poids dans la balance [2].

Mais le débat nous aura aussi éclairés sur l'attitude de ceux qui cumulent les mandats de maires, présidents de conseils régionaux ou généraux, parlementaires qui n'ont pas privilégié l'intérêt général [3] !

1. Cette loi sera définitivement adoptée le 4 février 1995 après les traditionnelles navettes entre l'Assemblée nationale et le Sénat, puis l'avis du Conseil constitutionnel.

2. Cette loi-cadre sera finalement votée le 12 juillet à l'Assemblée nationale, communistes et socialistes se prononçant contre. Ce vote est un succès personnel pour moi.

3. L'élection de Jacques Chirac à la présidentielle en 1995 – il reprendra le thème de la fracture pendant toute sa campagne –, la constitution du gouvernement Juppé, l'absence de projet et d'ambition

Décidément, partout règnent la discorde et l'ambition.

Mon Dieu, préserve-moi de mes amis !

Chacun s'accorde à dire que mon secteur d'activités est bien dirigé, et que la volonté politique de redonner sa place à l'État, de protéger les citoyens, de contrôler l'immigration, et dans le même temps de préparer l'avenir, fait de moi un ministre clé de ce gouvernement.

Mon audience, les sondages le prouvent, va au-delà du seul mouvement gaulliste.

Jacques Chirac, qui en est resté au climat qui caractérisait mes relations avec Édouard Balladur lorsque nous étions encore dans l'opposition, semble penser que, tout naturellement, je le soutiendrai.

Il n'a pas vu ni compris les changements intervenus depuis que je suis membre de ce gouvernement.

Le Premier ministre, de son côté, a très bien compris l'intérêt qu'il y avait pour lui à bien s'entendre avec moi, et il m'a apporté un soutien sans faille.

Mais je sens bien que, le temps passant, une certaine fébrilité gagne son entourage.

Édouard Balladur et ses conseillers avaient imaginé, en me donnant un « hochet », l'Aménagement du territoire, que mon action leur profiterait.

Ils ne pouvaient imaginer ce que j'allais faire grâce à ces nouvelles responsabilités. Les Français, eux, un an après, ne s'y trompaient pas. Ils plébiscitaient la politique que je conduisais tant à l'Intérieur qu'à l'Aménagement du territoire, les enquêtes d'opinion en témoignaient.

La satisfaction du Premier ministre et de son entourage est teintée d'inquiétude. Leur crainte est de voir se renouer mes liens avec Jacques Chirac, peut-être aussi de me voir jouer ma propre carte. J'en ris.

---

nationale, suivis du gouvernement Jospin en 1997, après une dissolution malheureuse, rangeront cette loi et cet épisode parmi les occasions perdues, hélas !

L'été arrive, avec lui le grand calme en politique. À vrai dire, cette pause sera bienvenue car, depuis plus d'un an, j'ai été présent sur tous les fronts.

Je pressens aussi que ce seront les derniers jours de repos avant l'« emballage final », pour reprendre une expression utilisée par les commentateurs sportifs.

Mais ce septennat ira-t-il à son terme ? François Mitterrand, dont l'état de santé est préoccupant, doit subir une intervention chirurgicale [1].

Édouard Balladur assure avec aisance un intérim informel, à la satisfaction de tous ou presque.

Pourtant, à la mi-août, cette trêve va être brutalement interrompue par un événement que personne n'attendait plus.

Lorsque j'ai appelé auprès de moi le préfet Philippe Parant, pour lui confier la direction de la DST [2], je lui ai assigné une mission prioritaire. Je la considère comme essentielle pour ses hommes.

En 1975, lors d'une interpellation, deux inspecteurs de la DST avaient été assassinés par l'individu qu'ils s'apprêtaient à contrôler [3]. Ils s'étaient, malheureusement pour eux, trouvés sur le chemin du terroriste Ilitch Ramirez Sanchez, alias « Carlos ».

Formé à Moscou, il appartenait au Front populaire de libération de la Palestine de Georges Habache [4].

1. Il restera hospitalisé quelque temps à l'hôpital Cochin.

2. Direction de la surveillance du territoire, le service français en charge du contre-espionnage.

3. Les inspecteurs Raymond Dous et Jean Donatini, accompagnés d'un commissaire de police, s'étaient rendus 9, rue Toulier, à Paris, pour un contrôle d'identité.

4. Au mois de septembre suivant, il organiserait une prise d'otages à Vienne, les ministres de l'OPEP étant sa cible. Ses sanglantes activités se poursuivraient, selon les enquêteurs, jusqu'en 1982. Des attentats à Paris, et contre des intérêts français à Berlin-Ouest et au Liban, lui sont attribués.

L'objectif prioritaire que j'assignai donc à la DST était de retrouver Carlos, et surtout de le prendre vivant pour le livrer à la justice française.

Mes instructions étaient claires : « Mettez tous les hommes et tous les moyens que vous voulez, mais trouvez-le et ramenez-le ! »

Pendant la première cohabitation [1], un inspecteur de la DST enquêtant d'une manière obstinée et originale sur le décès d'un des frères de Benazir Bhutto dans le sud de la France avait retrouvé sa trace à Damas. L'ayant précisément localisé, les possibilités d'intervention avaient été examinées. Cependant, le feu vert du Premier ministre ne nous avait jamais été donné. Carlos avait pu quitter Damas pour des cieux plus accueillants.

Mais il en fallait plus pour me décourager.

Les bons rapports noués quelques années auparavant avec l'Intelligence américaine nous permettent soudainement de bénéficier d'une information que je demande au directeur de la DST de vérifier sans délai : celui que nous recherchons serait au Soudan.

En ce début août, le préfet Parant m'apprend qu'effectivement le terroriste a été repéré à Khartoum, où il mène joyeuse vie.

Sitôt cette présence confirmée, nos équipes mettent sur pied un plan pour le « récupérer » et l'exfiltrer. Des contacts établis sur place, il ressort que non seulement les autorités locales fermeront les yeux, mais que certains services, pour des raisons inexplicables, vont nous aider [2].

Je décide donc d'envoyer un avion sur place, ainsi qu'un certain nombre d'agents chargés d'organiser, avec une

1. Lors de la crise des otages.

2. Certains crurent y discerner l'influence d'Hassan el-Tourabi, l'un des chefs soudanais des Frères musulmans ; peut-être n'avaient-ils pas tort.

équipe déjà sur les lieux, l'exfiltration de celui que nous traquons depuis près de vingt ans.

Une intervention chirurgicale bénigne que Carlos doit subir va nous donner l'opportunité d'agir. Une anesthésie plus forte que prévu – une erreur médicale sans aucun doute – nous facilitera la tâche. C'est dans un avion que Carlos se réveillera, entravé et cagoulé, persuadé d'être entre les mains des services américains.

Le directeur de la DST m'appelle le 14 août : Ilitch Ramirez Sanchez sera dans quelques heures à la disposition de la justice française. Cette nouvelle me remplit de joie. L'assassin de nos agents sera jugé et condamné – je l'espère – comme il le mérite.

J'adresse à Philippe Parant mes remerciements chaleureux. Ce n'est pas un homme expansif. Serviteur de l'État, il connaît la valeur des mots.

Je n'informerai le Premier ministre et le président de la République qu'après l'arrivée de l'avion sur notre sol. Étonnement, satisfaction ! Pour moi, joie et fierté, pour notre pays surtout !

Quelle leçon pour ceux qui ne croient pas à la permanence du terrorisme et préfèrent l'oubli à la lutte !

Carlos ne saura qu'il est entre les mains de la DST que lorsqu'il sera dans une cellule et qu'on lui adressera pour la première fois la parole, car un silence complet a régné pendant le vol. Prenant alors conscience du pays où il est détenu, ses seuls mots seront : « Bien joué ! »[1].

Cette nouvelle fait les grands titres des médias, qui soulignent les efforts faits pour le prendre vivant et le mettre à la disposition de la justice.

Les arguments de ses avocats, accusant le gouvernement

1. Conclusion inattendue, l'administration américaine trouvera dans ce précédent, quatorze ans plus tard, la justification des enlèvements effectués par ses services au lendemain du 11 septembre 2001.

et la police d'enlèvement, ne seront pas retenus et Carlos sera finalement lourdement condamné [1].

Le lendemain, j'accompagne le Premier ministre dans le Var, dans le cadre de la commémoration du cinquantième anniversaire du débarquement en Provence.

La suite est connue, le détail des cérémonies, l'état de fatigue du président, son départ pour Paris aussi.

La faute commise par le Premier ministre lors de la conférence de presse au cours de laquelle il a donné le sentiment de décider sur la Bosnie en lieu et place du président de la République va faire de ce dernier un adversaire attaché à lui nuire.

En quelques heures, François Mitterrand va opérer une volte-face encore impensable le matin même.

Jacques Chirac paraissait devoir disparaître de la scène politique, il allait le convaincre de l'obligation pour lui de faire acte de candidature.

Il n'avait ménagé ni compliments ni attentions au Premier ministre, il lui réserverait de ce jour phrases assassines et mots perfides.

Il avait toujours affirmé que Jacques Chirac n'avait pas l'étoffe d'un homme d'État, il allait se convaincre du contraire.

S'estimant meilleur communicateur et meilleur manipulateur d'opinion, il le ferait aider par son propre conseil en la matière.

Dans quel but ?

Par sympathie ? Par conviction ?

Que nenni !

Pour punir tout simplement un impudent pourtant féru d'étiquette qui, par un bel après-midi d'été, avait oublié qu'il n'était que Premier ministre.

1. Ilitch Ramirez Sanchez a été condamné à la prison à perpétuité pour meurtres, en 1997.

D'autres avant lui, dans son propre camp, avaient pu mesurer que la rancune de François Mitterrand était tenace.

Édouard Balladur allait l'apprendre à ses dépens.

CHAPITRE 21

Citadelles

Alain Juppé, comme cela était prévisible, semble vouloir passer le projet de primaires par pertes et profits, alors même que le RPR comme l'UDF s'étaient engagés à le mettre en œuvre.

Jacques Chirac n'en veut pas, c'est une certitude, car s'il peut être assuré du vote des militants, il ne veut pas être l'otage d'électeurs qui sont loin de lui être acquis.

Il s'agit pourtant là du seul moyen qui permette à la majorité d'éviter de se diviser.

Existe-t-il meilleur atout qu'une candidature unique, approuvée par l'électorat de la majorité, pour sortir vainqueur de l'élection présidentielle ?

Les grandes manœuvres vont commencer, je n'en doute pas.

Dans un premier temps, Alain Juppé, fort de ses casquettes de secrétaire général du mouvement gaulliste et de ministre, va s'efforcer de ménager tout son monde, en déclarant sur les ondes : « Tout le monde s'accorde à dire que le prochain président de la République a de très grandes chances d'être issu des rangs du RPR […]. Le moment venu, nous choisirons [1]. »

C'est en fait le décès des primaires qu'il annonce,

1. Sur RMC. Voir Patrick Jarreau, « La préparation de l'élection présidentielle. M. Juppé estime que le RPR devra choisir entre M. Balladur et M. Chirac », *Le Monde*, 25 août 1994.

puisqu'il réserve au seul mouvement gaulliste le choix d'un candidat !

Lors des cérémonies commémoratives de la libération de Paris, en août 1994, le président de la République va s'isoler un long moment avec Jacques Chirac, pendant que le Premier ministre et les participants à cette manifestation attendent sur le parvis de l'Hôtel de Ville. Vingt minutes d'entretien dont le but principal est d'humilier Édouard Balladur.

Les mauvaises manières ne manqueront pas dans l'avenir.

C'est à compter de ce jour que le maire de Paris va tester un discours auquel il s'était refusé d'adhérer depuis des années, parlant d'« héritage social du gaullisme », de « nouveau contrat social », d'une « situation nationale et sociale grave »[1].

À l'université d'été du RPR[2], la sophistication et l'ambiguïté du discours d'Alain Juppé, prônant l'unité du mouvement, et indiquant que le moment venu serait « définie une règle du jeu claire », allaient être éclipsées par sa péroraison : « Que Jacques Chirac montre le chemin ; il sait qu'alors vous serez là – et moi avec vous – pour le suivre. » Ces propos vont faire monter d'un cran la tension entre les différentes tendances de la majorité.

Cette situation exaspère Édouard Balladur et ses conseillers, auxquels le ministre des Affaires étrangères laisse entendre régulièrement qu'il ne se déterminera que bien plus tard[3].

1. Voir Jean-Michel Normand, « La préparation de l'élection présidentielle. Lignes de fracture sur le terrain social… », *ibid.*, 31 août 1994.

2. Bordeaux, 2-4 septembre 1994.Olivier Biffaud, « L'université des jeunes du RPR et la préparation de l'élection présidentielle. M. Juppé confirme son engagement derrière M. Chirac », *Le Monde*, 4 septembre 1994.

3. Ce double jeu continuera en fait jusqu'au mois de février 1995, au gré des études d'opinion.

À dater de ce jour, les attaques contre Édouard Balladur et sa politique vont aller crescendo.

Chacun y va de sa petite phrase, ou de sa grande charge, de Philippe Séguin à Jean-Louis Debré, en passant par les plus chiraquiens des députés.

Pourtant, la cote de popularité d'Édouard Balladur reste stable, celle de Jacques Chirac également, à l'opposé l'une de l'autre.

Le maire de Paris n'est toujours pas convaincu de ses chances, malgré les bonnes paroles prodiguées par François Mitterrand. Le nombre de ses fidèles se réduit comme peau de chagrin.

Édouard Balladur, quant à lui, veut opposer aux attaques qui fusent de toute part l'attitude calme et pleine de sérénité de celui qui est sûr de son fait. Le climat au sein même du gouvernement est d'autant plus tendu qu'elles proviennent principalement de l'appareil du mouvement gaulliste.

J'ai quelquefois l'impression d'être le seul à garder la tête froide.

L'aveuglement de ceux pour lesquels l'élection présidentielle ne sera qu'une confirmation formelle des études d'opinion me sidère tout autant que l'exaspération de ceux qui, estimant qu'ils ont conclu un pacte avec Édouard Balladur, ont peur d'être floués.

Tous en viennent à oublier que l'opposition existe, et que sa capacité à désigner un candidat crédible pour la présidentielle constitue une menace réelle.

La dernière grande manœuvre politique de François Mitterrand consiste en fait à susciter au sein du Parti socialiste un fort courant en faveur de Jacques Delors.

Socialiste modéré, passé par le cabinet de Jacques Chaban-Delmas quand celui-ci était Premier ministre, ancien ministre des Finances, ses fonctions à la tête de la

Commission européenne font de lui un candidat potentiellement dangereux [1].

Le préalable en a été l'élimination de la course à l'investiture de Michel Rocard. Son échec aux élections européennes était indispensable, d'où le soutien apporté par le président de la République à Bernard Tapie [2].

La démission de Michel Rocard, son remplacement à la tête du Parti socialiste par Henri Emmanuelli, confirmant ainsi l'ancrage à gauche du parti, paraissaient suffisants aux conseillers politiques du Premier ministre pour balayer l'hypothèse Delors.

Connaissant le machiavélisme de François Mitterrand, je m'en amusais. Effectivement, la promotion de cette candidature se poursuivit sans heurts et sans bruits, orchestrée par l'Élysée.

Les grandes manœuvres engagées dans la majorité, comme dans l'opposition, ne pouvaient cependant pas occulter la réalité quotidienne de mes activités au ministère de l'Intérieur.

L'affaire du « foulard islamique » refait surface lors de la rentrée scolaire. Dans plusieurs collèges de Paris, de Lyon, du département du Nord, des jeunes filles se sont présentées voilées lors de la rentrée scolaire. Des décisions contradictoires étant intervenues, une certaine pagaille s'est installée, d'autant que François Bayrou ne veut pas décider seul dans une affaire qui peut gêner le gouvernement [3].

Simone Veil et moi sommes, pour une fois, sur la même

1. Jacques Delors, qui avait été un des inspirateurs du projet de « Nouvelle Société » au cabinet de Jacques Chaban-Delmas, ancien ministre de l'Économie et des Finances (1981-1984), était à la tête de la Commission européenne depuis 1985.

2. Bernard Tapie conduisait la liste du Mouvement des radicaux de gauche.

3. Il se remet avec peine des conséquences de la modification avortée de la loi Falloux.

longueur d'onde : le port d'insignes ou de signes religieux ostentatoires doit être interdit, car nous sommes dans un État laïque, et l'école publique n'a pas à faire la moindre concession [1].

Cette ligne va devenir celle du gouvernement tout entier, au grand soulagement de François Bayrou qui répugnait à l'assumer seul, mais qui l'appliquera loyalement [2].

Pour ce qui concerne la situation économique et sociale, les choses restent difficiles. La reprise de l'activité économique tant souhaitée n'est toujours pas au rendez-vous [3].

Le mois d'octobre va être empoisonné par l'atmosphère de guerre civile qui règne dans la majorité.

Le Premier ministre, qui avait voulu se situer au-dessus des partis, va devoir assumer les conséquences de ce choix.

Les mécomptes, puis les démêlés judiciaires d'un des plus fidèles soutiens d'Édouard Balladur, les rumeurs d'une prochaine enquête sur les dirigeants du Parti républicain redonnent du champ à Valéry Giscard d'Estaing [4].

Ce dernier, que la montée en puissance de ce parti et le bon résultat réalisé par la liste souverainiste aux élections européennes avaient marginalisé au sein de l'UDF, ne peut laisser passer une telle occasion [5].

1. Simone Veil était, de plus, choquée par la manipulation des jeunes filles.

2. À la rentrée scolaire, les jeunes filles refusant de retirer leur voile seront exclues de l'enseignement public.

3. C'est donc en toute logique que le projet de budget pour l'année 1995 est axé sur la lutte contre le chômage et l'exclusion. Les dépenses publiques augmentent de 1,9 % par rapport à la loi de finances initiale.

4. Gérard Longuet démissionne de son poste de ministre de l'Industrie le 18 octobre 1994. Philippe Séguin demandera une session parlementaire extraordinaire pour légiférer sur la corruption.

5. J'avais en quelque sorte adoubé la liste souverainiste de Philippe de Villiers lors d'une réunion publique dans les Hauts-de-Seine.

L'UDF et le RPR, par sa voix et celle de Jacques Chirac, proposent donc un pacte d'alliance, fondé sur le principe de la parité, pour l'élection présidentielle, ainsi que celles à venir.

C'est une opportunité pour Jacques Chirac de tenter d'isoler le Premier ministre [1].

Excédé par l'irresponsabilité des dirigeants des partis, et décidé à mettre tout le monde au pied du mur, j'écris à tous les parlementaires afin de leur rappeler les engagements pris en 1991 par les états-majors eux-mêmes [2].

La réponse du président du RPR ne se fait pas attendre. Pour le secrétaire général du mouvement gaulliste, les primaires sont une idée dépassée [3].

Durant tout ce mois d'octobre, Édouard Balladur est contraint de faire face, quasiment seul, aux attaques dont il est l'objet, tandis que les appels à la candidature de Jacques Chirac en provenance de la direction du RPR se multiplient.

Dans une interview accordée au *Figaro* [4], sans doute toujours convaincu que l'élection présidentielle se jouera au centre, le Premier ministre laissera filer une phrase qui va provoquer un tollé quasi général au sein du mouvement gaulliste : « Jacques, depuis longtemps, est réfugié dans son parti comme dans une citadelle. Est-ce bien l'esprit de la Vᵉ République ? »

C'est pourtant bien sur Édouard Balladur que s'est abattue une grêle de mitraille depuis trois semaines, et c'est bien l'Hôtel Matignon qui fait figure de citadelle assiégée.

1. Voir Gilles Paris, « La préparation de l'élection présidentielle. Le président du RPR et M. Giscard d'Estaing font front commun contre le Premier ministre », *Le Monde*, 8 octobre 1994.

2. Deux cents d'entre eux me soutiendront.

3. Alain Juppé, sur FR3. Voir *Le Monde*, 15 octobre 1994.

4. Le 24 octobre 1994.

N'ayant pas encore fait acte de candidature, le Premier ministre en paraît presque étonné.

C'est l'occasion rêvée pour Jacques Chirac de reformer les rangs de ses partisans. Tous veulent en découdre, d'autant que la reprise économique se fait toujours attendre. Tous rappellent, spontanément bien sûr, que si Édouard Balladur est Premier ministre, c'est tout à la fois en vertu d'un pacte avec le président du RPR et du fait de son appartenance au mouvement qu'il attaque aujourd'hui.

Trois semaines plus tard, Jacques Chirac décide de passer à l'offensive.

Rompant tant avec la classique annonce télévisée qu'avec la sempiternelle conférence de presse, c'est dans les colonnes d'un quotidien régional qu'il choisit d'annoncer sa candidature [1].

Il est clair que l'on ne parlera plus de primaires.

Philippe Séguin, bien que décidé à soutenir Jacques Chirac, pensait qu'il ne fallait pas dramatiser la situation.

Le mouvement gaulliste aurait deux candidats, cela s'était déjà produit par le passé, et de son point de vue les deux étaient légitimes.

La décision de Jacques Chirac et Alain Juppé de convoquer une réunion exceptionnelle du RPR pour introniser le maire de Paris, pelouse de Reuilly, provoqua chez lui un accès de colère mémorable.

Il ne voulait surtout pas que Jacques Chirac soit adoubé par des militants lors d'un congrès, ce qui aurait fait de lui le candidat d'un parti de « droite » et ouvert immédiatement un boulevard à Édouard Balladur, candidat d'avenir, hors parti.

Je me refusais pour ma part à participer à un ersatz

1. « Jacques Chirac : je suis candidat », *La Voix du Nord*, 4 novembre 1994.

de congrès du RPR. Nous décidâmes donc de signer un texte commun rappelant les principes de l'élection présidentielle [1].

Que les partis soutiennent, s'ils le veulent, un candidat, mais un mouvement se réclamant du gaullisme ne saurait prétendre en investir un.

Le 12 novembre suivant [2], Jacques Chirac abandonne la présidence du mouvement gaulliste, au cours d'une réunion qui semble être une énième version d'un film ancien, *La Candidature du chef, l'investiture*.

Je n'y assisterai pas, Philippe Séguin non plus. Édouard Balladur en fera de même, pour d'autres raisons, bien évidemment.

Beaucoup d'absents donc et une atmosphère délétère.

Jacques Delors, champion souhaité par beaucoup de socialistes, semble emboîter le pas au maire de Paris, même s'il déclare que s'il est candidat, ce sera par devoir [3].

Cette ébauche de candidature va faire bouger les choses car les premiers sondages réalisés le donnent vainqueur au deuxième tour dans tous les cas de figure, que ce soit face à Édouard Balladur ou face à Jacques Chirac.

La publication d'un livre de réflexions, prétexte à divers entretiens, semble indiquer que la mise sur orbite présidentielle de Jacques Delors commence [4].

1. « La réunion "exceptionnelle" du RPR et la préparation de l'élection présidentielle. MM. Pasqua et Séguin : "Garantir l'unité de notre mouvement" », *Le Monde*, 12 novembre 1994.

2. Congrès du RPR, pelouse de Reuilly.

3. Jacques Delors, France 2, 14 novembre 1994.

4. Jacques Delors, *L'Unité d'un homme*, Odile Jacob, 1994. Voir Daniel Carton et Patrick Jarreau, « Entretien avec Jacques Delors. Le président de la Commission européenne veut "remettre la société en mouvement" », *Le Monde*, 15 novembre 1994.

L'enthousiasme des zélateurs du Premier ministre s'en trouve quelque peu rafraîchi.

Le congrès du Parti socialiste à Liévin [1] sera à marquer d'une pierre blanche.

Alors même que la ligne politique d'Henri Emmanuelli, « À gauche toute », si j'ose dire, l'emporte plus que largement, les délégués présents plébiscitent une candidature social-démocrate pour l'élection présidentielle, celle de Jacques Delors [2].

C'est la voix brisée qu'Henri Emmanuelli lance un vibrant appel à ce denier : « Je me dois de te dire que c'est ton devoir. »

Sans doute l'émotion créée par la venue de François Mitterrand, fatigué et malade, pesant probablement pour la dernière fois sur un congrès du Parti socialiste, n'est-elle pas étrangère à cette belle unanimité.

Ce sera la dernière avant longtemps.

Il n'empêche ! Grand manipulateur s'il en fut, le président de la République a réussi à faire faire le grand écart au Parti socialiste.

Plus rien ne peut faire obstacle à la candidature de Jacques Delors. Dénué de sectarisme, catholique de gauche, il est sans aucun doute le meilleur candidat possible.

Ce scénario vient quelque peu perturber les plans de campagne du Premier ministre. À l'occasion d'un de mes entretiens hebdomadaires avec Édouard Balladur, je le sens soudain hésitant.

Ses conseillers et lui, qui avaient cru son élection assurée, foi de sondeurs, viennent de recevoir une douche froide.

1. 18-20 novembre 1994.

2. La motion d'Henri Emmanuelli, « Être socialiste », recueille plus de 92,15 % des votes (journal de 20 heures, A2, 19 novembre 1994 ; *19/20*, FR3, 19 novembre 1994 ; *Midi 2*, A2, 20 novembre 1994 ; www.ina.fr.archives).

Il est clair, cependant, que la candidature de Jacques Delors serait très dangereuse pour la majorité tout entière.

Elle le serait d'autant plus que l'organisation de primaires dans la majorité est passée à la trappe, alors même qu'une candidature unique aurait sans aucun doute garanti la victoire lors de l'élection présidentielle.

L'atmosphère se tend. Tout le monde en vient à souhaiter que l'orage éclate.

Mais voilà soudain qu'à son tour François Mitterrand se trouve dans la ligne de mire de la justice.

Les écoutes téléphoniques clandestines effectuées par des fonctionnaires appartenant à différents services, mais sur instructions directes de l'Élysée depuis 1985, sur des personnalités diverses du monde de la politique, de la presse, du spectacle, tournent au scandale.

Des proches collaborateurs du président de la République ainsi que d'anciens membres de la cellule antiterroriste de l'Élysée sont inculpés.

Les envolées lyriques ou solennelles du président de la République ou des ténors du Parti socialiste sur les droits de l'homme et le respect de la personne paraissent bien loin [1].

L'annonce de la participation de Jacques Delors à une émission de télévision de grande écoute au début du mois de décembre a pour conséquence la mobilisation de l'ensemble de la classe politique.

Opposition et majorité réunies, tous sont devant leur écran à l'heure dite pour recevoir la bonne parole.

Contrairement à son habitude, Jacques Delors apparaît serein, sûr de lui [2].

1. Quel voyeurisme et quelle tartufferie que cette recherche de renseignements touchant à la vie personnelle des personnes écoutées de la part de François Mitterrand !

2. Jacques Delors, *7/7*, TF1, 11 décembre 1994.

Pendant près de quarante minutes, il va détailler le projet qu'il a défini pour la France et les mesures qu'il faudrait prendre pour le mettre en œuvre. Tout cela est bien pensé, réfléchi et cohérent. Pour tous, le suspense va enfin cesser, il va annoncer officiellement sa candidature.

Chacun peut imaginer à cet instant les réactions du camp adverse. Si la gauche exulte, la majorité grimace car cette élection présidentielle s'annonce très dure pour ses candidats, quels qu'ils puissent être.

La dernière question de la présentatrice, inspirée par la logique, relève d'un constat et peut-être d'une espérance.

Chacun comprend bien en effet que seule manque à la démonstration faite par Jacques Delors sa déclaration formelle de candidature.

À 19 h 39 la réponse allait tomber.

De la même manière qu'il avait expliqué son projet pour la France, Jacques Delors entreprit de démontrer qu'il ne pouvait être question pour lui de se présenter aux élections présidentielles.

De l'absence de soutien des centristes à sa candidature, à la nécessité de dissoudre l'Assemblée nationale, de la modification du mode de scrutin à la nécessité de réduire le mandat présidentiel, tout fut passé en revue.

À cet instant, la totalité de la classe politique est abasourdie, les Français quant à eux nagent dans l'incompréhension la plus totale.

Sa conclusion est sans appel :

« Je vais m'adresser aux femmes et aux hommes de la gauche dont les ancêtres et même certains d'entre eux chantent une chanson qui dit : "il n'y a pas de sauveur suprême". Il n'y a pas de docteur miracle, pas plus Jacques Delors que d'autres [1]. »

1. M. Delors : « Je ne veux pas devenir un roi fainéant avec un maire du palais à Matignon », *in* « Le refus du président de la commission

Il devait ajouter : « Les déceptions de demain seraient pires que les regrets d'hier. »

Le jugement de François Mitterrand me revient alors à l'esprit : « Il ne sera pas candidat. Il ne veut pas être élu, mais nommé. »

Décidément, il connaît bien son monde.

Une majorité de socialistes qui avait plié devant François Mitterrand ne peut cacher sa joie !

Le Parti socialiste est brisé en mille morceaux, ce sera pour longtemps.

Le lendemain, je vois Édouard Balladur et ses conseillers. Ils sont rassérénés, car le principal obstacle à l'élection du Premier ministre est, à leurs yeux, levé [1].

La situation s'est éclaircie. Voire !

Jacques Chirac a eu deux années pour préparer sa candidature, mais il a gaspillé son temps et épuisé son énergie à susciter des querelles subalternes.

Il aurait pu susciter un large débat d'idées, que ce soit au sein du mouvement gaulliste ou à l'extérieur.

De ce débat aurait pu émerger un programme régénérateur.

Il ne l'a pas fait.

Il aurait pu incarner, pour peu qu'il l'ait voulu, tout à la fois la volonté de construction européenne d'une partie des Français et les aspirations de ceux qui ne se résolvent pas à voir notre pays se dissoudre.

Il ne l'a pas voulu.

C'est en vain que l'on chercherait les traces d'un texte fondateur, d'un message d'espoir, dans ses déclarations et ses interventions depuis 1993.

---

européenne d'être candidat à l'élection présidentielle », *Le Monde*, 13 décembre 1994.

1. Avec le recul, je suis certain que si Jacques Delors s'était déclaré candidat, Édouard Balladur ne se serait pas lancé dans la course présidentielle.

Il est donc hors de question pour moi de le soutenir.

Depuis plusieurs semaines, je suis l'objet de sollicitations d'origines diverses, certes, mais allant toutes dans le même sens : me convaincre de préparer ma propre candidature pour l'élection présidentielle future.

Parlementaires RPR que la lutte des chefs au sein de la majorité ulcère et exaspère, partisans d'une Europe confédérale quelle que soit leur appartenance politique, électeurs de la majorité qui veulent que la politique du gouvernement change, tous voient là une alternative au combat programmé entre Édouard Balladur et Jacques Chirac.

Mes proches conseillers, mes amis de Demain la France sont convaincus que les travaux de ce club de réflexion tout autant que les débats préparatoires à la loi sur l'aménagement du territoire peuvent servir de trame à l'élaboration en quelques semaines d'un programme pour l'élection présidentielle.

Beaucoup savent, pour m'avoir vu à l'œuvre dans le département des Hauts-de-Seine, que je sais être un homme de consensus.

Bref, pour beaucoup, je peux être un candidat de synthèse, ma candidature pouvant transcender les courants politiques [1].

M'étant fait le champion de la désignation d'un candidat unique de la majorité, personne ne pourrait me reprocher de me déclarer dès lors que les partis, reniant leur parole, en ont abandonné le principe.

Tout cela est vrai.

L'ampleur de la tâche – redresser le pays et lui redonner foi en lui-même – ne m'effraie pas.

1. Voir Joseph Mace-Scaron, « Pasqua, candidat de synthèse. L'impossibilité d'organiser des primaires au sein de la majorité ouvre désormais la voie aux ambitions du ministre de l'Intérieur », *Le Figaro*, décembre 1994.

Je suis convaincu que la construction européenne telle qu'on nous la propose, et telle qu'elle s'est faite, nous conduit dans une impasse. Mais je sais aussi que rien n'est impossible, et que seule la volonté de faire changer les choses est importante.

Je sais qu'une majorité de mes concitoyens ne se satisfait pas de la politique économique et sociale conduite depuis des années par les gouvernements de gauche comme de droite. J'ai la certitude qu'il est possible de faire mieux en faisant autrement.

Les contacts réguliers que j'ai depuis des années avec les dirigeants de différents pays me montrent qu'ils souhaitent que la France renoue avec une politique étrangère plus imaginative, mais restant fidèle aux principes du gaullisme. Ils sont sensibles à mes idées, confiants aussi, mes engagements passés les rassurant.

Tout cela, je me sens capable de l'assumer.

Mais le véritable problème est ailleurs.

Ma candidature entraînerait un combat au sein du RPR encore plus fratricide et violent que ceux du passé, mon audience dans le mouvement gaulliste ne pouvant que s'amplifier sitôt mon départ du gouvernement annoncé.

Je sais qu'Édouard Balladur, dans cette hypothèse, renoncerait, ouvrant immédiatement la voie à une candidature de Raymond Barre.

La majorité traîne les querelles de ses chefs comme un boulet depuis vingt ans. Les mêmes sont toujours là, avec les mêmes idées étriquées, le même manque d'imagination, et leur côté, je n'hésite pas à le dire, bien-pensant et bourgeois.

Dois-je donner un coup de pied dans la fourmilière, au risque de favoriser l'élection d'un candidat de l'opposition ?

Je n'y suis pas plus favorable aujourd'hui qu'hier.

Comme l'avait dit Michel Rocard, le Parti socialiste est un champ de ruines [1].

La même expression pourrait s'appliquer au mouvement gaulliste.

Connaîtriez-vous plus magnifique désastre ?

1. Michel Rocard, colloque organisé par les clubs Témoins et Convaincre, Paris, 17 décembre 1994.

Chapitre 22

Intérieur, extérieur

Nul n'aurait pu prévoir lors de la formation du gouvernement ce que seraient les conséquences de l'adjonction des fonctions de ministre de l'Aménagement du territoire à celles de ministre de l'Intérieur.

Le débat ouvert dans toute la France avait pour but d'imaginer et de mettre en route une véritable révolution, en vue de la reconquête du territoire. L'objectif affiché était l'horizon 2015.

Par la force des choses, les membres de mon cabinet et mes collaborateurs furent conduits à s'intéresser à des domaines qui, *a priori*, n'avaient pas de rapport direct avec le ministère de l'Intérieur *stricto sensu*. Devant imaginer ce que serait la France de demain, ils durent côtoyer leurs collègues de l'Agriculture, de l'Équipement, de l'Éducation nationale, de la Fonction publique, et – pourquoi pas ? – l'administration de la Communauté européenne. La navigation sur les voies fluviales, l'usage de la péréquation dans les collectivités locales ou les télécommunications n'eurent bientôt plus de secret pour eux.

Mes jeunes collègues du gouvernement, le premier mouvement d'humeur passé, avaient fini par s'en accommoder.

Tout le monde comprenait que l'aménagement du territoire était la grande affaire de ce gouvernement et que le soutien d'Édouard Balladur lui était acquis.

Ministre de l'Intérieur, je devais tout à la fois faire

adopter une législation dissuasive sur l'immigration et faire en sorte de maintenir des liens amicaux et fraternels avec les pays concernés. À côté des relations diplomatiques traditionnelles et des passerelles habituelles entre services, je tenais à avoir des rapports directs avec les chefs d'État de ces pays.

Cela n'allait pas sans grincements de dents du côté du Quai d'Orsay, dont les fonctionnaires, le cabinet et le ministre vivaient de plus en plus mal mon *modus operandi*[1].

Mes activités à la tête du Conseil général des Hauts-de-Seine n'arrangeaient rien. Les actions de coopération que nous engagions chaque année se faisaient sans que les uns ni les autres aient leur mot à dire[2].

La venue à Nanterre du président de la république d'Ouzbékistan, Islam Karimov, celle du président du Kazakhstan, Noursoultan Nazarbaïev, leur apparurent comme autant de provocations, d'autant que je pris un malin plaisir à trouver une solution aux problèmes de chacun[3].

Lesquels ? Le président Karimov, soucieux de prouver la solvabilité de son pays et d'asseoir sa crédibilité, souhaitait faire un dépôt dans une banque française.

La mairie de Paris, pour des raisons que j'ignore, voulait s'interposer.

Il fallut gendarmer pour que le Crédit commercial de France accepte d'être séquestre d'une partie des réserves de la Banque centrale ouzbèque, soit quatorze tonnes d'or.

1. Alain Juppé était également exaspéré par la possibilité offerte par le président de l'Assemblée aux chefs d'État en voyage officiel en France de s'adresser aux députés.

2. Voir chapitre 9.

3. Ancienne république socialiste faisant partie de l'URSS, le Kazakhstan avait accédé à l'indépendance le 24 avril 1990. Le 31 juillet 1991, l'Ouzbékistan devint à son tour indépendant.

Le président Nazarbaïev, qui souhaitait promouvoir l'enseignement de la langue française, déplorait-il les lenteurs de l'administration française ? Nous fîmes don à son pays d'une bibliothèque.

Les sociétés françaises dont le siège se trouvait dans le département des Hauts-de-Seine étaient, elles, ravies de pouvoir rencontrer les dirigeants de ces pays dont le potentiel de développement était élevé.

Les relations avec les pays africains étaient aussi une pomme de discorde entre le ministre des Affaires étrangères, ses services, et moi.

Les relations entretenues depuis de longues années avec un certain nombre de chefs d'État me permettaient, en effet, d'être informé avant quiconque de tout événement sérieux pouvant concerner nos concitoyens ou les intérêts français en Afrique[1].

A contrario, j'avais toujours fait en sorte d'informer les pays proches de la France des entreprises de déstabilisation qui auraient pu être mises en œuvre contre eux.

D'autres fois encore, dans un souci d'apaisement, j'ai usé de mon influence afin que les relations avec les opposants se normalisent. Il en fut ainsi au Sénégal, où le président Abdou Diouf fit entrer sur mon conseil Abdoulaye Wade dans un gouvernement d'union nationale, ou au Gabon, où Paul Abessole passa directement des geôles au pouvoir[2].

1. De 1974 à 1978, j'avais effectué de nombreux déplacements en Afrique en compagnie de Paul d'Ornano, sénateur représentant les Français de l'étranger, dans le but de mobiliser ces derniers dans la perspective des échéances électorales à venir. Dès cette époque, je fus en contact avec un certain nombre de chefs d'État d'Afrique francophone et du Maghreb.

2. Abdoulaye Wade devint président du Sénégal le 1er avril 2000. Paul Mba Abessole, fondateur du Rassemblement national des bûcherons, devint maire de Libreville, puis vice-Premier ministre.

Ces relations se sont bien souvent transformées en amitié sincère.

Tel est le cas avec Omar Bongo, que je connais depuis de longues années et qui a pour habitude de dire que nous sommes frères, l'un étant Batéké corse, l'autre Corse batéké[1]. C'est grâce à lui que j'ai pu comprendre et pénétrer l'âme africaine.

Jamais, en trente ans, cette amitié ne fut prise en défaut. Fervent admirateur du général de Gaulle, jamais il n'abandonna la défense des intérêts de la France, même au plus fort de la poussée américaine.

Tout à la fois indulgent et lucide sur les insuffisances ou le manque de rigueur de certains de ses collègues africains, sa clairvoyance ainsi que sa capacité à trouver des solutions de compromis ne sacrifiant pas l'essentiel m'étonnent toujours aujourd'hui.

Je me souviens de sa déception et de sa colère lorsqu'il voyait que ses messages n'étaient pas pris au sérieux, comme au plus fort de la tempête qui secoua la zone franc en 1993.

François Mitterrand me demanda un jour d'intercéder auprès du président du Cameroun, Paul Biya, afin qu'il accepte de laisser passer un pipe-line sur le territoire camerounais, lui-même ayant renoncé[2].

C'est Omar Bongo qui, à mon initiative, sollicita son accord, expliquant que ce projet était vital pour les intérêts français. Comprenant que ce projet servirait aussi ceux de son pays, Paul Biya finit par accepter. Le résultat fut à la hauteur de nos espérances. La France se désengagea

1. Omar Bongo Ondimba est président de la République gabonaise depuis 1967.

2. Paul Biya est président de la République camerounaise depuis 1982. Elf, qui venait de faire une découverte pétrolière majeure au Tchad, à Doba, souhaitait pouvoir exporter sa production de pétrole vers les États-Unis à partir du port de Kribi au Cameroun. Il fallait pour cela traverser le Cameroun.

quelques années plus tard, pour le plus grand bonheur de l'administration américaine[1] !

Le fait que Juvénal Habyarimana me rende visite place Beauvau provoqua la fureur du ministre des Affaires étrangères. Qu'avait-il donc à me dire ? Nous ne nous connaissions pas. Lui souhaitait me rencontrer car il lui avait été dit que j'étais un homme de bon sens. Son discours m'a marqué. Serein, presque détaché, il m'a dit mettre beaucoup d'espoir dans l'introduction de la parité entre Hutus et Tutsis chez les officiers de l'armée rwandaise. Nous nous promîmes de nous revoir. Quelques semaines plus tard, il perdait la vie dans un attentat[2].

La venue du président Eduardo Dos Santos au ministère de l'Intérieur s'inscrivit, elle, dans le contexte de la guerre civile qui faisait rage en Angola depuis près de vingt ans. Le président Dos Santos, que je ne connaissais pas, souhaitait, compte tenu de ma connaissance de l'Afrique, que

1. Elf se désengagea du Tchad en 1997 à l'initiative de son président, Philippe Jaffré. La décision d'Édouard Balladur de nommer un de ses fidèles à la tête de cette société répondait à deux objectifs : reprendre en main Elf et couper ses liens supposés avec François Mitterrand et Jacques Chirac. Il me rendit visite quelque temps après sa nomination, me demandant « ce qu'il pouvait faire pour moi ». Ma réponse tint en un seul mot : « Rien. » N'ayant aucune compétence en matière pétrolière, Philippe Jaffré choisit de prendre le contre-pied de son prédécesseur. Sitôt nommé, il manifesta son intention de se désengager d'Afrique, d'Asie centrale et d'Amérique du Sud. Les faits lui donnèrent tort. Mieux encore, une tentative avortée de prise de contrôle de Total se solda par la disparition d'Elf. La proie avala le prédateur supposé. Exxon Mobil, Petronas, associés à quelques autres, obtinrent un financement de la Banque mondiale pour construire ce pipe-line auquel personne ne croyait en France. Les États-Unis, une fois de plus, nous avaient damé le pion.

2. Juvénal Habyarimana était président du Rwanda depuis 1973. Le 6 avril 1994, son avion fut atteint par un missile sol-air alors qu'il se préparait à atterrir sur l'aérodrome de Kigali, en provenance de Tanzanie.

je m'implique directement dans un processus de négociations avec le responsable de l'Unita, Jonas Sawimbi [1].

Lui ayant indiqué que je ne connaissais pas le chef de la rébellion, je m'entendis répondre, sans aucune trace d'humour, que ce ne devrait pas être un problème compte tenu du fait que la moitié du gouvernement d'Édouard Balladur le connaissait et lui était favorable [2].

Je lui suggérai une médiation du secrétariat général de l'Organisation des Nations unies. Les choses en restèrent là en ce qui me concerne [3].

Mes contacts avec les chefs d'État du Maghreb étaient réguliers. Sa majesté Hassan II m'honorait de sa confiance et de son amitié. S'agissant du monde musulman, ses conseils et ses avis m'étaient précieux [4].

J'avais également des rapports chaleureux avec le président de la République tunisienne Ben Ali. J'étais frappé

1. Au mois de février 1994. Une guerre civile opposait depuis 1975 le MPLA (Mouvement populaire pour la libération de l'Angola), d'inspiration marxiste, soutenu par l'Union soviétique et Cuba, à l'UNITA de Jonas Sawimbi (Union nationale pour l'indépendance de l'Angola), soutenue par l'Afrique du Sud et les États-Unis. Eduardo Dos Santos, président de la République depuis 1979, était sorti vainqueur des élections législatives et du premier tour de l'élection présidentielle organisée en 1992 (et validée par l'ONU). Le refus de Jonas Sawimbi d'accepter les résultats du scrutin, alors que la communauté internationale dans son ensemble le faisait, avait entraîné la reprise des combats.

2. Les ministres appartenant au Parti républicain, certains à l'UDF, ne faisaient pas mystère de leur sympathie pour Jonas Sawimbi, « combattant du monde libre ». François Léotard l'avait reçu à Paris en 1993.

3. Un accord de cessez-le-feu et de démobilisation fut signé à Lusaka entre le gouvernement angolais et les représentants de l'UNITA le 15 novembre 1994, sous les auspices de Robert Mugabe, président du Zimbabwe, et de Nelson Mandela, président de l'Afrique du Sud.

4. Hassan II était également commandeur des croyants, conformément à la Constitution du royaume chérifien.

par la détermination et le calme avec lesquels il conduisait la modernisation de son pays [1].

Confronté à une poussée certaine de l'intégrisme musulman, il se comportait tout à la fois comme le rempart et le défenseur d'un État laïque. Nous lui apportâmes notre soutien.

Lors d'une entrevue avec le président algérien Chadli Ben Jedid, il mit en garde ce dernier, qui se montrait très ouvert aux revendications et aux pressions des islamistes, contre le laxisme qui risquait de conduire tout le Maghreb au désastre.

Cependant, il ne se passait pas de semaine sans que des récriminations du ministère des Affaires étrangères me parviennent ou que des échos malveillants fleurissent dans la presse sur ma prétendue « diplomatie parallèle ».

Lors d'un entretien avec des journalistes du *Monde*, au mois d'octobre 1994, j'eus la surprise de les voir dresser un véritable réquisitoire. Le principal accusé était le ministre de l'Intérieur, le prétexte sa politique étrangère, si l'on peut dire.

Leur reconnaissant le droit à la critique, je ne m'en offusquai pas.

Mais une liste détaillée de mes prétendus méfaits diplomatiques venait à l'appui de l'accusation. Elle allait de l'interdiction d'une série de conférences d'un écrivain étranger à mon déplacement à Laâyoune, en passant par la venue de Tarek Aziz à Paris en 1993 [2].

Mais leur insistance à vouloir évoquer des contacts

1. Zine el-Abidine Ben Ali est président de la République tunisienne depuis 1987.

2. Le vice-Premier ministre irakien Tarek Aziz avait fait un court séjour à Paris au mois d'octobre 1993 pour des raisons de santé, avec l'accord du Premier ministre. Alain Juppé avait alors manifesté sa mauvaise humeur.

avec un représentant du FIS en Allemagne provoqua mon écœurement et ma colère [1].

C'est, en effet, à la demande même du ministère des Affaires étrangères que nous avions établi ces contacts, les services du Quai d'Orsay ne se sentant pas capables de le faire, par peur.

Cela me confirmait tout simplement que les échos fielleux et les fuites venaient de l'entourage proche du ministre des Affaires étrangères, alors même que mes actions avaient l'approbation du Premier ministre.

Le fait que certains membres de mon cabinet soient charmés par le verbe éminemment gaulliste de son directeur de cabinet [2] et la fascination de ce dernier pour les actions confidentielles conduites au ministère de l'Intérieur n'étaient certainement pas étrangers à cela.

Je mis donc les choses au point avec Alain Juppé. Elles iraient de mal en pis.

La situation en Algérie s'avérait préoccupante.

Depuis l'interdiction du FIS, mouvement islamiste radical, après le premier tour des élections législatives, l'arrestation de ses dirigeants et de milliers de militants, c'est une véritable guerre civile qui se déroule en Algérie entre l'armée et le GIA, groupe islamiste radical qui lui a succédé.

1. Patrick Jarreau, Edwy Plenel, Claire Trean, « Un entretien avec M. Pasqua. “L'union de la majorité ne peut se réaliser qu'au travers de primaires”, “Je reste hostile à une tournée publique de Talisma Nasreen en France” », *Le Monde*, 15 octobre 1994. Rabah Kébir était le représentant du Front islamique du salut en Allemagne. Deux articles inacceptables devaient paraître, en pleine campagne électorale. Pour certains membres de mes services, l'origine de ces articles était à rechercher dans l'entourage du ministre des Affaires étrangères. Voir Éric Fottorino, « Pasqua l'Africain », *Le Monde*, 3-4 mars 1995.

2. Dominique de Villepin fut de 1993 à 1995 le directeur de cabinet d'Alain Juppé.

Certains experts, compte tenu des pertes de l'armée et des atrocités commises contre les civils, jugent probable à terme la victoire des islamistes !

La France, quoi qu'il ait pu être dit, n'est pas engagée dans le conflit.

Certes, elle apporte à l'Algérie une aide économique non négligeable, de laquelle découle celle de l'Union européenne.

Le gouvernement algérien utilise cette aide comme l'expression d'un soutien politique, ce qui est d'autant plus inexact que les responsables politiques français, qui ne peuvent se désintéresser de l'évolution des événements et des conséquences sur la communauté algérienne vivant sur notre sol, sont très divisés.

En ce qui me concerne, en charge de la sécurité des Français et de la lutte contre le terrorisme, préoccupé par la menace que représente le GIA, comme les autres mouvements islamiques radicaux, j'ai le devoir d'obtenir le maximum de renseignements sur la situation dans ce pays.

En dehors des relations que j'ai avec mes homologues du gouvernement algérien, j'ai chargé Jean-Charles Marchiani des contacts avec les services spécialisés algériens.

Les menaces contre nos concitoyens vivant en Algérie sont réelles, les communiqués du GIA en témoignent.

Pour ceux qui viendraient à en douter, l'assassinat de cinq de nos compatriotes à Alger, le 3 août 1994, en apporte la tragique confirmation [1].

J'entends donc ne laisser aucune latitude dans leurs agissements à ceux qui, sur notre territoire, se réclament du FIS ou sont tentés de porter aide et assistance au GIA.

Une série massive de contrôles d'identité s'ensuivra.

1. 3 gendarmes et 2 employés de l'ambassade de France sont assassinés à Alger, à la cité Aïn Allah.

Une trentaine de personnes seront détenues dans une caserne à Folembray, avant d'être expulsées au nom du principe d'urgence absolue.

Un peu plus tard, au mois de novembre, après une longue enquête, les services de police sont en mesure de lancer un coup de filet contre des islamistes radicaux soutenant le GIA [1].

Quels que puissent être les états d'âme des uns et des autres, je n'étais pas décidé à baisser la garde.

1. Le 8 novembre 1994. 79 personnes seront mises en examen par le juge Bruguière, en charge du dossier (dit « dossier Chalabi »).

CHAPITRE 23
Vol AF 8969

Au Conseil de sécurité intérieure où nous siégeons deux fois par mois, sous l'autorité du Premier ministre, le même débat est sans cesse recommencé entre Alain Juppé, François Léotard et moi.

Tous deux sont convaincus que l'armée algérienne ne réussira pas à éradiquer le GIA et que des négociations s'imposeront – c'est ce que la population algérienne elle-même souhaite, disent-ils [1].

Sans entrer dans ces spéculations, je me bornais inlassablement à faire remarquer à mes jeunes collègues que l'armée algérienne n'avait jamais flanché dans sa politique de lutte à outrance contre le GIA, lui portant des coups très rudes [2].

Je leur faisais également observer qu'étant une armée de conscription, elle représentait le peuple. Sa solidité dans cette lutte sauvage illustrait donc le refus, par celui-ci, du radicalisme [3].

Peine perdue, ils étaient persuadés d'avoir raison et parlaient avec intérêt de la communauté de San Egidio

1. Leur argumentation reposait sur les analyses de la DGSE et des services du Quai d'Orsay.

2. La plupart de ses dirigeants avaient été tués au cours d'accrochages ou abattus durant l'année 1994.

3. Les désertions restant un phénomène mineur.

qui pourrait réunir les parties en présence pour trouver une solution [1].

Je leur affirmai avec conviction que l'armée et le pouvoir algérien – je connaissais leur point de vue – n'accepteraient aucun accommodement.

Ces divergences sur les perspectives d'avenir proche en Algérie, principalement entre Alain Juppé et moi, perduraient, le Premier ministre écoutant les arguments des uns et des autres, sans *a priori*.

Le samedi 24 décembre, vers 11 heures, peu avant son décollage de l'aéroport d'Alger, quatre hommes revêtus d'uniformes et portant des badges d'Air Algérie montent à bord d'un Airbus d'Air France en partance pour Paris [2].

Personne ne s'inquiète outre mesure.

Lorsqu'ils demandent leurs pièces d'identité aux passagers, ceux-ci pensent à un dernier contrôle. Ils vont rapidement comprendre ce qui arrive. Un passager algérien dont la qualité de policier a été établie à cette occasion est prié d'aller sur la passerelle. Il y est exécuté froidement. Le même sort est réservé à un diplomate vietnamien.

Les terroristes, qui se réclament du GIA, puisque c'est de terrorisme qu'il s'agit, demandent aux femmes de se couvrir la tête avec les couvertures du bord et aux hommes de ne pas fumer ni boire d'alcool.

À les en croire, le but du commando est double : faire connaître au monde la réalité de la situation en Algérie, et obtenir la libération d'Abassi Madani et Ali Belhadj, les principaux dirigeants du Front islamique du salut.

Parmi leurs exigences, la venue à bord de l'appareil de deux journalistes, un Français et un Algérien. Ils indiquent

1. Organisation catholique créée en 1968. Le « protocole de Rome », plate-forme commune de l'opposition algérienne, élaboré sous ses auspices, fut adopté le 13 janvier 1995.

2. Vol AF 8969.

enfin qu'ils veulent décoller pour Paris, où ils entendent tenir une conférence de presse.

Les autorités algériennes prennent la situation en main, le Premier ministre dirigeant les opérations tandis que le ministre de l'Intérieur installe son poste de commandement dans l'enceinte même de l'aéroport.

L'avion est isolé sur la piste, moteurs à l'arrêt ; la passerelle qui est restée en place empêche tout décollage.

À Paris, dès samedi midi, une cellule de crise est mise en place au Quai d'Orsay, nos services y sont, bien entendu, associés.

J'appelle le Premier ministre, qui est à Chamonix, afin de lui communiquer les renseignements que je possède.

Grâce à des informations transmises directement par des membres des services algériens, mes proches collaborateurs et moi avons la conviction que la volonté des preneurs d'otages est en fait de faire exploser l'avion sur Paris.

Nous sommes d'avis que tout doit être réglé à Alger par les Algériens eux-mêmes.

Je propose donc notre aide au gouvernement algérien et sans attendre fais prépositionner le GIGN, à mi-chemin de l'Algérie, aux îles Baléares.

Je suis, bien entendu, la situation minute par minute.

Dans l'après-midi de samedi, des passagers sont libérés par petits groupes, cinquante-sept au total.

Notre proposition d'« assistance technique » n'est pas acceptée par les autorités algériennes. Leur crainte est que l'intervention d'une unité française en Algérie puisse être interprétée localement comme un aveu de carence des autorités.

Je le regrette, bien entendu.

Alain Juppé, persuadé que les autorités algériennes ne nous communiquent pas toutes les informations dont elles disposent, insiste auprès de son homologue pour plus de compréhension de leur part.

De son côté, un représentant du ministre de l'Intérieur algérien me fait savoir que plusieurs ultimatums des preneurs d'otages ont été repoussés pendant la nuit.

Le gouvernement français, par la voix du ministre des Affaires étrangères, confirme que ce drame se déroulant sur le territoire algérien, c'est aux autorités de ce pays d'assumer toutes leurs responsabilités.

Il ne tarde pas à les prendre. L'avion est totalement isolé par les forces de l'ordre, seules les liaisons radio étant maintenues.

Mon homologue algérien me confirme que quatre des preneurs d'otages sur cinq[1] ont été identifiés : leur appartenance au GIA est confirmée.

Les démarches de la mère de l'un, de l'épouse d'un autre en vue de leur reddition restent sans effet.

Édouard Balladur, rentré de Chamonix, préside l'après-midi même à l'Hôtel Matignon des réunions de crise avec François Léotard, Alain Juppé et moi, mais également Hubert Védrine, secrétaire général de l'Élysée, et des responsables militaires. Le président de la République est régulièrement tenu informé, le Premier ministre lui confirmant les contacts étroits avec les autorités algériennes en vue de la libération des otages.

Mais la situation se tend car, en fait, un véritable conflit existe. D'un côté le gouvernement algérien veut régler le problème sur son sol, de l'autre Alain Juppé souhaite le départ de l'avion pour la France.

Quant à moi, je tente de gagner du temps. Si l'avion doit regagner la France, tout doit être mis en œuvre pour qu'il se pose à Marseille, il est donc capital que nous puissions préalablement positionner le GIGN dans la cité phocéenne. C'est ce qui est décidé.

À partir de cet instant, les choses vont se précipiter.

À 20 heures, nous faisons savoir aux autorités algériennes,

1. Ils ne sont en fait que quatre.

afin de débloquer la situation, que nous sommes prêts à accueillir sur notre sol l'avion avec un équipage allégé, à la condition que tous les otages soient libérés.

Lorsque cette proposition est faite aux terroristes, la réponse donnée à leur interlocuteur est on ne peut plus laconique : « Nous ne libérons plus personne, tu vas voir notre détermination ! »

À 21 h 30, un employé de l'ambassade de France est assassiné à son tour[1].

Les terroristes, qui avaient déjà exigé sans succès le retrait de la passerelle, insistent pour que cela soit fait sans délai.

Édouard Balladur et le président Zeroual trouvent finalement un terrain d'entente, mais, dans le même temps, j'apprends que les forces spéciales[2] se mettent en position pour déclencher l'assaut. La discussion est très vive entre le président algérien et le Premier ministre.

Compte tenu du contexte, Édouard Balladur et moi prenons les dispositions pour que l'avion décolle pour la France.

Beaucoup de confusion avait régné jusque-là. Alain Juppé craignait que les terroristes n'assassinent la secrétaire de l'ambassadeur présente dans l'avion, et, comme si cela ne suffisait pas, Jacques Chirac m'appela vers minuit pour demander, lui aussi, le retour de l'avion sur Paris !

Air France nous ayant confirmé que l'avion a assez de carburant pour rejoindre Marseille, Édouard Balladur met tout son poids dans la balance. Il demande au président Zeroual que l'avion soit autorisé à décoller. S'entretenant directement avec lui, il insiste sur le fait qu'en cas de refus, si un drame devait se produire, le gouvernement

1. Il s'agit de Pascal Beugnet.

2. Les « ninjas », troupes spéciales du ministère de l'Intérieur algérien, équivalent du RAID.

algérien en porterait l'entière responsabilité. L'incident diplomatique est frôlé, le président Zeroual finit par donner son accord.

Lui aussi doit à son tour peser de tout son poids pour que son ministre de l'Intérieur, Abderrahamane Meziane Chérif, et les généraux Lamari et Bechtine acceptent[1].

L'avion ayant été autorisé à décoller à 2 heures, c'est au petit matin qu'il atterrit à Marseille-Marignane[2].

Et c'est ici que tout va se dénouer.

Bien qu'ayant pour habitude de prendre seul mes décisions, j'ai installé auprès de moi une cellule de crise[3]. Les instructions que je donne au préfet de région après accord du Premier ministre sont simples.

Tout d'abord, parquer l'avion à l'endroit le plus propice à l'intervention du GIGN qui devra se dérouler dès que possible.

Le préfet délégué à la sécurité[4] s'installera à l'aéroport pour diriger lui-même les opérations.

Ma priorité absolue étant de sauver les otages et l'équipage, l'avion ne sera pas ravitaillé en carburant. Il est hors de question de le laisser repartir pour Paris ou ailleurs, il ne devra plus quitter l'aéroport de Marseille-Marignane.

Il nous faut encore et toujours gagner du temps afin de permettre au GIGN de recueillir le plus d'informations

1. Les généraux Lamari et Bechtine étaient deux des hommes forts du pouvoir algérien. Pour des raisons de prestige, ils insistaient pour régler cette prise d'otages eux-mêmes. Ils en étaient sans doute capables, mais le prix à payer aurait probablement été très lourd.

2. À 3 h 33.

3. Elle est composée du directeur de cabinet, Joël Thoraval, d'Édouard Lacroix, directeur général de la police nationale, de Claude Guéant, directeur adjoint du cabinet, de Jean-Charles Marchiani et de Philippe Marland, du cabinet du Premier ministre.

4. M. Gehin.

possible afin que son intervention se déroule dans les meilleures conditions[1].

Le GIGN ayant souhaité que l'avion soit déplacé dans un emplacement plus propice à un assaut, le remplissage supposé des réservoirs de l'Airbus pour lui permettre de regagner Paris servira de prétexte pour le faire.

Les preneurs d'otages sont informés du fait que les chauffeurs des camions ravitailleurs ont peur de se rapprocher de l'avion. Pendant ce temps, le GIGN continue de recueillir le maximum de renseignements concernant la situation dans l'appareil.

La tension autour de moi, comme à Marseille, est réelle. Chaque heure qui passe augmente les risques. Si les terroristes s'aperçoivent que nous temporisons, ils peuvent faire sauter l'avion.

Alors que je rappelle au préfet Gehin que le GIGN doit intervenir dès que possible, il m'informe que, d'après le colonel de gendarmerie, il y aurait des réticences à l'intervention au sein même du groupement[2].

Je suis fou de rage ! J'ai des otages dans un avion à la merci de terroristes du GIA et l'on m'oppose des considérations oiseuses !

Je dois rappeler à ces officiers que le GIGN a été créé et préparé pour réaliser ce type d'interventions et que je ne vais pas attendre très longtemps que les états d'âme soient dissipés.

J'informe les uns et les autres qu'à toutes fins utiles je mets le RAID en état d'alerte.

Finalement tout rentre dans l'ordre.

L'intervention prévue pour 15 heures ne devra se faire qu'après mon feu vert.

1. Ce sera la tâche du préfet délégué à la sécurité.

2. Le capitaine qui commande l'unité n'était en poste que depuis quelques semaines et n'avait pas la totale confiance de ses hommes.

Par contre, elle devra être immédiate si les terroristes ouvrent le feu.

Pour gagner encore un peu de temps, le préfet Gehin prend toutes dispositions avec les terroristes pour une conférence de presse fictive qui devrait se tenir à l'aéroport.

L'heure de l'intervention est décalée.

Les terroristes, lassés d'attendre, font bouger l'Airbus pour le rapprocher de la tour de contrôle, sur laquelle ils tirent.

Conformément aux instructions reçues, l'intervention du GIGN est immédiate.

Les tireurs d'élite postés dans la tour de contrôle peuvent, à l'instant même, neutraliser deux des terroristes qui se trouvent dans le cockpit, près du commandant de bord.

L'assaut est donné simultanément par la porte avant où la bataille fait rage – les deux terroristes restants sont là et ripostent, leurs tirs faisant de nombreux blessés –, ainsi que par la porte arrière [1].

Nous pouvons évacuer tous les passagers par cette issue. Au bout de quelques minutes, tout est terminé. Nous n'avons à déplorer aucun tué parmi les otages et l'équipage [2].

Tous les hommes du GIGN ont fait preuve d'un courage exceptionnel. Je leur en rends témoignage.

Neuf gendarmes ont été blessés, huit par balle ; le plus gravement atteint a eu la main arrachée par l'explosion d'une grenade qu'il s'apprêtait à lancer. Les terroristes ont payé leur forfait de leur vie. Ils ont tous été tués.

1. L'assaut sera donné à 17 h 15.

2. Au cours de l'assaut, deux passagers ont été légèrement blessés par balles. Onze passagers ont été contusionnés lors de l'évacuation de l'appareil. Le commandant de bord, M. Dhelemme, le copilote, M. Borderie, et l'officier mécanicien seront également blessés.

Sitôt ce dénouement connu, le GIA revendique l'appartenance du commando à son organisation et menace la France de représailles [1].

De son côté, le président de la République transmet ses félicitations au gouvernement et au commandant du GIGN, et félicite téléphoniquement Édouard Balladur.

Dans la soirée, le Premier ministre et moi-même nous rendons à Marseille pour visiter les blessés et les réconforter. Auparavant s'était tenue à Matignon une réunion interministérielle pour faire le point sur la situation en Algérie [2].

Cette affaire avait été soigneusement préparée par le GIA, qui bénéficiait de nombreuses complicités à l'aéroport comme l'enquête l'a démontré.

D'après les services algériens, le commando aurait dû comprendre une douzaine d'hommes. Mais plusieurs d'entre eux ayant été tués lors d'un affrontement avec l'armée, ceux qui avaient assuré la prise d'otages n'étaient pas les meilleurs !

Quelques instants avant l'intervention, les terroristes avaient fait réciter la prière des morts aux musulmans présents dans l'avion. Ils avaient également préparé un système de mise à feu pour faire sauter l'appareil.

Ces hommes étaient prêts à faire le sacrifice de leur vie, il n'est pas permis d'en douter.

J'ai une pensée pour les trois otages assassinés et je garde aussi présent à l'esprit ce qu'aurait pu être l'ampleur du drame si, au lieu de quatre membres, ce commando en avait effectivement compté douze.

Les pertes auraient été effroyables.

1. Le 29 décembre 1994, quatre prêtres (trois français et un belge) seront assassinés en représailles à Tizi Ouzou (Grande Kabylie).

2. Avec Alain Juppé, ministre des Affaires étrangères, François Léotard, ministre de la Défense, Bernard Bosson, ministre des Transports.

Il avait bien été prévu, à l'origine, de faire sauter l'avion sur Paris. La conférence de presse n'était qu'un leurre.

Nous en aurons confirmation quelques années plus tard.

Pourtant, sur le moment, cette information fut accueillie avec un scepticisme poli.

Voyons, cela n'était guère vraisemblable !

Sans doute une exagération du ministre de l'Intérieur.

Sept ans plus tard, un 11 septembre…

CHAPITRE 24

Vogue la galère

Sitôt la conclusion heureuse de cette prise d'otages connue, il m'avait été demandé de me rendre toutes affaires cessantes à l'Hôtel Matignon.

Devant l'urgence, j'imaginais quelque événement dramatique.

Pas du tout ! Je fus projeté dans la salle de presse transformée en pandémonium, devant un parterre de médias de tous ordres. Le Premier ministre se trouvait déjà à la tribune, manifestement j'étais le dernier !

Je n'eus pas grand-chose à dire, Édouard Balladur indiquant aux journalistes qu'il lui était clairement apparu que la seule solution pour sauver la vie des otages était de donner l'assaut, ce qu'il avait décidé…

Revendiquant la responsabilité de l'opération, il engrangea le succès. Je reconnus là la patte de Nicolas Sarkozy.

J'en ressentis néanmoins un certain malaise. Tous savaient que j'étais réticent, c'est le moins que l'on puisse dire, quant à l'exploitation de telles opérations. Pourquoi cette précipitation compte tenu des risques encourus ?

La seule explication possible était qu'Édouard Balladur comptait rebondir sur ce succès pour lancer sa candidature à la présidentielle.

Nous savions tous que le processus des primaires ne verrait pas le jour, le RPR et l'UDF étant revenus sur leurs engagements.

Si l'annonce de la candidature de Jacques Chirac avait troublé Édouard Balladur, le refus de Jacques Delors de participer à cette compétition lui avait ouvert la voie.

Le Premier ministre ne pouvait donc différer plus longtemps l'annonce de la sienne, qui apparaissait depuis longtemps naturelle au plus grand nombre.

Après mûre réflexion j'avais décidé de le soutenir, par raison, certes pas par passion. Il me paraissait avoir les qualités d'homme d'État indispensables à la conduite du pays.

Je le lui dis dans les premiers jours du mois de janvier, lui précisant cependant que je ne rendrais ce soutien public qu'après avoir écrit à Jacques Chirac, sitôt l'annonce officielle de sa candidature faite.

Entre-temps, il ne me parut pas inutile de faire le recensement des forces en présence avant de se lancer dans la bataille.

Dans le gouvernement, nous pourrions compter sur la moitié des ministres RPR, ainsi que sur la totalité des ministres centristes et UDF[1].

Un tiers des députés RPR, la quasi-totalité des députés UDF, soit près de quatre cents parlementaires – députés et sénateurs confondus –, la majorité des présidents de conseils régionaux et généraux soutiendraient la candidature d'Édouard Balladur.

Dans l'autre camp, Jacques Chirac pourrait compter sur l'appareil du RPR tout entier, sur l'hostilité quasi publique de Valéry Giscard d'Estaing à l'égard du Premier ministre, ainsi que sur celle de Raymond Barre, plus discrète.

Quand et sous quelle forme cette candidature serait-elle annoncée ?

Les deux Nicolas considéraient qu'elle devrait revêtir

1. Le 28 janvier 1995. Charles Pasqua, Nicolas Sarkozy, Michel Giraud, François Fillon, Michel Barnier, Bernard Debré, Dominique Perben.

une certaine solennité, une déclaration depuis le bureau du Premier ministre s'imposait donc.

De leur point de vue, l'analyse des études d'opinion prouvait que les Français étaient majoritairement satisfaits de l'action du gouvernement. Ils s'accordaient à dire que le temps serait nécessaire pour qu'elle porte ses fruits, notamment en termes d'emploi et de redressement économique. La campagne électorale devant s'articuler autour des thèmes de la poursuite de l'action engagée et de la continuité, c'est sans aucun doute de l'Hôtel Matignon, et de nulle part ailleurs, qu'Édouard Balladur devrait annoncer sa candidature !

Malgré quelques réserves, ce fut chose faite le 18 janvier.

La solennité de cette déclaration de candidature, comme la tonalité générale de son propos, était naturellement destinée à montrer que le Premier ministre entendait être en adéquation avec l'image que les Français avaient de lui [1].

Le même jour, Nicolas Bazire abandonnait la direction du cabinet du Premier ministre pour diriger sa campagne, Nicolas Sarkozy quittant de son côté le ministère de la Communication pour devenir son porte-parole [2].

Rapidement, l'organisation de la campagne se mit en place.

Un embryon de comité politique, comprenant François Léotard, François Bayrou, Nicolas Bazire, Nicolas Sarkozy et moi-même, se réunirait de façon hebdomadaire. Une fois par semaine également, il s'élargirait à Simone Veil, André Rossinot, Philippe Douste-Blazy,

1. Édouard Balladur, « "Je ne suis pas le candidat d'un parti", déclare M. Balladur », *Le Monde*, 19 janvier 1995.

2. Nicolas Sarkozy avait cumulé les fonctions de ministre du Budget et de ministre de la Communication le 19 juillet 1994, après la démission d'Alain Carignon.

Dominique Perben, Michel Barnier, ou d'autres, le cas échéant.

Chaque parti aurait un représentant au quartier général de campagne, rue de Grenelle. Cette organisation assez lâche faisait décidément penser à une confédération de partis. L'essentiel de l'animation de la campagne reposait, quant à elle, sur les épaules des deux Nicolas.

Un danger menaçait cependant la candidature d'Édouard Balladur. L'excès de confiance, la foi inébranlable dans les sondages, la conviction que Jacques Chirac était définitivement éliminé tendaient à faire oublier l'essentiel à ses conseillers ainsi qu'à ses collaborateurs.

Une candidature à l'élection présidentielle reste, quoi que l'on puisse en penser, la rencontre d'un homme porteur d'une grande espérance et d'espoir avec un peuple.

C'est par l'affirmation de sa foi en l'avenir et par sa force de conviction que celui qui aspire à diriger le pays peut espérer obtenir l'adhésion de ses concitoyens.

La tonalité générale des propos d'Édouard Balladur était-elle de nature à faire rêver et espérer les Français ?

Hélas, ce qui était proposé à nos concitoyens était la continuation des efforts entrepris depuis 1993, accompagnée d'une gestion gouvernementale rigoureuse [1].

De projet d'avenir, il n'y en avait point, en dehors de celui que je proposais au titre de l'aménagement du territoire.

Mais l'heure n'était pas aux états d'âme.

Immédiatement après avoir écrit à Jacques Chirac pour lui expliquer les raisons de mon choix, je rendis public le texte de cette lettre :

1. Édouard Balladur avait délivré son programme en 1994 dans une série de « Point de vue » publiée dans *Le Monde*, le 17 novembre (Union européenne), le 30 novembre (réforme des institutions) et le 20 décembre (protection sociale et emploi).

Mon Cher Jacques,

Depuis qu'il existe – un demi-siècle bientôt –, le mouvement gaulliste a connu bien des campagnes électorales, des succès comme des revers.

Il est toujours sorti régénéré, tant il incarne aux yeux des Français ce petit supplément d'âme que, bien souvent, ils ne reconnaissent pas aux autres formations politiques.

En 1974, il t'est revenu de présider à la renaissance de notre mouvement. J'ai été, auprès de toi, un des artisans de la création du RPR et je n'ai eu dès lors d'autre ambition que de te voir assumer les plus hautes fonctions de l'État, dans l'espoir que les idées gaullistes inspirent de nouveau la conduite de la Nation.

En 1988, hélas, les Français en ont jugé autrement !

À n'en pas douter, ils ont aujourd'hui décidé de confier à un gaulliste l'avenir de la France.

Édouard Balladur et toi-même avez pris la décision d'être candidats, sans qu'il m'appartienne d'en juger. Tu sais combien je regrette cette situation.

J'ai œuvré, envers et malgré tout, pour que cette compétition soit arbitrée loyalement avant l'élection elle-même : j'ai échoué sur ce point.

Tous les gaullistes, moi le premier, sont donc confrontés à un choix et à une décision difficiles à prendre et lourds de conséquences.

Pour les mêmes raisons qui m'ont fait te suivre depuis 1974, j'ai décidé d'apporter mon soutien à Édouard Balladur.

Il m'apparaît en effet, dans les circonstances actuelles, le plus à même de défendre nos idées tout en rassemblant une large majorité de Français.

C'est là, me semble-t-il, ce à quoi les Français

aspirent et c'est aussi le but ultime de notre engagement.

J'aurai dans cette campagne le souci de sauvegarder l'unité et l'avenir de notre mouvement, qui dépassent le sort de chacun d'entre nous. J'agirai avec la ferme volonté d'œuvrer, le moment venu, au regroupement de tous ceux qui y appartiennent, afin que la victoire de l'un des nôtres ne se traduise pas par la défaite des autres. Bien que tu n'y exerces plus de responsabilités, je crois avoir pour cela la confiance de nos compagnons.

J'ai tenu à te faire connaître personnellement ma décision, avant de la rendre publique.

Je sais que tu en comprends les raisons, et d'abord celle-ci, qui nous a toujours inspirés : l'intérêt du pays commande !

Crois, mon Cher Jacques, à toute mon amitié.

Je réunis ensuite les membres de mon cabinet pour leur indiquer qu'ils étaient libres de soutenir le candidat de leur choix [1].

Dans la majorité l'imbroglio était total !

À entendre Jacques Chirac, Édouard Balladur avait renié sa parole en se présentant contre lui. De son côté, Édouard Balladur prétendait n'avoir jamais pris le moindre engagement et être porté par les événements.

Ces attitudes étaient néfastes pour tous deux.

Jacques Chirac était crédité d'une grande naïveté, ce qui n'est jamais très bon pour qui postule à la conduite d'un pays, et le Premier ministre apparaissait, quant à lui, comme un homme sans parole et un opportuniste.

Cette querelle ne me concernait pas. Ma préoccupation du moment était de rassembler le plus de sympathisants

1. Seul Henri Guaino déclara vouloir soutenir Jacques Chirac. Il fut de la plus parfaite loyauté jusqu'au bout.

ou de militants du mouvement gaulliste et de lancer les comités de soutien à Édouard Balladur.

À la fin du mois de janvier, c'était chose faite dans la France entière et nous pouvions envisager une réunion générale pour le mois suivant à Paris.

Mais la campagne sitôt commencée, les coups bas se mirent à pleuvoir.

Le premier concernait le patrimoine d'Édouard Balladur et les revenus qu'il avait pu retirer de la vente d'actions d'une société qu'il avait dirigée naguère [1].

Rien que de très légal, ces sommes ayant fait l'objet des déclarations fiscales afférentes, mais, dans notre pays, une certaine suspicion touche toujours les bénéficiaires de dividendes ou les opérations sur des parts sociales.

Si claire qu'ait été sa situation fiscale, son image s'en trouva écornée.

Le meilleur, si l'on peut dire, restait à venir.

Au mois de décembre 1994, une tentative d'extorsion de fonds à un conseiller général RPR s'était traduite par l'arrestation de l'auteur de cette tentative lors de la remise d'espèces [2].

1. Jusqu'en 1986, à son entrée dans le gouvernement de Jacques Chirac. Il avait occupé à nouveau un poste dans la même société après 1988.

2. Au départ, de quoi s'agit-il ? D'une tentative d'extorsion de fonds dont est victime Didier Schuller, conseiller général de Clichy (Hauts-de-Seine), de la part d'une de ses relations, M. Maréchal, beau-père d'un juge d'instruction, le juge Halphen. Celui-ci enquête sur l'Office d'HLM de la Ville de Paris, sans doute demain sur celui des Hauts-de-Seine. Didier Schuller, énarque venu à la politique par l'intermédiaire des radicaux de gauche, est devenu le directeur général de l'Office d'HLM des Hauts-de-Seine, que préside Patrick Balkany, député-maire de Levallois-Perret, puis a rejoint le RPR. Ce dernier a convaincu Didier Schuller de se consacrer à la conquête de Clichy, bastion du socialisme, symbole du Front populaire. Schuller va s'y consacrer (auparavant, il a quitté la direction de l'Office d'HLM). Élu conseiller général, chacun considère qu'il

Son gendre n'était autre qu'un magistrat qui enquêtait sur les HLM de Paris, voulait étendre son enquête sur l'Office d'HLM des Hauts-de-Seine, département dont j'étais l'élu et dont je présidais le Conseil général. J'exerçais dans le même temps – est-il nécessaire de le rappeler ? – les fonctions de ministre de l'Intérieur. Ce qui n'était qu'une affaire de droit commun devint en quelques semaines un scandale médiatico-politique, l'affaire Maréchal-Schuller. Elle fut ensuite allégrement transformée par certains, ravis de l'aubaine, en une tentative de déstabilisation du magistrat. Le fait que ce dernier, indirectement concerné, soit dessaisi, au mois de décembre 1994, du volet Hauts-de-Seine de son enquête, puis que des écoutes téléphoniques pratiquées pendant quelques jours par les services concernés soient annulées, au mois de février 1995, pour raison juridique ne contribua pas à apaiser le climat.

Mais je ne m'y trompais pas !

La campagne orchestrée contre moi visait à mettre en cause l'ensemble du gouvernement, et, bien entendu le Premier ministre, dans la perspective de l'élection présidentielle.

Dans ce contexte, le bras de fer engagé depuis des mois avec certains magistrats qui se refusaient à appliquer les textes votés par la représentation nationale, ou qui entendaient les dénaturer, que ce soit sur l'immigration, la sécurité ou le droit d'asile, allait peser lourd.

---

sera le prochain maire de cette ville. Il devient, de fait, l'ennemi n° 1 de la gauche. M'ayant informé qu'il était l'objet d'une tentative d'extorsion de fonds, je lui conseillai de porter plainte et je demandai au directeur central de la police judiciaire de suivre cette affaire, compte tenu des personnes mises en cause. Ainsi fut fait. Le Dr Maréchal, beau-père du juge, était arrêté en flagrant délit à l'aéroport d'Orly le 20 décembre 1994, au moment où Didier Schuller lui remettait 1 million de francs. L'aspect pénal de l'affaire était bouclé. L'affaire politique allait commencer !

Comme devait l'écrire plus tard le Premier ministre: « Une méfiance profonde opposait les uns aux autres, sous le regard vigilant de la presse, la Chancellerie, le Parquet, les juges d'instruction, le milieu politique. Les liens hiérarchiques normaux entre la Chancellerie et les procureurs étaient distendus. On glissait vers un véritable pouvoir judiciaire indépendant, revendiquant son indépendance au nom des grands principes, mais allant très au-delà du texte de la Constitution [1]... »

La lecture des communiqués du Syndicat de la magistrature était à cet égard révélatrice: « Une véritable offensive est mise en place par le pouvoir. Quand on voit coup sur coup les propositions de M. Marsaud, celles de la commission Rozès qui a été totalement pilotée par la Chancellerie, et maintenant les développements de l'affaire Maréchal-Alphen [!], on sent bien que tout cela procède de la même logique: c'est une entreprise de déstabilisation des juges [2]. »

Une semaine plus tard: « Comment ne pas penser que [...] [le] directeur central de la PJ nommé par Charles Pasqua après le limogeage contesté de [...] agissait pour le compte du ministre de l'Intérieur dans le cadre d'une opération montée de longue date [3] ? »

Bien entendu, il n'en était rien.

François Mitterrand ne pouvait laisser passer cette occasion.

Si l'on en croit le récit que fait Michel Charasse de l'aspect politique de cette affaire, cela aurait commencé par le souci qu'exprima le président de la République

1. Édouard Balladur, *Deux Ans à Matignon*, Plon, 1995.

2. Déclaration de Jean-Claude Bouvier, secrétaire général du Syndicat de la magistrature, « Le Syndicat de la magistrature: on veut déstabiliser les juges », *L'Humanité*, 23 décembre 1994.

3. Cathy Capvert, « La nullité des écoutes téléphoniques renforce la thèse de la manipulation », *ibid.*, 29 décembre 1994.

d'apporter son soutien au juge Halphen, dont le dessaisissement paraissait inévitable.

Michel Charasse indiqua alors à François Mitterrand qu'il lui était loisible de demander au Conseil supérieur de la magistrature une enquête sur ce magistrat, mais qu'il lui semblait, dans ce cas, nécessaire de prévenir le gouvernement.

Le président de la République reçut donc le Premier ministre et le garde des Sceaux. Il se fit un devoir – et je pense un plaisir – de les informer tous deux que toute tentative de dessaisissement d'un juge enquêtant sur un parti ou sur des hommes politiques se heurterait au président de la République, défenseur de l'indépendance de la magistrature [1].

À compter de ce jour, dans l'heure qui suivit, la presse serait régulièrement alimentée en rumeurs, confidences et révélations vraies ou fausses.

Au mois de février, *Le Point* publiait une grande enquête sur les écoutes illégales de l'Élysée. Le grand public découvrit à cette occasion que les gendarmes de l'Élysée avaient fait écouter, pendant des années, des centaines de personnes, hommes politiques, personnalités de la presse, du spectacle, etc. [2].

Dans cet article, un paragraphe concernait l'affaire Schuller-Maréchal.

L'enquête de la commission chargée du contrôle des écoutes téléphoniques faisait ressortir le fait que la demande d'écoute administrative avait été autorisée par l'Hôtel Matignon.

Édouard Balladur crut opportun de monter au créneau pour se porter garant du strict respect de la procédure suivie et mettre au défi quiconque d'apporter la preuve

1. Le 22 décembre 1994. Voir Édouard Balladur, *Deux Ans à Matignon*, *op. cit.*

2. *Le Point*, 17 février 1995. Voir aussi *ibid.*, 16 janvier 2007.

du contraire, alors même qu'il lui suffisait de rappeler que tout cela s'était fait sous le contrôle du Parquet de Paris, le Conseil supérieur de la magistrature étant, lui, présidé de fait par un ami de François Mitterrand[1].

La commission de contrôle, sans mettre en cause les régularités de la procédure, y relevait une erreur ! Le Conseil supérieur de la magistrature conclut à une manipulation orchestrée par le ministre de l'Intérieur et se solidarisa avec le juge Halphen.

L'affaire politique allait être exploitée par le clan Chirac comme si la liberté était en péril !

Le combat politique révélait là son côté impitoyable !

Mais cette affaire apportait surtout à François Mitterrand une bouffée d'oxygène. Si elle permettait de gommer, pour un temps, les écoutes clandestines de l'Élysée, elle portait aussi un coup sérieux à l'image d'Édouard Balladur.

La suite ne serait pas exempte de conséquences.

Didier Schuller choisit de quitter le pays.

Qui lui a conseillé de fuir à l'étranger ? Son avocat, dit-on.

Pour quelles raisons ? Qu'avait-il à cacher ? Qui avait-il à protéger ? Ou bien cela n'a-t-il été que la conséquence du sentiment d'être englué dans une affaire qui le dépassait ?

Nous ne le saurons pas. Il est revenu et a été jugé.

Mais cette affaire allait se révéler calamiteuse pour moi. Les médias réussirent à accréditer aux yeux d'une partie de l'opinion publique la thèse d'une manipulation, qui n'avait jamais existé[2].

1. Je n'ai jamais compris pourquoi il avait décidé de se mettre en cause lui-même, ses déclarations étant en partie infirmées par un point de procédure.

2. Force est de constater que toutes les enquêtes judiciaires, administratives ou de quelque nature qu'elles puissent être concernant

C'était oublier un peu vite que la tentative d'extorsion de fonds était bien réelle.

L'institution judiciaire, quant à elle, choisit de faire bloc, sans nuances. Elle me poursuit de sa vindicte depuis plus de dix ans, en refusant la vérité.

L'attaque portée contre le Premier ministre prit des proportions considérables.

À en croire une grande partie des médias, le *Watergate* français concernait cette écoute, les centaines d'autres opérées frauduleusement par les sbires du président paraissant oubliées.

Commission d'enquête demandée, commission des lois mobilisée, la violence de ces attaques venant de nos amis politiques était scandaleuse ; elles firent très mal [1].

Je téléphonai moi-même à Jacques Chirac pour lui dire de faire cesser ce charivari, la route étant encore longue pour la présidentielle et le sort du scrutin incertain. Il le fit.

Quant à Édouard Balladur, il ne sut, ne put ou ne voulut réagir comme il aurait fallu le faire en attaquant vivement le clan Chirac. Ce fut une erreur [2] !

Il lui eût fallu aussi dénoncer les manœuvres du président de la République, qui était décidé à tout faire pour

---

l'Office départemental d'HLM dirigé par Patrick Balkany n'ont jamais eu de suite pour son président ou pour quelque élu du département des Hauts-de-Seine. Seul Didier Schuller fut condamné pour ses propres actes. Cela confirme *a posteriori* que l'enquête du juge Halphen ne pouvait pas être le mobile d'une prétendue déstabilisation. La théorie du complot ourdi par le ministre de l'Intérieur pour obtenir le dessaisissement d'un juge pouvant gêner le RPR des Hauts-de-Seine est démentie par les faits eux-mêmes.

1. Le président de l'Assemblée nationale demandait la création d'une commission parlementaire, alors qu'elle était impossible, une enquête judiciaire étant en cours.

2. Il considérait qu'il avait sa conscience pour lui ; dans la vie politique cela n'est malheureusement pas suffisant.

aider le maire de Paris avec pour seul but la défaite de son Premier ministre ! Malgré les signes révélant la hargne du président à son égard, il ne vit rien.

Chapitre 25

Illusions

Cette misérable affaire est dommageable pour Édouard Balladur. Bien exploitée, elle nuit à sa candidature et est providentielle pour Jacques Chirac [1].

Sans doute par souci d'exploiter le même filon, certains médias tentèrent d'ouvrir une polémique sur l'expulsion de cinq « diplomates » américains, essayant de la faire passer pour une manœuvre de diversion [2].

Fallait-il que le gouvernement s'arrête de travailler ?

Les choses étaient pourtant simples.

J'avais avec le directeur de la DST des réunions régulières, au cours desquelles il m'informait des enquêtes conduites par son service et des informations de toute nature recueillies par ses agents.

Au cours d'un de ces points, à la fin de l'année 1994, il m'indique faire surveiller des personnes soupçonnées d'appartenir à la CIA, agence de renseignements américaine bien connue, dont les agissements intriguent. Quelques semaines plus tard, il me soumet un dossier accablant. Il se confirme que des agents de la CIA ont réussi à recruter un ingénieur des télécommunications dans le but de pénétrer le réseau interministériel du gouvernement. Ils ont par ailleurs entrepris d'en faire de

1. En l'espèce, ce ne fut pas la providence qui intervint.

2. « Les images brouillées de la diplomatie française », *Le Monde*, 26 février 2008.

même avec un membre du cabinet du Premier ministre. Tout ceci est aberrant.

Le rapport détaille les modalités pratiques des contacts, telles que lieux, jours et heures, tandis que des documents photographiques prouvent des remises d'espèces dans des pays étrangers.

Je suis pour le moins interloqué.

Le Premier ministre, auquel je communique le dossier, est consterné par ce qu'il découvre. Interrogé sur la suite à donner à cette affaire, je lui propose de la traiter confidentiellement. Comme convenu, je prends contact avec le ministre des Affaires étrangères, Alain Juppé, afin de voir qui de l'Intérieur ou du Quai d'Orsay doit le faire.

C'est au cours d'un petit déjeuner, pris en compagnie de nos directeurs de cabinet respectifs [1], que je lui communique les documents démontrant l'action conduite contre notre pays par la CIA.

Alain Juppé et Dominique de Villepin, abasourdis, proposent donc, après s'être concertés, que ce dossier reste entre les mains du ministère de l'Intérieur.

Leur courtoisie à mon égard me fait sourire, convaincu que je suis que tous deux veulent rester à l'écart de tout cela, les gouttes de pluie pouvant mouiller, comme le dit un proverbe chinois [2].

J'invite donc sans tarder Mme Pamela Harriman, ambassadrice des États-Unis à Paris, à venir me voir, en lui

1. Dominique de Villepin était directeur de cabinet d'Alain Juppé, le préfet Édouard Lacroix était le mien.

2. Au cours de cet entretien, le ministre des Affaires étrangères s'était réjoui des ennuis que cela allait causer aux Américains, dont il « supportait mal l'arrogance ». À la fin de la campagne électorale, Alain Juppé m'accusera sinon d'avoir monté cette affaire, tout au moins de l'avoir exploitée contre lui « pour lui nuire ». Décidément ! L'intérêt national, la protection du gouvernement, de ses services et de ses moyens comptaient moins que sa personne.

précisant sans autres détails qu'il s'agit d'un problème de renseignements.

C'est accompagnée d'un membre de l'ambassade qu'elle me présente comme étant en charge de ce secteur qu'elle me rend visite le 26 janvier 1995.

J'ai pour elle de la considération et de l'estime, et pour les États-Unis de l'amitié. Je le lui dis avant de lui présenter les documents qui prouvent le comportement inamical de la CIA. Elle est accablée. Je lui suggère de régler ce problème sur place, ne comptant pas pour ma part utiliser cette affaire pour créer un incident diplomatique.

Consternée, elle me présente ses excuses, consciente que l'antenne locale de la CIA a transgressé les instructions concernant l'attitude à avoir dans les pays alliés.

Mais la CIA agissant sous le contrôle d'une commission du Congrès des États-Unis, ajoute-t-elle, elle doit rendre compte, ne pouvant garder cette affaire par-devers elle.

Je lui confirmai par écrit au début du mois de février le souhait des autorités françaises de voir ce problème réglé, puis une nouvelle fois oralement dix jours plus tard [1].

N'ayant pas obtenu satisfaction, le départ des citoyens américains incriminés fut officiellement demandé après que le président de la République en eut été informé. Le limogeage du chef de l'antenne de la CIA en France s'ensuivit, ainsi que celui d'autres agents.

Les fuites savamment distillées dans la presse n'influèrent en rien sur l'élection présidentielle, sauf à montrer que le Premier ministre et le ministre de l'Intérieur restaient vigilants. L'origine de la tentative d'exploitation de ce dossier sensible était à chercher de mon point de vue dans l'entourage de Jacques Chirac.

1. Voir Alain Frachon et Claire Trean, « Paris s'efforce d'éviter une crise diplomatique », *Le Monde*, 24 février 1995 ; Craig R. Whitney, « 5 Americans Are Called Spies by France and Told to Leave », *The New York Times*, 23 février 1995.

Car les choses allaient assez mal pour le maire de Paris, abandonné par nombre de ses fidèles. Les sondages aidant, tout paraissait joué. Alain Juppé lui-même avait déclaré que, si à la fin du mois de février Édouard Balladur était toujours en tête, il lui demanderait de se retirer. Il en avait d'ailleurs informé Philippe Séguin.

Ce dernier restait l'adversaire le plus résolu du Premier ministre, mais il était surtout le soutien psychologique et moral de Jacques Chirac, ce qui n'était pas le moindre des paradoxes.

En cette fin janvier, personne n'eût misé un centime sur Jacques Chirac. Certains envisageaient même une élection d'Édouard Balladur au premier tour.

L'euphorie régnait dans notre camp. Certains instituts de sondage constataient pourtant un léger tassement de la cote du Premier ministre[1].

Mes relations avec le Premier ministre étaient toujours aussi chaleureuses, lui-même partageant son temps entre l'Hôtel Matignon et sa campagne électorale.

Nicolas Sarkozy, qui me rendait visite régulièrement, me dit un jour tout à trac : « Balladur sera élu président, et vous serez son Premier ministre. Dans une deuxième phase, je vous succéderai ! »

Comme dans une comédie surgit quelques instants plus tard François Bayrou, qui me demande quel poste je lui donnerai dans mon gouvernement « de dans trois mois ».

Je fus pris d'un fou rire qu'il ne pouvait pas comprendre.

L'un voulait se placer, tandis que l'autre ouvrait par avance ma succession.

Quelles belles perspectives !

Tel un coach avec son protégé, c'est Philippe Séguin, et nul autre, qui rassure, encourage et stimule le maire de Paris.

1. Baromètre TNS Sofres-*Figaro-Magazine*, février 1995.

C'est lui qui va le convaincre de reprendre à son compte l'idée de la « fracture sociale », de rappeler que ceux qui veulent conduire les peuples doivent être porteurs de l'idée qu'ils peuvent faire changer les choses, les autres se contentant de faire ce qui est possible.

Jacques Chirac a maintenant un discours auquel il peut se raccrocher. Il le connaît pour l'avoir entendu pendant des années dans ma bouche ainsi que dans celle de Philippe Séguin.

Si les attaques et les piques de ce dernier contre le Premier ministre sont de plus en plus mordantes, la campagne électorale d'Édouard Balladur se déroule bien. Le 8 février, nous réunissons à Paris tous les comités de soutien à la candidature d'Édouard Balladur. L'ambiance est excellente. Gaullistes, UDF, radicaux, centristes sont réunis pour la première fois derrière le même candidat dès le premier tour de la présidentielle !

Nous redoublons d'efforts, pour faire en sorte qu'il soit un succès.

Édouard Balladur est excellent, mais je trouve que son propos insiste trop sur la continuité.

Par contre, rendre hommage comme il le fait à cette très large majorité de l'Assemblée nationale qui nous soutient et sur laquelle le nouveau président pourra s'appuyer jusqu'en 1998 est légitime et nécessaire.

Le 9 février, je préside une grande réunion dans le Nord, à Marcq-en-Barœul. L'assistance est certes chaleureuse, attentive, mais je ne ressens nulle part l'enthousiasme auquel les campagnes électorales précédentes m'ont habitué.

Les attaques incessantes et les critiques portées contre Édouard Balladur par des membres de la majorité proches de Jacques Chirac, si elles font le bonheur des socialistes, ne manqueront pas à terme de produire des effets négatifs.

Ceci est d'autant plus préoccupant que le CSA[1], considérant que le temps de parole d'Édouard Balladur est dépassé, le prive *de facto* de toute possibilité de riposte durant tout le mois de février.

De son côté, Jacques Chirac fait sans vergogne de la « fracture sociale » le thème central de sa campagne.

Si Philippe Séguin et moi étions convaincus de la nécessité de conduire une autre politique, que dire de la soudaine conversion de Jacques Chirac !

Ne voilà-t-il pas qu'il se présente aujourd'hui comme la mère Teresa des Français, alors qu'il a toujours refusé de nous entendre ?

Je le connais depuis suffisamment longtemps pour savoir que c'est d'une double mystification qu'il s'agit.

Les victimes en seront, c'est une certitude, Philippe Séguin, qui sincèrement pense avoir converti le maire de Paris, et les Français, qui ne manqueront pas d'être séduits par le livret et l'acteur.

C'est en août 1994 que cette tromperie a débuté, elle n'a fait depuis que croître et embellir.

N'a-t-on pas entendu Jacques Chirac parler, lors de la célébration de la libération de Paris, de l'héritage social du gaullisme, lui que cette simple expression hérissait quelques mois plus tôt ?

Ne l'a-t-on pas vu voler au secours de l'abbé Pierre au mois de décembre 1994 pour réclamer la réquisition d'immeubles inoccupés, alors même qu'il est maire de Paris depuis dix-sept ans[2] ?

Mieux encore, sans doute pour ratisser large, n'a-t-il pas proposé, le 6 novembre 1994, de soumettre à un

1. Le CSA (Conseil supérieur de l'audiovisuel) est chargé de faire respecter l'égalité du temps de parole entre candidats (ou partis politiques) lors des élections.

2. Voir Edwy Plenel, « La politique du ridicule », *Le Monde*, 23 décembre 1994.

nouveau référendum le principe de la monnaie unique européenne[1] ?

Quant à Édouard Balladur, sa rigueur de pensée le portait à ne rien promettre qu'il ne soit sûr de pouvoir tenir.

S'il s'agissait donc de faire rêver, l'avantage n'était pas dans notre camp.

Alors même qu'au début du mois de février Jacques Chirac n'avait pas réussi sa percée – tout au plus sentait-on un léger effritement de la position du Premier ministre –, le paysage électoral change en quelques semaines. Jacques Chirac a effectué pendant ce mois de février une remontée spectaculaire, les courbes des deux candidats se croisant pour la première fois dans les sondages.

Le piège s'est quasiment refermé sur Édouard Balladur. Soutenue par les réseaux d'influence de François Mitterrand, la candidature de Jacques Chirac est maintenant présentée comme nécessaire et légitime, en face de celle du Premier ministre, présenté comme le représentant de l'*establishment*.

Je ne me préoccupe pas trop de cette tendance, car je sais que ce mouvement de yo-yo est inévitable. J'enchaîne réunion sur réunion d'Arras à Perpignan, d'Agen à Marseille, en passant par Ajaccio.

J'ai cependant la certitude au contact des foules toujours aussi chaleureuses à mon égard que, sauf à changer de ton et de rythme, Édouard Balladur ne pourra pas l'emporter. Mais je sais aussi qu'il n'est pas si simple de passer du statut de favori à celui de challenger.

1. Jacques Chirac réitéra ses propos devant le groupe RPR de l'Assemblée nationale le 8 novembre 1994. Voir Patrick Jarreau, « En proposant, s'il est élu président, une consultation populaire sur l'Union monétaire, Jacques Chirac relance la controverse sur l'application du traité de Maastricht. Le piège du référendum », *ibid.*, 9 novembre 1994.

Les conseillers politiques qu'il a autour de lui, ministres, dirigeants centristes et UDF, ne perçoivent rien.

Le Premier ministre lui-même a du mal à accepter son erreur d'analyse – l'élection présidentielle se joue au centre – et à en tirer les conséquences. Sauf à changer très vite de stratégie, il ne l'emportera pas.

Seul, à nos côtés, Nicolas Sarkozy se bat bec et ongles pour sauver ce qui peut encore l'être.

Ce qui hier encore faisait sa force – l'exploitation médiatique des sondages – devient un handicap pour le Premier ministre.

Les commentateurs naguère si prompts à chanter ses louanges, désireux de faire oublier leur servilité de naguère, prédisent sa défaite.

Ces critiques, cet acharnement, cette injustice – oui, il percevait cela comme une injustice –, au lieu de l'abattre, ne firent que renforcer sa détermination.

Édouard Balladur se révéla à cet instant.

Faisant tout à la fois preuve d'une volonté et d'une ténacité étonnantes, il accepta de simplifier son argumentation et de laisser parler sa nature profonde.

Il multiplia les déplacements en province, son optimisme communicatif commença à séduire les auditoires.

Pour la première fois, sans doute, le carcan dans lequel il s'était enfermé craquait. Un autre homme apparaissait, ses accents étaient pompidoliens.

Lentement mais sûrement, sa cote remontait, son dynamisme faisait plaisir à voir.

Son orgueil et son amour-propre avaient été touchés, il avait su réagir.

Mais il était dit que cette campagne électorale ne ressemblerait à aucune autre.

La divulgation dans *Le Monde* des détails d'une opération immobilière patrimoniale concernant la famille de Mme Chirac vint un peu plus alourdir le climat.

Les détails de la transaction incriminée prouvant sa

transparence et sa régularité, sa divulgation apparut aux yeux de l'opinion publique comme une réponse aux attaques dont Édouard Balladur avait été l'objet.

Il était écrit cependant que rien ne nous serait épargné.

Alors qu'Édouard Balladur visitait des départements du sud de la France, l'hélicoptère à bord duquel il se trouvait dut se poser dans un champ en raison du brouillard, semble-t-il[1].

Grâce à la providence, une automobiliste compatissante accepta de convoyer ce naufragé du ciel et de lui faire rattraper le temps perdu.

Les médias séduits s'empressèrent de relayer l'information.

Hélas ! Il apparut bientôt que l'automobiliste ne passait pas là par hasard, et que son passager n'était pas si égaré que cela.

Pour l'opinion publique le ridicule s'ajoutait maintenant à la petitesse[2].

Chez le maire de Paris, si le climat est à l'optimisme, des tensions longtemps dissimulées se font jour. Plus la date de l'élection présidentielle approche, plus la cohabitation entre Philippe Séguin, Alain Madelin et Alain Juppé devient difficile.

Comment pourrait-il en être autrement ?

Au-delà des hommes, ce sont trois conceptions de la politique à conduire demain qui s'opposent. C'est en vain que l'on chercherait quel peut être le dénominateur commun entre le gaullisme social de Séguin, le libéralisme de Madelin et le conservatisme de Juppé.

C'est le moment que choisit Jacques Chirac pour changer, sans que l'on y prenne garde, de ligne politique et de discours.

1. Le 25 mars 1994.

2. Je ne sais toujours pas, au moment où j'écris ces lignes, dans quel cerveau a germé ce qui devait être une opération médiatique.

Monté dans les sondages jusqu'à 27 %, le voilà qui subrepticement redevient l'apôtre du consensus mou et de l'orthodoxie européenne[1].

Le thème de la « fracture sociale » va progressivement être rangé dans le placard aux accessoires ; sa nature profonde a repris le dessus. Tout ceci n'était qu'un leurre[2].

Et la gauche dans tout cela ?

Eh bien, la gauche avait fait ce que nous souhaitions pour nous-mêmes mais que nous avions été incapables de mettre en œuvre.

Des primaires avaient permis aux militants socialistes de choisir leur candidat, Lionel Jospin, un ancien premier secrétaire du Parti, un Juste, comme aurait pu dire l'un de ses amis.

Sa campagne électorale, si elle n'est pas flamboyante, permet de remotiver un électorat socialiste désorienté par les querelles des derniers mois.

Lentement, avec opiniâtreté, il s'efforce de reconstruire un socle sur lequel le Parti socialiste pourra s'ancrer dans la perspective des échéances électorales futures.

D'illusions, il n'en a pas !

Qui mieux que lui pourrait connaître l'ampleur de la tâche ?

Mais Lionel Jospin sait aussi que les divisions de la majorité et de la droite tout entière auront pour conséquence l'émiettement des voix[3].

Dans cette perspective, le Parti socialiste peut encore jouer les arbitres.

1. IFOP-*L'Express*, 7-8 avril 1995 : Jacques Chirac, 27 % ; Lionel Jospin, 21 % ; Édouard Balladur, 19 % ; Jean-Marie Le Pen, 13 %.

2. Voir Denis Jeambar, *Un secret d'État*, Odile Jacob, 1997 ; Philippe Séguin, *Itinéraire dans la France d'en haut, d'en bas et d'ailleurs*, Seuil, 2003.

3. Jean-Marie Le Pen et Philippe de Villiers.

Chapitre 26

À fronts renversés

Le quartier général d'Édouard Balladur est un lieu bien étrange pendant ces dernières semaines de campagne.

Pléthore de gens apparemment déterminés certains jours, curieusement désert d'autres, comme au lendemain d'un meeting à Bercy où Jacques Chirac a réuni quinze mille jeunes et quelques membres de ce que l'on appelle le « show-biz »[1].

Ministres ou parlementaires sont, eux, plus sensibles à la force du vent et aux indications fournies par les instituts de sondage.

Je ne m'en préoccupe pas autrement, connaissant la nature humaine, accompagnant le plus possible le Premier ministre dans ses déplacements qui se succèdent à un rythme effréné.

Allant au-devant des Français, débarrassé d'un certain nombre de préjugés, c'est avec confiance et sérénité qu'Édouard Balladur aborde cette fin de campagne électorale.

Se montrant plus ouvert sur les problèmes sociaux, reprenant à son compte, en l'exprimant différemment, le thème de la lutte contre les inégalités, il manifeste enfin sa volonté de bâtir pour les Français une société plus juste.

Dès lors qu'il laisse parler son cœur, s'il ne provoque

1. Le 9 avril 1995.

pas l'enthousiasme de ceux qui viennent l'écouter, il suscite une certaine sympathie.

Tout indique que l'opinion bascule à nouveau de notre côté.

Le changement de l'opinion à notre égard est renforcé par l'attitude et le comportement de Jacques Chirac.

Persuadé qu'Édouard Balladur est hors jeu, il a abandonné le discours qui lui avait permis jusque-là d'abuser les Français.

Le résultat ne se fait pas attendre, il perd plusieurs points. Tout redevient possible, et cette attente, avec un résultat plus que jamais imprévisible, donne le tournis à certains. Quelle position prendre pour assurer son avenir ? Cruel dilemme.

Le trouble qui saisit l'électorat de la majorité est tout aussi palpable et compréhensible.

Cependant, le fossé que nous avons à combler limite quand même le champ de nos espérances.

À l'examiner froidement, le contexte politique de cette élection est insensé, tout se passant en fait à fronts renversés.

Édouard Balladur, qui, par la force des choses et des alliances, bénéficie de l'appui et du soutien de l'UDF et des centristes, s'appuie sur moi, qui suis, avec Philippe Séguin, un des champions de la priorité sociale et du refus du traité de Maastricht. Pour tout clarifier, il vient de reprendre à son compte le thème d'« une autre politique ».

Jacques Chirac, de son côté, a découvert les charmes, si ce n'est la vertu, de la lutte contre les inégalités grâce à Philippe Séguin. Alors même qu'il a appelé à voter « oui » lors de la ratification du traité, le maire de Paris a proposé durant la campagne électorale d'organiser un nouveau référendum.

Valéry Giscard d'Estaing, loin de se laisser séduire par le discours d'Édouard Balladur, soutient son ennemi de toujours, Jacques Chirac.

François Mitterrand, quant à lui, consacre l'essentiel de

son temps et de ses efforts à promouvoir la candidature du maire de Paris. Son objectif est simple : empêcher le Premier ministre d'accéder à la magistrature suprême. Son désintérêt pour le Parti socialiste et son candidat est patent.

Que dire enfin de l'apparition des bataillons du Tout-Paris mitterrandien lors d'une réunion de soutien à Jacques Chirac aux Bouffes du Nord ? Cela ne s'invente pas [1].

Comme devait le relever une journaliste, l'alliance « de la gauche caviar et de la tête de veau » avait de quoi troubler l'opinion [2].

Dans cette tragi-comédie, les parlementaires RPR ainsi que les élus locaux gaullistes se rassuraient comme ils le pouvaient. N'ayant pas prêté attention au dernier changement de ligne politique de Jacques Chirac, ils ne voulaient retenir que deux choses : le futur président de la République serait l'un des leurs, le Premier ministre également, cette fonction ne pouvant échapper à Philippe Séguin ou à moi.

Je fis un dernier point avec le Premier ministre, le samedi 22 avril. Les Renseignements généraux, prudents comme toujours, donnaient Jacques Chirac et Édouard Balladur pratiquement à égalité devant Lionel Jospin.

Je n'y croyais pas.

Qu'une remontée des intentions de vote ait lieu en faveur du Premier ministre, cela était indéniable, mais son changement de positionnement était intervenu trop tard.

Édouard Balladur était cependant serein, en paix avec lui-même. Il n'avait pas dérogé à la règle qu'il s'était fixée : dire la vérité, ne rien promettre que l'on ne soit sûr de pouvoir tenir !

Il voulait encore y croire.

1. Voir Frédéric Mitterrand et Pierre Bergé faire allégeance à Jacques Chirac avait de quoi désorienter le charcutier de Meymac, le chauffeur de taxi de Brie-Comte-Robert ou la veuve de Carpentras.

2. Anne Fulda, *Un président très entouré*, Grasset, 1997.

Mais s'il était distancé par Jacques Chirac, dès que le résultat paraîtrait certain, il appellerait à voter pour lui.

Il ne demanderait rien, ne solliciterait rien, ni pour lui, ni pour ceux qui l'avaient soutenu.

J'approuvais cette démarche, la seule compatible avec mon engagement gaulliste.

Comme je l'avais fait pour le Premier ministre, je communiquais à Jacques Chirac les renseignements qui me parvenaient.

Le soir du premier tour, à 20 h 45, les résultats que nous possédions donnaient Jospin à 23 %, Chirac à un peu plus de 20 %, Balladur à moins de 19 % [1] !

Je conseillai à Édouard Balladur de ne pas attendre. De son QG de campagne, il fit une déclaration télévisée pour remercier ses électeurs et indiquer qu'il se désistait en faveur du maire de Paris.

Nous eûmes une brève réunion avec les ministres présents ; quatre d'entre eux furent désignés pour rencontrer Jacques Chirac, s'il le souhaitait.

Quelle naïveté de notre part ! Tous voulaient en être, convaincus que les portefeuilles seraient durs à conquérir. Ils ne furent pas déçus ; c'est une véritable bronca qui salua leur arrivée au quartier général de campagne de Jacques Chirac. Sans doute parce que l'inquiétude et la peur du résultat avaient longtemps dominé dans le camp du maire de Paris [2].

C'est beaucoup plus tard, dans le calme de mon bureau, que j'analyse froidement les résultats de ce premier tour.

1. Premier tour de l'élection présidentielle, 23 avril 1995 : abstentions, 21,62 % ; Lionel Jospin, 23,30 % ; Jacques Chirac, 20,84 % ; Édouard Balladur, 18,58 % ; Jean-Marie Le Pen, 15 % ; Robert Hue, 8,64 % ; Arlette Laguiller, 5,30 % ; Philippe de Villiers, 4,74 % ; Dominique Voynet, 3,32 %.

2. Voir Philippe Séguin, *Itinéraire dans la France d'en haut, d'en bas et d'ailleurs*, *op. cit.* Je fis moi-même une rapide visite de courtoisie plus tard dans la soirée.

Les chiffres montrent qu'il a manqué 600 000 voix à Édouard Balladur pour être devant Jacques Chirac.

600 000 voix qu'il eût été possible de conquérir sur l'ensemble de l'électorat de droite ou chez les abstentionnistes pour être présent au second tour.

Les chances de victoire étaient bien réelles.

Le constat que je fais, je suis convaincu qu'Édouard Balladur le fera, même s'il ne l'admettra jamais.

Convaincu depuis des années que c'est au centre que se jouerait cette élection présidentielle, c'est sur ce postulat qu'il a fondé toute sa stratégie.

Les circonstances exceptionnelles dont il a bénéficié auraient dû lui assurer la victoire, cela n'a pas été le cas !

Devenu par la force des choses le champion de l'UDF et du centre, il n'a eu à combattre aucun candidat issu de ces formations, une première pour un gaulliste dans l'histoire de la Ve République.

Sitôt nommé Premier ministre, l'effacement du président de la République, affaibli par la maladie, lui a permis de disposer de plus de pouvoirs qu'aucun de ses prédécesseurs.

Enfin, il a pu bénéficier, grâce à moi, du soutien d'une partie du mouvement gaulliste et de l'opinion qui ne lui était pas acquise.

Pourtant, jamais Édouard Balladur n'est arrivé à mordre sur un électorat *a priori* favorable [1].

Les raisons de la défaite sont-elles à rechercher dans le dynamisme de la campagne de Jacques Chirac ? Je ne le crois pas [2].

Les « affaires », l'exploitation éhontée qui en a été

1. 40 % des électeurs ont en effet reporté leurs voix sur Jacques Chirac, Jean-Marie Le Pen et Philippe de Villiers.

2. À quelques dizaines de milliers de voix près, le maire de Paris réalise en effet le score qu'il a déjà réalisé par le passé (1981, 18 % ; 1988, 19,96 % ; 1995, 20,84 %).

faite, ont-elles pesé d'une façon décisive sur le résultat du premier tour de cette élection présidentielle ? Je ne le pense pas.

Le fait d'être Premier ministre ne constituait-il pas pour Édouard Balladur un handicap majeur ? Là n'est pas l'essentiel.

Cet échec est, en fait, la conséquence du rejet par les Français d'une grande partie de la politique gouvernementale.

C'est, tout d'abord, l'erreur de diagnostic sur la situation économique du pays, qui a conduit le Premier ministre à mener une politique, comme d'autres avant lui, qui ne pouvait pas permettre la relance. Emploi, chômage, les problèmes ne furent pas résolus.

Dans le même temps, comment imaginer que les Français aient pu se satisfaire des montages effectués lors des privatisations, sauf à les imaginer sourds et aveugles ? Pour eux, la magnifique théorie des noyaux durs a abouti au contrôle de fait des groupes privatisés par quelques-uns. La nomination à la tête de sociétés de taille mondiale de ceux-là mêmes qui avaient été les conseillers d'Édouard Balladur n'allait que renforcer l'incompréhension de bon nombre de nos concitoyens.

Le retrait d'un certain nombre de textes législatifs, que ce soit en raison d'un manque de concertation avec la majorité parlementaire ou d'un déficit de communication, a contribué à donner du gouvernement une image négative qui lui a valu le sobriquet, dans les rangs de la majorité, de « gouvernement de la reculade ».

Les états d'âme des ministres centristes, que ma politique en matière d'immigration ou de droit d'asile révulsait, la guérilla conduite par les nouveaux privilégiés contre le projet de reconquête du territoire ont, quant à eux, fini d'obscurcir le paysage électoral.

Que dire enfin de la part prépondérante accordée à l'UDF et aux centristes lors de la formation du gouvernement qui a placé Édouard Balladur en porte à faux avec le mouvement gaulliste ? N'était-ce pas de l'aveuglement ?

J'assume cet échec, solidarité gouvernementale oblige, mais cette défaite n'est certainement pas la mienne ni celle des idées pour lesquelles je me bats depuis toujours.

Elle n'est que la cruelle confirmation de la justesse de mon analyse politique.

Dès le lendemain de cet échec, Édouard Balladur va connaître une nouvelle désillusion.

Ceux de ses ministres qui avaient décidé de rester solidaires face à Jacques Chirac se débandent en un instant, chacun jouant sa propre carte, François Bayrou prenant tout le monde de vitesse.

L'après-midi même, le Premier ministre réunit les parlementaires et les responsables des comités de soutien à sa candidature pour les remercier de leur aide et pour les inciter à soutenir Jacques Chirac sans réserve. Il faut maintenant que la majorité gagne la présidentielle, ce qui n'est pas totalement acquis compte tenu de ses divisions. L'ambiance est chaleureuse mais triste.

Deux semaines nous séparent du second tour.

Elles me paraissent s'écouler à un rythme languissant. Au ministère de l'Intérieur, elles sont surtout employées à la mise à jour de tous les dossiers dans la perspective de la passation des pouvoirs, même si nous avons, une fois n'est pas coutume, un peu de temps devant nous.

La majeure partie de mes collaborateurs, faisant fi de leurs états d'âme, continuent de traiter les affaires en cours avec leur compétence et leur dévouement habituels.

Mon homologue saoudien m'ayant fait savoir qu'il souhaitait signer un nouveau protocole d'accord entre États pour le contrat dit de « protection des frontières », je lui fais part de mon refus.

C'est à la nouvelle administration qu'il appartiendra

de le faire, si elle le souhaite, au lendemain du deuxième tour de l'élection présidentielle. Ma réponse ne le surprendra pas.

Sur un plan strictement politique, la préparation du second tour de cette élection présidentielle occupe les cœurs et les esprits.

En ce qui me concerne, je n'ai pas l'intention de m'engager outre mesure. Je ferai ce que l'on me demandera, sans plus. C'est sans arrière-pensées que j'adhère à l'idée de « pacte républicain » que Jacques Chirac entend proposer aux Français. Naturellement, je souhaite sa victoire. Quel autre choix ?

Le samedi après-midi [1], une grande réunion publique à Bagatelle, à Paris, permet de montrer aux Français que la majorité est à nouveau réunie. Le maire de Paris prononce, devant plusieurs dizaines de milliers de personnes, un discours de synthèse, comme il se doit.

Voilà bien longtemps que nous n'avions tous été assis côte à côte…

Le face-à-face opposant Lionel Jospin et Jacques Chirac le 3 mai est surtout remarquable par la volonté affichée par les deux candidats de ne prendre aucun risque. « Fracture sociale » pour l'un, « faille sociale » pour l'autre, c'est en vain que l'on attendra un début d'affrontement. Ce débat fut surtout important par le sujet qui n'y fut jamais abordé : la monnaie unique.

Le jour du deuxième tour, je tiens le maire de Paris informé des résultats au fur et à mesure qu'ils me sont communiqués. À 18 heures, il devient évident qu'il sera élu ; je le lui dis, le félicite et retourne sans entrain superviser le travail de collationnement [2].

1. Le 29 avril 1995.

2. Second tour de l'élection présidentielle, 7 mai 1995 : abstentions, 20,34 % ; Jacques Chirac, 52,64 % ; Lionel Jospin, 47,36 %. Ce n'est pas, à vrai dire, une grande surprise dans la mesure où

Jacques Chirac sera le prochain président de la République, la troisième tentative aura été la bonne !

Les grandes manœuvres devraient commencer. En fait, sans que les Français le sachent, tout est déjà joué.

Les prétendues consultations de Jacques Chirac ne sont en réalité que des rendez-vous mondains. Philippe Séguin, qui a été l'organisateur de la victoire, a compris depuis quelque temps déjà que l'on s'est joué de lui. À Épinal, comme au Mans, lors des dernières réunions publiques de cette campagne électorale, il n'a pu s'empêcher de stigmatiser la confiscation programmée de la victoire[1].

Jamais le président élu ne lui proposera de conduire les affaires du pays, il le sait : « Demain sans aucun doute », « La France a besoin d'hommes tels que toi »…

Alain Juppé sera le prochain Premier ministre, son directeur de cabinet, Dominique de Villepin, deviendra, quant à lui, secrétaire général de l'Élysée.

Le samedi[2], je reçois un appel téléphonique de Jacques Chirac, qui a l'air tout étonné que je ne sois pas allé le voir.

Après que je lui ai fait observer qu'il avait tout loisir de me convoquer compte tenu de son nouveau statut, rendez-vous est pris pour le lendemain à 18 heures à l'Hôtel de Ville.

Je ne suis pas déçu par son entame :

« Tu sais, je te garantis qu'Édouard m'a trahi, il m'avait donné sa parole. »

Lionel Jospin ne disposait pas d'un réservoir de voix suffisant à gauche pour pouvoir espérer l'emporter.

1. « À l'heure des grandes mutations politiques que nous traversons, la France ne peut pas se payer le luxe de stériliser d'abord la moitié de sa classe politique, puis la moitié de la majorité présidentielle, et ainsi de suite, pour finir par remettre à une petite phalange le soin de prendre les grandes décisions » (Philippe Séguin, Le Mans, 5 mai 1995).

2. Le 13 mai 1995.

Je suis consterné. Se rend-il compte du ridicule de la situation ? Quel intérêt à ressasser cet épisode ?

« Cela n'a aucune importance, plus aucune importance, tu as été élu président de la République. Il te faut en priorité ressouder ce qui sera demain ta majorité, fût-ce au prix du pardon des offenses. Tu dois rallier à toi Balladur, ainsi que les parlementaires qui t'ont soutenu au second tour. »

Jacques réfléchit.

« Mais que veux-tu que je lui offre ?

– Donne-lui la mairie de Paris, cela honorera les Parisiens et lui sera tout à fait à sa place dans ce décor !

– Je ne peux pas ! »

Ah ! La crainte de voir Édouard Balladur s'en servir comme d'un tremplin, pour des échéances futures ?

La chute est savoureuse :

« Je l'ai promise à Jean Tiberi [1] ! »

La belle affaire ! Nommer ce dernier à un poste gouvernemental important pour permettre au Premier ministre de faire une sortie digne serait tellement facile.

Mais la réalité est plus prosaïque, il veut conserver la mairie de Paris dans sa main.

Je comprends qu'il ne fera aucun geste en direction de son « ami de trente ans ». Il est inutile de tenter de le convaincre. J'ai, de toute manière, épuisé mon capital patience.

Nous nous livrons ensuite à un examen de la situation du pays pour tout ce qui concerne la sécurité et le terrorisme.

De la politique à conduire dans les années à venir il ne sera jamais question, car nous savons l'un et l'autre à quoi nous en tenir.

Il est, à mon égard, chaleureux :

1. Une guerre de succession opposait Jacques Toubon à Jean Tiberi.

« Tu comprends bien que, compte tenu de ton poids, de ton impact, tu ne peux entrer au gouvernement que pour y tenir les premiers rôles ! »

Quelle sollicitude !

Merci, Jacques. J'en ris encore.

Je lui explique, afin que les choses soient claires, que je n'attends rien, que je n'ai besoin de rien. Président du Conseil général des Hauts-de-Seine, j'envisage de me présenter aux élections sénatoriales qui auront lieu au mois de septembre. Ma réélection ne devrait poser aucun problème [1].

Je le quitte avec une certitude. Ceux qui imaginent que les péripéties de cette campagne électorale sont d'ores et déjà oubliées se trompent lourdement : Jacques Chirac a décidé de refuser l'aman [2] aux partisans d'Édouard Balladur.

De retour à mon bureau, je vois défiler devant mes yeux les épisodes marquants des deux années qui viennent de s'écouler. Paradoxalement, ce n'est pas la bataille politique qui est présente à mon esprit à cet instant.

Je pense au travail accompli, à l'énergie qu'il a fallu dépenser pour convaincre mes collaborateurs d'abord, le Premier ministre puis la majorité ensuite, de la justesse de mon approche.

1. Dès lors, il n'aura de cesse de me témoigner amitié et soutien, me pressant d'accepter l'une ou l'autre de ses propositions. D'un poste à la représentation française de l'ONU à la présidence de groupements ou d'associations, les offres ne manqueraient point ! Il choisit de profiter de la période où je n'étais pas parlementaire pour me décerner la rosette d'officier de la Légion d'honneur et il me la remit à l'Élysée au cours d'une cérémonie familiale, en présence de Bernadette Chirac, de mon épouse et de mes petits-fils. Bernadette Chirac et lui nous manifestèrent à cette occasion chaleur et amitié.

2. Fait d'accorder la vie sauve à un ennemi vaincu ou un rebelle chez les Arabes.

Je pense à la passion qui m'a animé et que j'ai transmise à tant d'hommes et de femmes autour de moi.

Hauts fonctionnaires ou élus, je leur ai fait partager mon ambition et mes convictions pour que nous dessinions ensemble la France de demain.

Jamais autant de réformes n'auront été définies et engagées en aussi peu de temps, que ce soit celles de l'aménagement du territoire, de la police, de la sécurité civile, des lois d'immigration, du Code de la nationalité.

Ce qui a été accompli en deux ans a été en permanence sous-tendu par une vision gaulliste de la France, d'une France plus forte, plus solidaire et plus équilibrée, renouant avec le pacte fondateur républicain.

Cela, nul ne peut en douter.

Je pense aussi, bien évidemment, aux attaques dont j'ai été l'objet et qui visaient la politique conduite au ministère de l'Intérieur.

Jamais il ne sera possible de décrire dans le détail les efforts qu'il a fallu déployer à l'extérieur comme à l'intérieur pour préserver la sécurité des Français.

Le Premier ministre, dans ce domaine comme dans d'autres, m'a fait une confiance absolue, malgré les tentatives qui visaient à entraver mon action [1].

Aucun attentat n'a été perpétré depuis deux ans sur le territoire national. Notre pays est respecté par nos alliés, et craint par ses ennemis.

L'engagement que j'ai pris devant les Français a été tenu.

Mais, me remémorant tous ces efforts, les difficultés rencontrées, les succès aussi, je ne peux m'empêcher d'être inquiet pour l'avenir, tellement je connais la pusillanimité de Jacques Chirac.

1. Si quelques-unes venaient de l'opposition, la majorité d'entre elles trouvaient leur origine dans notre propre camp.

Épilogue

Hôtel de Beauvau, 17 mai 1995, 15 heures.

Des enfants jouent dans le jardin du ministère de l'Intérieur, à quelques mètres de moi, sans cris. Chahutant gentiment, ils apportent un peu de gaieté dans ce lieu austère.

Un peu de gazon, une allée qui permet en quelques instants d'en faire le tour, une poignée d'arbres, des fleurs, des merles curieux et familiers.

Ce jardin, même cerné de bâtiments aux façades grisâtres, est pour eux un havre de tranquillité. Il l'est pour moi aussi.

Pour la dernière fois, sans doute, je profite d'un rayon de soleil pour fumer un cigare sur la terrasse qui jouxte mon bureau.

Tout est calme, pourtant je ne suis qu'à quelques centaines de mètres du palais de l'Élysée et de son charivari.

Va-et-vient incessant de véhicules, motards, gardes républicains, caméras de télévision, journalistes, badauds, cette journée, il est vrai, est exceptionnelle.

Le second mandat présidentiel de François Mitterrand, auquel je me suis opposé politiquement de toutes mes forces quatorze années durant, s'est achevé aujourd'hui.

Le but que je m'étais fixé voilà près de vingt ans est atteint : celui que nous avions choisi lors de la résurrection du mouvement gaulliste, en 1976, est depuis ce matin président de la République.

Deux décennies de combats politiques, de succès éclatants, de cuisantes défaites aussi.

Jacques Chirac est président de la République.

Je devrais m'en réjouir, mais je ne le peux pas.

Naguère puissant et dynamique, principal acteur et inspirateur de la vie politique du pays, le mouvement gaulliste est aujourd'hui sans âme et sans idées.

Hier encore rassemblement de celles et de ceux qui refusaient le renoncement et rêvaient d'une France généreuse et fraternelle, sûre tout autant que fière du rôle qu'elle avait à jouer dans le monde, le RPR est atteint d'un mal implacable.

Les symptômes en sont connus, ils s'appellent renoncement et reniement.

Que ce soit sur la construction européenne, sur la place de la France dans le monde, ceux qui le dirigent depuis tant d'années se sont bornés à s'aligner sur les positions de nos adversaires de toujours, préférant les abandons au combat.

Dans le même temps, le refus du dialogue, l'incapacité à accepter la différence, l'insensibilité en face des problèmes sociaux ont empêché la régénération de notre mouvement.

Jacques Chirac est président de la République.

Je devrais m'en réjouir, mais je ne le peux pas.

Jamais dans toute son histoire le mouvement gaulliste n'a été autant divisé.

Fracture entre les tenants d'une pensée unique, arc-boutés sur des positions d'un conservatisme absurde, et ceux qui croient qu'une autre politique est possible et nécessaire.

Fracture entre les partisans sans imagination d'une Europe aux contours indécis, à la politique incertaine mais à l'administration omniprésente et ceux qui refusent l'effacement de la France et croient qu'il n'appartient qu'à elle de choisir son destin.

Fracture enfin, comme si cela ne suffisait pas, au sein de la majorité parlementaire, qui s'est divisée au premier tour de l'élection présidentielle.

Ceux qui portent la responsabilité de l'affaiblissement du mouvement gaulliste sont ceux-là mêmes qui l'ont dirigé depuis des années et qui, à compter d'aujourd'hui, vont conduire les affaires du pays.

Jacques Chirac est président de la République.

Je devrais me réjouir, pourtant je suis inquiet.

Le balancement incessant entre le libéralisme de l'un, le conservatisme de l'autre, le gaullisme social d'un troisième, au gré des assistances, des régions ou de l'humeur du moment, lui a seul permis de l'emporter.

Cette ambiguïté volontairement entretenue tout au long de la campagne électorale ne pourra que générer, j'en suis convaincu, des mécontentements et des colères.

La France est, elle aussi, profondément divisée, l'importance sans cesse accrue du vote protestataire, élection après élection, en apporte la preuve.

L'incompréhension en face de la construction européenne, l'inquiétude face à l'inexorable montée du chômage, le rejet de la politique économique conduite depuis des années par les gouvernements successifs, la disparition du débat politique ont entraîné une désaffection de l'électorat des partis politiques.

Comment pourrait-il en être autrement puisque, pour une majorité des Français, l'obstination de la quasi-totalité de la classe politique à ne pas vouloir prendre en considération leurs aspirations s'apparente à une confiscation du suffrage universel ?

Les problèmes auxquels Jacques Chirac va devoir faire face ne pourront être résolus que s'il se consacre prioritairement à rassembler sa majorité et le pays.

Le choix de son Premier ministre permet d'en douter.

Ceux qui vont conduire les affaires du pays ne sont-ils pas ceux-là mêmes qui ont refusé tout dialogue dans leur propre camp ?

Ceux qui ont proposé une nouvelle consultation populaire, ne sont-ils pas ceux qui ont adopté une attitude contre nature lors du référendum sur la ratification européenne ?

Ceux qui ont fait miroiter les avantages d'une « autre politique », ne sont-ils pas des tenants de la pensée unique ?

Comment Jacques Chirac et son Premier ministre vont-ils pouvoir répondre tout à la fois aux attentes des chômeurs, des chefs d'entreprise, des souverainistes et des gaullistes ?

Assurément, ils ne le pourront pas, et je sais que la réaction des Français sera à la mesure de la supercherie.

Tant d'efforts, pendant autant d'années, pour en arriver là !

Cette élection, je le pressens, n'est en fait que la première étape d'un désastre annoncé.

ANNEXE I

Demain la France : la priorité sociale

Trop longtemps, la question sociale a été dominée, en politique, par le clivage simpliste entre droite et gauche, entre non-marxistes et marxistes. La confrontation brutale des idéologies, bloc contre bloc, disqualifiait toutes les autres lignes de partage, philosophiques ou politiques, appauvrissait à l'extrême le débat, privilégiait les réponses toutes faites, stérilisait les imaginations.

Le gaullisme – et ce n'est pas là un de ses moindres mérites – a toujours cherché à s'affranchir du manichéisme, permettant ainsi des progrès décisifs : la création de la Sécurité sociale, les assurances-chômage, l'intéressement et la participation dans l'entreprise. Mais, après la grande ambition de la « Nouvelle Société » de Jacques Chaban-Delmas, les choses se sont peu à peu figées. En raison, peut-être, des circonstances. Ou du manque d'audace.

Pourtant, le vent de l'Histoire tourne. L'effondrement des régimes communistes et le discrédit qui frappe toutes les analyses du marxisme et ses dérivés offrent une nouvelle chance à d'autres idées sociales. À nous de la saisir. Bien sûr, on n'empêchera pas individualistes forcenés et collectivistes aveugles de continuer à s'opposer dans un champ clos dérisoire. Mais, désormais, les vrais clivages, plus complexes, sont ailleurs. Ils séparent les utopistes des réalistes, les conservateurs des réformateurs, les cyniques des idéalistes et les égoïstes des partisans de la solidarité.

Le moment est donc favorable pour renouer avec l'ambition gaulliste et retrouver ainsi l'audace réformatrice en bousculant, si besoin est, ce consensus mou qui domine aujourd'hui la scène politique française. Chacun pressent que le conservatisme frileux et l'attentisme, dans une période de bouleversement comme la nôtre, sont criminels.

Cette nécessaire « révolution culturelle » va s'opérer sous la pression brutale des réalités et dans l'urgence. Nombreux, en effet, sont ceux qui ont longtemps cru que la crise économique, avec son cortège d'inflation, de chômage, de faillites, n'était qu'une parenthèse. Ceux-là pensaient qu'au bout du compte les inconvénients de nos sociétés modernes pouvaient être compensés par l'espoir de consommer toujours plus.

Ce scénario a été démenti par les faits. Le niveau de vie des salariés stagne, quand il ne régresse pas ; la mobilité sociale devient plus difficile ; le chômage de longue durée et celui des jeunes s'amplifient ; les phénomènes d'exclusion et de ségrégation s'accumulent ; les conditions de vie quotidienne se dégradent, parfois de façon dramatique ; les grandes agglomérations urbaines sont devenues ingérables ; toutes les grandes institutions sont au bord de la faillite ; le désert rural s'étend, avec son corollaire, le déracinement des populations... et l'on pourrait continuer longtemps la liste. Les entreprises elles-mêmes, qui se sont souvent contentées de resserrer leur gestion, n'ont pas accompli la profonde mutation culturelle, sociale et technique que l'époque leur impose.

Personne ne peut plus croire sérieusement que les choses vont s'arranger d'elles-mêmes. Le « laisser-faire », « laissez-passer » du libéralisme absolu n'est plus de mise. Notre société découvre ses tares, ses échecs, ses frustrations et la violence qui en découle. Préfiguration d'une crise profonde, amorce d'un véritable éclatement ? La question de notre organisation sociale et de son devenir est, de toute façon, crûment posée.

Système souple, le capitalisme a fait depuis longtemps la preuve de sa capacité d'adaptation. Mais, sous peine de devenir insupportable à la plus grande part de l'opinion, il ne doit pas exclure une démarche volontariste, de nature politique. Paradoxe : ce sont les gouvernements socialistes qui ont aggravé les vices du système, après avoir vainement cherché à le détruire. L'échec inévitable du « programme commun » a en effet convaincu la quasi-totalité des « élites » que rien n'était possible en dehors d'une politique conservatrice, à mi-chemin de la gestion à courte vue et d'une social-démocratie désuète. On connaît les résultats de cette politique : l'aggravation des inégalités, la montée inexorable de la société « à deux vitesses ».

Les blocages sont tels que l'idée même de réforme semble être disqualifiée, tant elle paraît contradictoire avec un réalisme économique devenu un trop commode alibi. Souvent d'ailleurs, de prétendues contraintes camouflent mal le manque d'imagination chronique ou les intérêts particuliers des plus bas.

Il n'y a cependant pas de bonne économie sans justice sociale. Les tensions et les frustrations sociales, lorsqu'elles s'accumulent, hypothèquent toujours les chances d'une prospérité future. L'efficacité et l'équité vont de pair. Il est absurde de vouloir les opposer l'une à l'autre, comme on le fait en France depuis trop longtemps.

Le social ne doit donc pas être tenu pour le parent pauvre de l'économie. Il est, au contraire, une nécessité en soi, un impératif au moins aussi élevé, voire – sans tomber dans le cynisme de certains économistes – un investissement aussi « rentable » que l'efficacité gestionnaire. Le manque de compétitivité qui caractérise notre appareil productif et le chômage considérable ne sont pas les conséquences d'un coût du travail excessif, puisque celui-ci est plus élevé en Allemagne, mais d'un manque de productivité.

L'organisation sociale joue un rôle décisif dans l'amélioration de celle-ci : l'espoir de voir les efforts récompensés, la garantie contre l'exclusion, l'accès à l'éducation et à la formation de qualité sont – ou devraient être – des ressorts puissants pour la croissance. Tout comme la cohésion sociale, menacée aujourd'hui par les tensions interethniques, par les défaillances des mécanismes d'intégration et par le flux continu de l'immigration clandestine qu'il faut absolument stopper.

C'est assez de dire que la question sociale elle-même est au cœur de toutes les autres grandes questions de société. Les limites qu'on lui assigne, par nécessité, sont toujours quelque peu arbitraires et la démarche politique doit obéir à un souci de cohérence globale et à la conscience très vive de l'interdépendance des phénomènes.

On ne change pas une société par décret. Les socialistes l'ont appris à leurs dépens, au lendemain du 10 mai 1981. Mais on peut casser les mécanismes qui bloquent l'évolution et mettre en place les conditions nécessaires au progrès. C'est là une grande ambition qui relève du politique et de l'alternance au sommet de l'État.

Charles PASQUA,
sénateur des Hauts-de-Seine,
président du Conseil général des Hauts-de-Seine,

Philippe SÉGUIN,
député des Vosges,
maire d'Épinal.

Annexe 2

Composition du gouvernement nommé le 31 mars 1993

Premier ministre : M. Édouard Balladur.

Ministres :

Ministre d'État, ministre des Affaires sociales, de la Santé et de la Ville : Mme Simone Veil.

Ministre d'État, ministre de l'Intérieur et de l'Aménagement du territoire : M. Charles Pasqua.

Ministre d'État, garde des Sceaux, ministre de la Justice : M. Pierre Méhaignerie.

Ministre d'État, ministre de la Défense : M. François Léotard.

Ministre des Affaires étrangères : M. Alain Juppé.

Ministre de l'Éducation nationale : M. François Bayrou.

Ministre de l'Économie : M. Edmond Alphandéry.

Ministre de l'Industrie, des Postes et Télécommunications et du Commerce extérieur, jusqu'au 14 octobre 1994 : M. Gérard Longuet ; à partir du 17 octobre 1994 : M. José Rossi.

Ministre de l'Équipement, des Transports et du Tourisme : M. Bernard Bosson.

Ministre des Entreprises et du Développement économique, chargé des petites et moyennes entreprises, du commerce et de l'artisanat : M. Alain Madelin.

Ministre du Travail, de l'Emploi et de la Formation professionnelle : M. Michel Giraud.

Ministre de la Culture et de la Francophonie : M. Jacques Toubon.

Ministre du Budget, porte-parole du gouvernement : M. Nicolas Sarkozy.

Ministre de l'Agriculture et de la Pêche : M. Jean Puech.
Ministre de l'Enseignement supérieur et de la Recherche : M. François Fillon.
Ministre de l'Environnement : M. Michel Barnier.
Ministre de la Fonction publique : M. André Rossinot.
Ministre du Logement : M. Hervé de Charette.
Ministre de la Coopération, jusqu'au 12 novembre 1994 : M. Michel Roussin ; à partir du 12 novembre 1994 : M. Bernard Debré.
Ministre des Départements et Territoires d'outre-mer : M. Dominique Perben.
Ministre de la Jeunesse et des Sports : Mme Michèle Alliot-Marie.
Ministre de la Communication, jusqu'au 19 juillet 1994 : M. Alain Carignon.
Ministre des Anciens Combattants et Victimes de guerre : M. Philippe Mestre.

Ministres délégués :
Ministre délégué auprès du Premier ministre, chargé des relations avec l'Assemblée nationale : M. Pascal Clément.
Ministre délégué auprès du Premier ministre, chargé des relations avec le Sénat et des rapatriés : M. Roger Romani.
Ministre délégué auprès du ministre d'État, ministre des Affaires sociales, de la Santé et de la Ville, chargé de la santé : M. Philippe Douste-Blazy.
Ministre délégué auprès du ministre d'État, ministre de l'Intérieur et de l'Aménagement du territoire, chargé de l'aménagement du territoire et des collectivités locales : M. Daniel Hœffel.
Ministre délégué auprès du ministre des Affaires étrangères, chargé de l'action humanitaire et des droits de l'homme : Mme Lucette Michaux-Chevry.
Ministre délégué auprès du ministre des Affaires étrangères, chargé des affaires européennes : M. Alain Lamassoure.

ANNEXE 3

Ministère de l'Intérieur et de l'Aménagement du territoire 1993

Le ministre : M. Charles Pasqua.

Le ministre d'État, ministre de l'Intérieur et de l'Aménagement du territoire,

Vu le décret n° 48-1233 du 28 juillet 1948 portant règlement d'administration publique en ce qui concerne les cabinets ministériels, modifié ;

Vu le décret du 29 mars 1993 portant nomination du Premier ministre ;

Vu le décret du 30 mars 1993 relatif à la composition du gouvernement,

Arrête :

ARTICLE PREMIER. – Sont nommés au cabinet du ministre d'État, ministre de l'Intérieur et de l'Aménagement du territoire :

– Chargés de mission auprès du ministre d'État : M. Pierre-Henri Paillet, ingénieur des Ponts et Chaussées ; M. William Abitbol.

– Conseiller du ministre pour l'aménagement du territoire : M. Jacques Voisard.

– Conseiller du ministre pour les libertés publiques : M. Pierre Bordry, conseiller d'État.

– Conseiller du ministre pour la lutte contre la toxicomanie : M. Jean-Paul Séguéla, professeur des universités.

– Conseiller pour les questions d'immigration : M. Jean-Claude Barreau, inspecteur général de l'Éducation nationale.

– Directeur du cabinet : M. Philippe Massoni, préfet hors classe.

– Directeur adjoint du cabinet : M. Claude Guéant, préfet.

– Conseillers techniques : M. Gilles Bouilhaguet, préfet ; Mme Annie Grenier, premier juge d'instruction au tribunal de grande instance de Paris ; M. Jean-Marie de Morant ; M. Philippe Delelis, administrateur civil ; M. Alain Robert.

– Chef de cabinet : M. Bernard Tomasini.

– Conseiller technique chargé des relations avec le Parlement : Mme Michèle Ferniot.

– Chef du secrétariat particulier : Mme Marie-Hélène Bry.

ANNEXE 4

Aménager le territoire

L'objectif essentiel de la politique d'aménagement du territoire consiste à « assurer à tous les citoyens l'égalité des chances sur le territoire de la République ».

Cette politique doit être déterminée sur le plan national par l'État, qui établira un schéma national de développement du territoire articulé autour de sept espaces interrégionaux, ainsi que des directives territoriales d'aménagement fixées par le gouvernement et des lois quinquennales pour la réalisation des équipements.

Les objectifs sont annoncés en exergue sous forme de grands principes – *unité et solidarité nationale, égalité des chances* – dont l'application sera conduite par l'État, en liaison avec les collectivités territoriales et dans le respect de la politique de décentralisation.

Un « observatoire national du développement du territoire » devra orchestrer cette stratégie.

De fait, le texte veut organiser l'espace français jusqu'en 2015.

La réforme proposée suppose une réorganisation complète de la gestion de l'espace national.

À cet effet est institué un « schéma national de développement du territoire » définissant les orientations fondamentales sur l'aménagement, l'environnement, les grands équipements et les services collectifs d'intérêt national.

Un partage juridique des responsabilités est opéré entre l'État et les collectivités territoriales ; ainsi la responsabilité du schéma directeur de l'Île-de-France [1] est transférée à la région.

1. SDRIF.

Le projet suggère un redécoupage administratif du territoire : dans un délai de deux ans, une carte des « pays » se substituera à celle des arrondissements actuels.

Les implications financières et économiques sont considérables. La réalisation des équipements prévus au schéma national et leur financement seront pris en compte par des lois de programmation quinquennale présentant les dépenses par région.

Plusieurs structures financières sont prévues : un fonds national de développement du territoire qui remplacera les organismes actuels et la moitié des crédits sera déléguée aux préfets ; un fonds d'investissement et de développement des infrastructures aériennes, fluviales et terrestres ; enfin un fonds de gestion de l'espace rural.

Ces structures seront chargées de mettre en œuvre, dans la pratique, les grands principes qui animent le projet. L'État compensera les pertes ou l'insuffisance des ressources dans les zones défavorisées.

Le texte insiste également sur la péréquation destinée à réduire les écarts de ressources entre les collectivités territoriales.

Son application sera définie et présentée au Parlement après la promulgation de la loi sous forme de rapports spécialisés portant sur les domaines suivants : les instruments d'analyse des ressources et charges ; la modulation des concours de l'État ; le rôle de la dotation globale de fonctionnement dans la réduction des écarts de ressources ; les possibilités de réforme de la taxe professionnelle.

Enfin d'autres dispositions concernent le statut des collectivités, des établissements publics, ainsi que leurs compétences.

Le « schéma national de développement » complète le texte de l'avant-projet de loi. Ce document dresse l'inventaire des pistes à suivre, secteur par secteur, et doit être précisé plus tard par des directives territoriales [1]. L'originalité du schéma de développement réside dans un redécoupage de l'espace français destiné à ouvrir le pays sur l'extérieur et à valoriser sa position centrale dans l'Ouest européen. Il propose une

1. Il s'inspirait largement des recommandations du rapport d'étape de la DATAR.

division de la France en sept « espaces interrégionaux d'aménagement et de développement » qui pourraient se substituer aux régions actuelles et qui correspondraient mieux aux réalités européennes (Nord, Loire-Armorique, Bassin parisien, Grand Est, Centre-Est, Sud-Ouest, Midi-Méditerranée).

Dans le cadre de la réforme de l'aménagement du territoire, les pouvoirs publics modifient les conditions de contrats de plan, entre l'État et les régions.

Pour la période 1994-1998, ces contrats relèvent de conditions plus sélectives et les financements croisés sont réduits ; ils doivent traduire les orientations communes de l'État et des régions.

Compte tenu de la priorité donnée par le gouvernement à l'aménagement du territoire, les crédits d'État prévus par les contrats de plan augmentent de 32 % par rapport aux contrats précédents et ils sont doublés dans les régions outre-mer.

Au total, l'État engage 85 milliards de francs qui, joints aux autres sources de financement – dont les crédits de fonds structurels européens –, permettront une dépense globale de 250 milliards de francs environ. En outre, la répartition des dotations de l'État est améliorée au profit des régions les moins prospères.

Enfin, pour la première fois, un contrat de plan interrégional entre l'État et les régions formant le Bassin parisien doit être conclu.

ANNEXE 5

Histoire du franc CFA [1]

Définition

Le franc CFA est la dénomination de la monnaie commune de quatorze pays africains membres de la zone franc.

Il s'agit des États suivants : Bénin, Burkina, Côte d'Ivoire, Guinée-Bissau, Mali, Niger, Sénégal et Togo, qui constituent l'Union économique et monétaire ouest-africaine (UEMOA), dont l'institut d'émission est la Banque centrale des États de l'Afrique de l'Ouest (BCEAO) ; Cameroun, Centrafrique, Congo-Brazzaville, Gabon, Guinée équatoriale et Tchad, qui constituent la Communauté économique et monétaire de l'Afrique centrale (CEMAC), dont l'institut d'émission est la Banque des États de l'Afrique centrale (BEAC).

Historique

Le franc CFA est né le 26 décembre 1945, jour où la France ratifie les accords de Bretton Woods et procède à sa première déclaration de parité au Fonds monétaire international (FMI). Il signifie alors « franc des colonies françaises d'Afrique ». En 1958, il devient « franc de la Communauté française d'Afrique ».

Aujourd'hui, l'appellation « franc CFA » signifie « franc de la Communauté financière africaine » pour les pays membres de l'UEMOA, et « franc de la Coopération financière en Afrique centrale » pour les pays membres de la CEMAC.

Parité

– Création du FCFA : 26 décembre 1945 ; 1 FCFA = 1,70 FF.

1. Source : www.bceao.int.

– Dévaluation du franc français (FF) : 17 octobre 1948 ; 1 FCFA = 2,00 FF.

– Instauration du nouveau franc français : 27 décembre 1958 ; 1 FCFA = 0,02 FF.

– Dévaluation du FCFA : 12 janvier 1994 ; 1 FCFA = 0,01 FF.

– Arrimage du FCFA à l'euro : 1er janvier 1999 ; 1 euro = 655,957 FCFA.

Convertibilité

– Garantie en francs français par le Trésor français.

– Possible en devises à travers le marché des changes de Paris, avec le franc français comme étalon.

– Liberté totale des transferts au sein de la zone franc.

– Mesure de suspension de rachat des billets de banque CFA entrée en vigueur le 2 août 1993. Auparavant, et ce jusqu'au 1er août 1993, la convertibilité des billets était libre et illimitée.

– Mesure de suspension de rachat des billets CFA entre la zone UMOA et la zone CEMAC à compter de septembre 1993.

Remerciements

Pour la rédaction de cet ouvrage, je tiens à remercier :

– mon fils, Pierre, sans les encouragements et la vigilance duquel ce livre n'eût pas vu le jour ;

– mon épouse, Jeanne, pour sa patience et ses conseils toujours pertinents ;

– Alexandre et Philippe, mes petits-fils, lecteurs attentifs et critiques ;

– les membres de mon cabinet au ministère de l'Intérieur et tous les fonctionnaires que j'ai eu l'honneur de commander, pour leur sens du devoir ;

– tous ceux qui m'ont apporté leur aide pour les Hauts-de-Seine, grâce à l'intelligence et au dynamisme desquels nous fîmes de ce département un exemple de la reconquête du territoire et de l'harmonisation sociale.

Table

ANNEXES

COMPOSITION : PAO ÉDITIONS DU SEUIL

CPI Bussière

Cet ouvrage a été imprimé en France par
CPI Bussière
à Saint-Amand-Montrond (Cher)
en mai 2009.
N° d'édition : 99885. - N° d'impression : 90885.
Dépôt légal : juin 2009.